君特·格拉斯
文集

Günter Grass
Werke

局部麻醉
ÖRTLICH BETÄUBT

〔德〕君特·格拉斯 著
刘海宁 译

著作权合同登记号　图字 01-2020-5870

Günter Grass
ÖRTLICH BETÄUBT
© Steidl Verlag, Göttingen 1999
Chinese language edition arranged through
HERCULES Business & Culture GmbH, Germany
Simplified Chinese tran slation Copyright
© People's Literature Publishing House, Beijing 2022

图书在版编目(CIP)数据

局部麻醉/(德)君特·格拉斯著;刘海宁译.—北京:人民文学出版社,2022
(君特·格拉斯文集)
ISBN 978-7-02-017193-4

Ⅰ.①局… Ⅱ.①君…②刘… Ⅲ.①长篇小说—德国—现代 Ⅳ.①I516.45

中国版本图书馆 CIP 数据核字(2022)第 084124 号

责任编辑　欧阳韬
装帧设计　刘　远
责任印制　任　祎

出版发行　人民文学出版社
社　　址　北京市朝内大街 166 号
邮政编码　100705

印　　刷　北京盛通印刷股份有限公司
经　　销　全国新华书店等

字　　数　199 千字
开　　本　880 毫米×1230 毫米　1/32
印　　张　7.5　插页 1
印　　数　1—3000
版　　次　2022 年 10 月北京第 1 版
印　　次　2022 年 10 月第 1 次印刷

书　　号　978-7-02-017193-4
定　　价　75.00 元

如有印装质量问题,请与本社图书销售中心调换。电话:010-65233595

我在向我的牙科医生讲述。嘴被撑嘴钳撑着,冲着对面的电视,荧光屏在叙述广告,和我一样不出声:发乳,沙漠般鲜红,白里透白……噢,对了,还有冷冻冰柜,我的未婚妻就冷藏在小牛犊的腰子和牛奶之间。荧光屏上升起对话气泡:"不要掺和,不要掺和……"

(神圣的阿波罗尼亚,保佑我吧!)我对班上的学生说:"待人要宽容。我要去看牙匠。很可能一时半会儿结束不了。就算是饶我一回吧。"

下面响起了轻轻的笑声。中等程度的不尊重人。塞鲍姆开始散布稀奇古怪的见解:"尊敬的施塔鲁施先生,听到您痛苦万分的决定,我们这些慈悲为怀的学生禁不住要给您讲一讲神圣的阿波罗尼亚殉教的故事。公元二五〇年,那是德西乌斯皇帝①统治的年代,善良的姑娘阿波罗尼亚在亚历山大被处以火刑。临刑前,暴徒用钳子拔光了她全部的牙齿,正因为这个原因,阿波罗尼亚成了所有牙痛患者的保护神,同时也成了所有牙科医生的保护神,不过这一点很不公平。在米兰和斯波莱托②的湿壁画上,在瑞典教堂的穹顶画上,在斯特尔沁③,在格明德④,在卢卑克⑤,我们都可以看见刻画他们的形

---

① 德西乌斯(201—251),古罗马皇帝,249—251年在位。
② 意大利古城。
③ 意大利北部小镇。
④ 奥地利小城。
⑤ 德国北部城市。

象,一手拿钳子,一手拿臼齿。祝您愉快!祝您虔诚献身。我们12年级(一)班的全体同学会请求神圣的阿波罗尼亚为您开恩。"

班上叽叽喳喳响起了各式各样的祝福。我对这个玩笑程度一般的胡说八道表示感谢。维罗·雷万德立即向我索要回报:批准在自行车棚边上开辟吸烟角,这个要求已经提出好几个月了。"任我们在厕所吞云吐雾,无人监管,这肯定不会是您的初衷吧。"

我答应全班,在下一次大会上向家长表示,对允许在限定的时间内吸烟予以支持,但条件是,如果学生委员会要求的话,塞鲍姆必须同意出任学生报的主编。"请允许我把二者相提并论:我牙齿的问题要处理,你们小报的问题也要处理。"

塞鲍姆却挥了挥手:"学生共责不变成学生共管,我是什么都不会干的。傻事是无法改革的。难道说您认为傻事可以改革?您也认为没意义。但是神圣的阿波罗尼亚却是千真万确。不信您可以查查教堂纪年表。"

(神圣的阿波罗尼亚,保佑我吧!)殉教者靠一次性祈求是不管用的。这天下午,我很迟才上路,迟迟不说出第三遍祈求。我走到霍恩措伦大街,看见了那块门牌,它明确告诉我牙科诊所就在这座市民阶层出租公寓的二楼。直到距离门牌还有几步远的地方,不,准确地讲,直到在房子的楼梯间里,在楼梯两旁随我拾阶而上的阴道般青春风格的墙饰之间,我才下定决心,违心发出第三次祈求:"神圣的阿波罗尼亚,保佑我吧!……"

这个医生是伊姆嘉德·塞弗特推荐给我的。她形容他内向、谨慎,但干脆。"您想不到,他在诊所里竟然放了一台电视机。一开始的时候,我不喜欢一边治疗,电视机一边开着,但是现在我不得不承认,用电视机分散病人的注意力实在是太妙了,您不觉得自己是在诊所里,就连电视都能让人感到兴奋,不知怎么,就是能让人感到兴奋……"

牙科医生可以问病人是哪儿人吗？

"我的乳牙是在诺依法瓦瑟港区掉的。那里的人，不论是码头装卸工，还是希肖船厂①的工人，都喜欢嚼烟叶，从他们的牙齿上就能看出来。所到之处，无不留下痕迹：含有烟焦油的浓痰，即使到了零下也不会结冰。"

"知道，知道。"他说，脚上穿的是一双帆布鞋，"但是我们今天和咀嚼烟草带来的害处没有什么关系。"话题说转就转：转到了下颌关节，转到了我的脸的形状。自从发育以后，我前凸的下巴给我的脸形带来了几分刚毅，其程度靠早期牙医治疗已经无法矫正了。（我原先的未婚妻把我的下巴比做手推车。维罗·雷万德曾经散发过一幅漫画，我的下巴因此有了一个新的功能：平板大拖挂。）是的，是的，我早就知道了：我的下巴有啮合毛病，只能上下运动，不能咀嚼。狗吃东西是撕咬，牛吃东西是咀嚼，人在嚼东西时，是兼有这两种动作。但是这种正常的下颌关节功能我却没有。"您吃东西是在切，"我的牙科医生这样对我说。我顿时高兴起来，因为他没有说，您吃东西和狗一样，是在撕咬。"我们要先拍个片子。不用害怕，闭上眼睛，我们可以把电视……"

（"谢谢，医生。"我是不是一开始就已经把称呼含混成带有亲密味道的"医森"了？再后来就由不得我了，我喊道："快救救我！医叁！我该怎么办？医叁？您可是什么都知道呀，医叁……"）他一边用嗡嗡振响了十一次的手持器械攥住我的牙齿，一边对我聊开了："我可以给您讲几个古老的牙科医生故事听听……"我则觉得在乳白色的拱顶上看到了许多东西，比如说看见了诺依法瓦瑟港区，我站在船坞的对面，把一颗乳牙沉进了莫特罗瓦河②。

---

① 希肖船厂成立于1837年，1972年和其他公司组合。曾经是德国纳粹生产小型潜艇的军工厂。

② 波兰北部的一条河，全长约65公里。

他的场景则是从另外一个地方开始："最早应当从希波格拉底①开始。他建议用豆子熬成糊，治疗口腔脓肿。"

我的老妈在银屏上摇摇头说："俺们并不想把它扔进河里，俺们想把它珍藏在一个首饰盒里，里面还要垫上蓝色的棉花。"一种慈祥的气氛弥漫开来。牙科医生在讲述古代的金科玉律："根据希波格拉底的见解，用胡椒水漱口可以治疗牙龈炎。"我的老妈则在我们家的厨房里说："把宝石胸针，还有琥珀和爷爷的勋章放在一起。俺们拼命收藏你的乳牙，为的就是将来能让你的媳妇儿和孩子说：啊，他的乳牙原来是这样的。"

他是冲着我的前磨牙和我的磨牙来的。因为在我所有的磨牙中，就数左八右八的智齿最牢固：它们应当成为桥墩，通过桥的修正，减轻我的啮合毛病。"手术。"他说。"我们最后不得不决定做一个较大的手术。在我的助手冲洗 X 光照片和我给您清除牙垢的时候，我可以加入图像和声音吗？"

还是那句话："谢谢。"

他放弃了他的一贯做法："也许放东部的节目？"看见屏幕上自己站在船坞对面缓缓地但却是一而再，再而三地把一颗乳牙扔进码头混浊的水中，有这样一个能默默地忍受一切的屏幕我觉得已经够了。我还是喜欢我的家庭故事，因为故事是从乳牙开始的："老妈，我在码头肯定丢了一颗牙，要不然我怎么会少一个呢？而且那颗牙肯定让一条鱼给吞了，那条鱼不是梭鲈鱼，是一条鲇鱼，而且是一条饱经忧患的鲇鱼。它到现在还守候在那里，鲇鱼可以活很长时间，它在守候着再有乳牙掉下来。但是剩下的牙齿像珠子一样躺在红色的棉花上，乳白色的，没有一丝牙垢，而宝石胸针、琥珀和爷爷的勋章却不见了踪影……"

我的牙科医生这会儿已经进入二十一世纪，开始给我讲述一个

---

① 希波格拉底（约前460—前370），古希腊医学家。

叫阿尔布卡西的阿拉伯医生,此人在克尔多巴①第一个提到了牙结石。"只能把它劈掉。"我还想起医生说的这样一番话:"残余的酸性物质和碱混合后,如果 pH 值在七以下,就会形成牙结石,因为下颌的唾液腺会对着门牙排空唾液,而腮腺也会对着左六右六的牙齿排空唾液,特别是在嘴部剧烈运动时尤其如此,比如打哈欠。您打个哈欠,对,对,就这样,太好了……"

我照着吩咐做了,打哈欠,让能制造牙结石的唾液喷溅出来,但是仍然没能打动医生产生恻隐之心:"我说,医生,我的小小的产品叫什么名字?——被拯救的乳牙。一九四五年的一月,我老妈不得不收拾行李,那个时候我爸爸在港务局工作,因此我老妈可以跟着运送部队的船只离开诺依法瓦瑟港。出发前,她收拾了所有必要的东西,也包括我的乳牙,她把东西都装进爸爸的大海员袋里。但是就像慌里慌张准备逃跑经常会出现的那样,海员袋被鬼使神差地装上了保尔·贝内克号轮船,这是一种明轮式的蒸汽旅游船,船没有碰上水雷,虽然超载,但却安全抵达特拉沃明德②。而我善良的老妈却既没能看到卢卑克,也没能看到特拉沃明德,因为我刚才说的那艘运送军队的运输船,据说它是最后一艘运输船,在波恩霍尔姆岛③南面触雷,而且还遭到鱼雷攻击,带着我的老妈直统统地——请您暂且放过我的牙结石,看看您的身后——沉了下去,当年一头扎进冰块中,就像今天在您的电视上一模一样。据说只有几个省党部的负责人及时转移到了一艘鱼雷艇上……"

我的牙科医生对我说:"漱漱口。"(他一边不停地治疗,一边不知是请求,还是要求,还是喊叫地对我说:"再漱一次!"同时又允许我移开目光。)但是我的乳牙的影像却很难随着我的目光一块儿逃逸,和托盘中吐出来的东西,也就是被敲掉的结石的影像重叠:电视

---

① 西班牙城市。
② 德国北部港口城市,现在和卢卑克合为一个城市。
③ 波恩霍尔姆岛属于丹麦。

屏幕和托盘之间的距离,口水一阵阵喷涌的同时造成的影像闪烁犹如无数根阻碍影响重叠的绊脚索,让我想到了许多带括号的句子:学生塞鲍姆的大声插话,伊姆嘉德·塞弗特和我之间的私人争吵,学校的日常琐事,对二级国家教师资格考试参考人员的提问,还有关于存在的问题,句子都被包装成名句箴言。尽管屏幕和托盘很难重叠,尽管在完成漱口的动作后很难重新进入画面,但我基本上还是避免了影像的干扰。

"医生,事情是这样的:那个时候我的乳牙保存了很长时间,因为东西如果被抢救下来一次,一般不大会再弄丢的⋯⋯"

"但是我们也不要自欺欺人:治疗牙结石没有特效药⋯⋯"

"儿子去找老爸老妈,得到的却是一个邮寄过来的海员袋⋯⋯"

"因此我们今天要同牙结石或者头号敌人作斗争⋯⋯"

"凡是觉得我将来可以成为她的未婚夫的女孩子,都可以看一眼我的被抢救下来的乳牙⋯⋯"

"因为不管什么牙医,用器械清除牙结石都是它的基本内容⋯⋯"

"但是不是每一个女孩子都觉得埃伯哈特的乳牙好看或者有意思⋯⋯"

"最近有了超声波治疗牙结石。现在漱一下口。"

这个中间剪切让我——这是我刚开始的感觉——感到恼火,因为我靠我那个被抢救下来的乳牙已经差不多要把以前的未婚妻引诱到电视屏幕上了,而且就要开始干了(就像我终于要开始诉苦一样),但是我的牙科医生表示反对:为时过早。

就在我大口大口地漱口的过程中,牙科医生用一些奇闻逸事来取悦我。他告诉我说,曾经有一个叫斯科利波尼·拉古斯①的人为

---

① 斯科利波尼·拉古斯(14—56),古罗马物理学家和医生。

皇帝克劳狄①的第一个妻子梅萨利纳②发明了一种牙粉,由焚烧过的鹿角加铵盐加希俄斯③树脂混合而成。他承认,在普林尼④生活的年代,砸碎的乳牙是一种十分受欢迎的吉祥物。听到这话时,我老妈的话不禁又在我的耳朵边响开了:"孩子,俺把它放在绿色的棉花上,会给你带来好运的……"

这就是迷信!我毕竟出生于一个海员家庭,叔叔马可斯在渔船上度过了一生,父亲在"库尼克斯贝格"号⑤上幸存,在领航处工作,一直到共和国时代终结。孩子们从一开始起就管我叫施丢特贝克⑥,直到最后,我一直都是他们的领袖。莫尔凯纳只能坐第二把交椅,这也是他口口声声要把我们弄解体的原因。这是我绝对不能容忍的:"哥儿们,听我的!"这种状态一直持续到我们散伙。散伙的原因是那个弱不禁风的家伙把我们给出卖了。他们要求我按照时间顺序招供。不过讲到我们组织的兴衰,没有常见的那种扣人心弦的紧张气氛,而是本着科学的态度进行分析:第三帝国的青年团。科隆警署地下室的雪绒花海盗⑦的档案资料到现在都没有透露过一个字。(塞鲍姆,您是怎么看这个问题的?你们这一代人应当对这个很感兴趣。你们现在十七岁,我们当年也是十七岁。彼此之间有一定的共同性,没钱没财,一个属于班花的女孩子,同所有大人绝对势不两立,这些都是不容忽视的。12年级〔一〕班流行的一些口头禅让我想起了在我们企业里流行的口头禅……)不过当时是战争时期,那个时候人们关心的不是吸烟角,及其他类似的孩子们的把戏。(当我们洗劫经济部时……当我们把赫茨-耶稣教堂的厢堂祭坛……当我

---

① 克劳狄(前10—公元54),罗马皇帝。
② 梅萨利纳(22—48),岁马皇帝克劳狄的第三个妻子。
③ 希腊的一个岛。
④ 普林尼(23—79),古罗马作家。
⑤ 德国轻型巡洋舰,1905年下水,1915年自沉。
⑥ 《铁皮鼓》中人物,参见《铁皮鼓》中《撒灰者》一章。
⑦ 纳粹统治时期德国内部反对希特勒的青年运动组织。

们在文特菲尔德广场……)我们进行的可是真正的抵抗,谁也收拾不了我们。直到莫尔凯纳把我们给卖了。或者说那个瘦猴把我们用门牙给那个了。当时真应当把他们俩给结果了。或者下一条死禁令:不准碰女人!另外,那个时候我把乳牙放在一个小袋子里,一直放在胸前带着。凡是被吸收进组织的,都必须对着我的乳牙发誓:"无便是永不间断的消失。"真应当把我的乳牙带来:"医生,事情变化就是这么快。昨天我还是但泽-西普鲁士党部令人闻之丧胆的青年团的领导,今天我却变成了一个教德语和历史的公职教师,而且要教育他的学生塞鲍姆改掉年轻人的自由主义:'您应当接过学报的编辑工作。您批判性的才华需要一个工具。'这个教师仍然是年轻人的领导,不过改变了方向。您可以拿我做榜样,什么都不会感到痛苦,除了牙疼,连续几个星期的牙疼……"

对我的虽然还能忍受,但却是没完没了的牙疼,牙科医生分析的原因是我的颌骨在蜕变,蜕变加剧了牙龈的萎缩,于是牙颈就暴露出来了。牙科医生又开始讲故事了:"普林尼曾经推荐过一种治疗牙疼的方法:把狂犬病狗的头盖骨磨成粉,撒在耳朵里。"见这个故事在我身上不奏效,他用手在肩上抓了一下,动作很特别,说:"或许我们真应当把电视机……"但是我的疼痛不依不饶:痛苦地喊叫。哀痛,一种永远也不会等等再说的哀痛。("对不起,如果我走神了,请原谅。")

我的学生推着他的自行车走过画面:"喂,牙疼的您,湄公河三角洲出什么事了?看到消息了吗?"

"是的,塞鲍姆,我看到了。可怕,可怕,太可怕了。但是我必须承认,同这个世界上那种拍照下来的,虽然无法视而不见,但却是抽象的,因为与触及不到我的神经的痛苦相比,这种咝咝吸气、总是对准同一处神经的咝咝吸气,这种说不清部位,算不上可怕,但始终纠缠不休的疼痛给我带来的痛苦和倒海翻江绝对是有过之而无不及。"

"这不会让您感到愤怒或伤心吗?"

"我经常想努力让自己伤心。"

"这种不公道不会让您感到愤怒吗?"

"我努力想让自己愤怒。"

塞鲍姆消失了。(他去自行车棚停车。)我的牙科医生说话了,声音刚好在房间里都能听到:"如果疼的话,给个小动作示意一下……"

"咝咝地疼,对,就是前面咝咝地疼。"

"是您的牙颈暴露在外,而且还受到牙结石的侵袭。"

"上帝呀,真的咝咝地疼。"

"待会儿给您服点安替比林止疼。"

"医生,我可以漱口吗?就漱一下。"

(道歉。我再也不……)耳边早已响起了未婚妻的声音:"别没完没了地叫疼了。听到你叫疼,我就想到痛苦的告别。告诉我你的银行账号,我给你汇一片膏药来。退休金都归你了。干点有新意的事儿。把你喜欢捣鼓凯尔特人墓饰的业余爱好充实起来。"

(离开漱口盘,来到麦恩①田野上的玄武岩矿井。不,闪闪发光的地方是克鲁夫特的墓地。也有可能是海绵石矿井,而且是在里面是空心的石料缝里……)

"做个有用的人。我敢打赌,你是一块教书的料。"

(安德纳赫没有海绵石。莱茵河整日刮风的沿河小道。数码头和汽车轮渡之间有多少棵被修剪的梧桐树。用清点的话语数来数去。)

"你给我灌输了多少教学法?不要咬指甲。看书要慢,要有系统。先归纳,后发散。你给我灌输了多少黑格尔,还有你的马克思、恩格斯……"

---

① 位于德国西部的莱茵兰-普法尔茨州。

（一张僵直的山羊脸，嘴里冒出对话气泡，里面装满了牙结石碎渣记忆碎片仇恨碎石，简直快要撑破。唉，路易斯·兰①！）

"我已经长大了。我要摆脱你。终于摆脱了。你这个胆小鬼、超级懦夫，没用的人！"

（对话机后面有动作，顺流而下、逆流而上的动作：唉！唉！）

"你原来是一个好老师，不过有些婆婆妈妈的。"（莱茵河东岸罗伊特斯多夫②，一垄一垄被雨淋得黑黝黝的玫瑰园：叹息！叹息！）

"把你的才华搞出点名堂来！趁还来得及，别没完没了地捣鼓海绵石和水泥。你打算怎么弄到一万五？"

（玫瑰园的脚下：货运列车和汽车。作为背景，这种流动显得很吃力。话语从我的左边和右边划过，啐吐在特劳伯饭店空无一人的露台上：叽里呱啦、叽里呱啦！）

"是分期付款还是现金？"

（我身穿我那件遮风挡雨的风衣：超人的保证金。）

"快说。告诉我你的账号。"

（安德纳赫的码头以前曾经是科隆选帝侯设在莱茵河上的海关关卡……）

"拿去平衡你的户头。别没完没了地哭哭啼啼。"

（……以后就变成了十四岁到十八岁人的战争纪念碑。摇镜头。一个助理导演说服了我的未婚妻去喂海鸥：唉呀！唉呀！）

她把钱全付给了我。我做了目的性非常明确的投资。一个学了多年的大学生转学专业了。波恩大学——我就喜欢待在它的附近——能把一个企业工程师和离心吸尘器的专家变成一个见习教师，然后变成聘用教师，去年秋天后又变成了教历史和德语的正式教师。"凭您的专业知识，"有人对这位转专业的学生谆谆教诲道，"将

---

① 美国影片《超人》中男主角超人的女友。
② 莱茵河中游的一座小城。

数学当做您的主修专业,这样不是更好吗?"就连穿帆布鞋的他也对我的牙结石敬而远之:"您已经学完了机械制造专业,怎么会冒出这种想法?这玩意儿一辈子也学不完。"

我彻底漱了一遍口:要转专业就转个干脆彻底。她的钱不能白白打了水漂。竟然还足足剩下三千块钱(这些钱我事后必须汇到他的账户上,因为收款处只肯收一半)。我的啮合病就应当值这个价。为此我坐在他那个人称骑士的半自动化的机械装置上。装置把令人眼花缭乱的器械递到他那双灵巧的纤手上,好让他在我,不,我们两个,我的小脑袋瓜子多么希望有客人来:"医生,我真应当把自己的袋子给缝起来,您觉得呢?"

我的未婚妻拒绝从安德纳赫寄东西来:"刚才我们已经看到了,绿克里普顿石①对超人的牙釉具有怎样毁灭性的后果。但是超人的牙齿对红色的克里普顿石会有什么样的反应?我们下一次观看超人后会对此作进一步报道。现在我们还是把目光投向克里普顿石人的作坊吧……"

她给我解释我周围的东西:"这个形状很好看的东西是吸口水的,软管可以沉下去,装置通过一个喷水泵驱动,具有超强的吸力,因此在历届牙科技术展览会上都有展出。"她称赞漱口盘冲洗器,称赞骑士的支撑漱口喷水嘴的双关节支架,那声音细细的,仿佛是在赞颂圣诞树上的饰物:"支架还能让漱口盆上下移动。"电视屏幕上的她,他的助手又湿又凉的爪子,她们两个都在用前面那张升降在半空中的小台子上的按键给我下达指令。看着她们打理我。看着她们把沉下去的吸管拉出来,卷起来。看着吸口水器在对准我的口水之前,发出吧啦吧啦咕噜咕噜的声音,一副口渴的模样,我觉得很好玩。

---

① 克里普顿是超人出生的星球。克里普顿星球爆炸后形成了一种绿色晶体,即克里普顿石,这种石头能让超人丧失所有的超能力。

"舌头后半部放松下垂。"我的牙科医生朝我的嘴俯下身,遮挡住了电视屏幕的五分之四,用右胳臂肘抵在肋骨和髋骨之间,在我裹了一层结石的上门牙的牙颈上一阵猛捣:"不要咽,吸口水器会帮您吸掉。呼吸,对,就这样。——也许我该……"不不不不。(今天还是不。)我很想听听他是怎么把这种贝壳质的东西从我的牙口上敲掉的……

塞鲍姆,您看,这也必须详加描述:我把唾液沫子血液连同所有颗粒状的咯叽咯叽的崩掉的渣子全汇拢起来,在让舌头感到好奇和惊恐之后,把这些宝贝统统划到口水盆里,去抓使用方便的小水杯——它不应当诱引病人去不停地漱嘴,漱口,盯着吐出来的口水看,把口水得得比实际还要多,同我饱经折磨的牙结石告别,放回水杯,看着杯子自己充满温水,觉得挺有趣。我和骑士,我们两个的合作井井有条。

塞鲍姆,您看,各种多姿多彩的活动竟然同时进行,这也必须加以描述:我张着大嘴倒背如流地摘引耶利米哀歌①,骑士用左撇子给漂浮在半空中的器械台保持平衡,他穿着帆布鞋把器械台的滑动支架放下去,器械随时处于待命随取状态,例如用于电子检牙的使用弱电的牙医手机,它可以自动充电,还可以移动使用。医生可以把它放在兜里,充足了电,在格鲁内瓦尔德湖畔②的林间小道上散步,在泰尔托运河③游弋,也可以带上它去参观国际绿色周④,在这些地方,总会有牙科医生蹑手蹑脚地逼近动物,指望能撂倒一个猎物:"让我简单看一下好吗?这是我的名片。恕我直言,您有啮合病,在下颌前伸的情况下,您的样子会显得极其的与众不同。人们会揣摩这是残

---

① 《圣经·旧约》第二十五卷。
② 位于柏林,面积不到1平方公里。
③ 位于柏林。
④ 柏林1926年起举办的国际食品、农业和园艺展览会,每年1月举办。

暴的模样。有压抑就需要寻找平衡。这就是为什么建议您采用德固①牙桥的原因。打个电话就可以了,我们可以约一个双方都方便的时间。只要没有大的并发症带来什么麻烦的,治疗六到七次就可以了。您要相信我和我的助手,她知道该怎么做。再说,电视机还可以帮助您分神。即便是一台假电视机也能令您浮想联翩。但是我还要请您和我一道,相信我的骑士牙钻,相信它关节灵活的高速手机,相信它一分钟能转三十五万转,能有如此高转数,噪音却很低,靠的是空气动力的涡轮头!"

"真的吗?"

"换钻头,换磨头,跟玩儿似的。"

"那我的疼痛怎么办?"

"有局部麻醉呀。"

"非这样不可吗?"

"如果我们最后再抛光一次,那您就会承认,未婚妻付的补偿费不是没有意义的。"

"不管怎么说,我们毕竟订婚二年半了。"

"说出来听听!说出来听听!"

"那是一九五四年……"

"多么美好的开始……"

我对牙科医生说了这么一番话:"我说医生,但是我要警告您,我首先要说的是浮石凝灰岩、海绵石岩、石灰岩、泥灰岩、陶土岩,还要说页岩、水泥料,还要说村庄,有普莱德村、克雷茨村、克鲁夫特村②,还要说火山凝灰岩、库滕海姆玄武岩制成品、库雷尔山的海绵石矿、麦恩田野上的火山玄武岩矿藏,但是最首先要说的不是我,而是琳德和施洛陶,玛提尔德和费迪南德·柯灵斯。医生,我警告您,

---

① 一个德国牙科产品品牌。
② 这三个村庄均位于德国西部的莱茵兰-普法尔茨州。

我还有一样东西要说,那就是水泥。"

我的牙科医生说:"构成我所需要的基本材料,不仅有石膏,而且还有特种水泥。后面我们会用上这些材料的。"

我又说开了:"水泥其实是工业提炼的商用灰尘,制作过程是这样的,研磨石灰石、泥灰岩和陶土的粉末和泥土,研磨烧过的水泥料,对转炉里的料土进行喷淋和注水……"

(肚子里有货感觉太好了。我脑子里一下子冒出一个念头,应当用我的这些知根知底的知识把学生镇一镇。塞鲍姆肯定会把我看成是一个喜欢胡思乱想、不食人间烟火的怪人。我向我的牙科医生建议,把他因行医产生的灰尘吸掉。他却指出,在研磨的过程中,东西会同时粘在一起,因此产生灰尘是可以忍受的。)"可能有道理吧。但是最终目标一定是完全除尘。水泥厂除尘,靠的是炉子中的集尘箱、离心式除尘器、过滤器、粉碎机、粒化装置,然后还要在科布伦茨①和安德纳赫一段的莱茵河上空让水泥粉尘四下飘散……"

"我去过埃菲尔②山南,一派月表景象。"

"瞎说,您会看到,那儿都适合拍外景。"

"有一次在科布伦次开牙医大会,我和同事顺便参观了玛丽亚·拉赫③。"

"它就在我们的粉尘堆积区内。柯灵斯水泥凝灰岩和浮石工厂的两个烟囱在我没出生的时候就已经高达三十五米。那个时候工厂排出的水泥粉尘直接飘散在工厂附近,现在柯灵斯水泥厂在加高烟囱后,特别是在采用悬浮交换器和中间加入冷却塔进行粉碎干燥后,已经能做到将排出的水泥粉尘控制在百分之零点九以下,而且还能让粉尘飘过莱茵河,均匀地飘散在整个诺伊维德盆地④……"

"这些老板们多么负责,社会意识堪称表率。"

---

① 德国西部城市。
② 埃菲尔是德国中部北莱茵-威斯特法伦州的一座山脉。
③ 科布伦茨的一座修道院。
④ 位于科布伦茨和安德纳赫之间。

"我们不妨这样说:健康积极地追求利润。因为通过电滤除尘器回收的粉尘最高可以占到水泥生产的百分之十五……"

"而我这个报纸说什么就是什么的小小牙科医生却一直以为工厂除尘只对社会有益……"

(后来我向我的12年级〔一〕班介绍了日益严重的环境污染问题。就连塞鲍姆也感触颇深:"真搞不懂您为什么会当老师。要是搞除尘,您肯定会有更大的贡献……")

"医生,我想我们可以谈谈取得了什么样的双重效果。第一重效果,多亏我早期的努力,人们终于在五十年代中期成功地做到了通过高品质的粉尘提高工作效率。第二重效果,成功地遏止了乡镇提交议案的热潮,这些议案虽然有板有眼、有根有据,但还是让我们工厂的领导们大伤脑筋。开始的时候,柯灵斯拒绝了我的建议:'工业区的烟尘对今天的我们,就如同火山爆发、风化和沙尘暴对古代的人。我们和海绵石、凝灰岩、水泥生活在一起,因此换句话说,我们和粉尘生活在一起!"

"一个当代的斯多葛派。"

"柯灵斯熟知塞内加①。"

"一个即使放在今天也能对我们说三道四的哲学家。"

"要想让柯灵斯心服口服,只能靠实实在在的实例,因此为了能更形象地说清楚我的意见,我给我的关于德意志联邦共和国以空气为代价的经济论述附上了这样的画面:如果大气层被当做漂浮的、固体的和气体的三废排污沟,如果大气在贴近地面的、不仅只为人类和动物提供呼吸空间的空气层继续污染下去,那么就该把大自然当做控方证人传唤到庭了!——医生您看,这张照片是用袖珍照相机拍的,拍的是柯灵斯别墅公园,人称'灰色公园'中的那棵老榉树。这

---

① 塞内加(前3—65),古罗马哲学家、戏剧家,新斯多葛主义的主要代表。

棵树枝繁叶茂,树叶覆盖面积有大约一百五十平方米。一公顷的榉树林在一年内不停地落灰,所承受的细粉尘的重量大约在十五吨左右,因此我们借助柯灵斯公园那一棵榉树就不难算出,占地一公顷、针叶树占一半面积的柯灵斯公园会承受多少重量……我承认,可能是我的论述促使柯灵斯同意安装炉窑电除尘器。"

"总之一句话:您成功了。"

"尽管经过我的顽强努力,榉树的绿色有了更多的希望,但是柯灵斯公园仍然保持着它'灰色公园'的本色,它的位置离工厂太近了。"

我的牙科医生最后说的那句话"大自然会因此而感谢您"让我一下子对他的态度产生了怀疑。(担心别人不拿自己当回事,这种心情也始终伴随着我上的每一节课:看见一些学生微笑——或者是看见塞鲍姆歪着头好像在为我忧心——我会发怵,思想会开小差,这个时候经常会靠某个学生,或者是塞鲍姆漫不经心地说上一句"我们刚才讲到的是施特雷泽曼①",我才会缓过神来。这会儿的情形完全一样,牙科医生一句鼓励性的提问"柯灵斯后来怎么样了?"把我拉了回来。)"如果您想先漱一下口……"

后面就没什么了。黏黏的结石渣。唰唰的记录声。一眼就能看出来的厌烦。接下来,在器械小桌的桌面上,在安瓿加热器和可倾斜的本生灯之间,费尽心思地想回忆起初夏的景色。一个高级中学正式教师的全部的忧虑。想让自己伤感,愤怒,震惊,但是没有结果。一丝凉气穿过牙颈。塞鲍姆的笑颜。

"事情就是这样开始的,医生……"

---

① 施特雷泽曼(1878—1929),德国政治家。魏玛共和国时期曾任德国总理和外交部长,1926年获诺贝尔和平奖。

从普莱德往克鲁夫特方向走,沿途一派埃菲尔山南的景色。标题《输掉的战役》矗立在夏日的云团前。汽车在海绵石矿区缓缓行驶,到处被挖得坑坑洼洼,支离破碎,残缺不全。汽车朝矗立有两个烟囱的柯灵斯的工厂开去。我说话了,语气活像在给来访者介绍企业:

"柯灵斯工厂为联邦德国重现生机的建筑业服务,用埃菲尔火山丰富多彩的地下宝藏生产地面工程、地下工程和道路工程所需的建材。战前和战争期间水泥工业的崛起对凝灰岩水泥的和平开发以及预应力混凝土建筑方式产生的影响是令人欣喜的,在这里请允许我提到高速公路的建设,此外我还要提到西部边境的巩固,还要提到开发防空洞用混凝土,最后我还要提到大西洋海岸的大型水泥建筑。企业的重中之重是投资,投资的目的是现代化改造。我们的柯灵斯工厂也终将会加入这个进程。今天,高品质的优质水泥粉尘成吨成吨地通过烟囱四处飘散,成为生产过程中的损耗;明天,炉窑电除尘器……"

企业工程师的声音慢慢淡出画面。镜头跟拍烟囱的烟雾。废气和浓烟翻滚的全景。接下来是以飞鸟的视角在莱茵河上空拍摄从麦恩到安德纳赫的浓烟滚滚的全景,镜头然后俯冲,直逼用页岩装饰外墙、通体玄武岩灰色的柯灵斯别墅旁边的柯灵斯公园:榉树叶上水泥粉尘的大特写。树枝的节疤和火山口。上次雨后形成的淤塞的多空洞的小岛。粉尘在纷纷扬扬地转移地方。痉挛的叶片上有龟裂的水泥纹路。滚动的由粉尘组成的雪崩在少女们无缘无故的哧笑上倾泻而下,不堪重负的树叶屈服了。哧哧的笑声粉尘的雪崩哧哧的笑声。下一个镜头:布满水泥粉尘的榉树下,少女们躺在躺椅上。静止镜头,然后是移镜头。

英格和希尔德用报纸捂住脸。希格琳德·柯灵斯,人们一般都叫她琳德,直挺挺地坐在躺椅上。她长长的脸令人感到难以接近,脸上的表情有如山羊般呆滞。她没有加入报纸下的双人笑。英格从脸上拿开报纸:她很美,一种无邪的美。希尔德在模仿英格:她喜欢柔柔地、美美地眯缝睡意惺忪的眼睛。缝纫桌上有几个用作业本盖住的可乐杯子,当中还有一份报纸,上面堆了一杯子的灰。镜头拍摄静物特写。报纸内容进入镜头的有几个名字,奥伦豪尔①、阿登纳②,还有一个名词重新武装。琳德的两个女友一边把报纸上的粉尘扫到小堆上,一边发出哧哧的笑声。

希尔德:"我们马上就拯救了一磅柯灵斯水泥了。"

英格:"送给哈迪当生日礼物。"

话题接着转到假期的安排上。英格和希尔德还拿不定主意,波希塔诺③和亚得里亚海,应当优先考虑哪个。

希尔德:"我们的小哈迪想到哪儿去?"

英格:"他最近不是刚刚对洞穴壁画产生兴趣了吗?"哧笑。

希尔德:"那么你呢?"停顿。

琳德:"我哪儿也不去,就待在这儿。"停顿。沙沙滑动的水泥粉尘声。

英格:"因为你爸爸要回来了?"水泥粉尘停顿。

琳德:"是的。"

英格:"他在那儿已经待了多长时间了?"

琳德:"差不多十年了。一开始是在克拉斯诺戈尔斯克④,后来被关在卢布扬卡监狱⑤和布提斯卡亚监狱⑥,最后是在弗拉迪米尔劳动营,在莫斯科的东面。"

希尔德:"你觉得,这会把他给摧毁了吗?"停顿。水泥粉尘的沙沙声。

琳德:"我不认识他。"说完站起身,径直朝别墅方向走去。身影

---

① 奥伦豪尔(1901—1963),德国政治家,1952年起任德国社会民主党主席,直至去世。
② 阿登纳(1876—1967),德国政治家。从1950年至1966年担任德国基督教民主联盟主席。从1949年至1963年担任原西德总理。
③ 意大利南部的海滨小城。
④ 莫斯科西北郊区。
⑤⑥ 位于莫斯科的监狱。

在镜头中渐小。

一座纪念碑。一直到了我的牙科医生的诊所,我才把我塑像一般的未婚妻剪辑成功:在每一个剪辑镜头之间,她都要换裙子,但是却很少换毛线衣。她总是要单独一人,或者和她的哈迪淡入镜头,有时是在一座废弃不用的玄武岩矿的荆豆丛之间,有时在紧挨着诺伊维德堤坝后面的"野性男人"客栈里,有时在安德纳赫一带的莱茵河堤岸大道上,有时也会在内特谷①的浮石矿,也会在海绵石矿,而哈迪进入镜头时会要求把自己淡入成研究罗马和早期基督教之间玄武岩建筑艺术史痕迹的专家,或者他正在用自制的模型给琳德解释他最喜欢的东西:水泥炉窑电除尘器。切镜头:拉赫湖②对面的湖岸上两个人远远的身影。切镜头:一场雨把两个人赶进了贝尔菲德的一个废弃的石匠工棚。(先是争吵,然后在摇摇晃晃的木桌上做爱。)切镜头:下课后她在正建设一半的美茵茨。切镜头:哈迪在给格罗德十字架拍照……

"哈迪是谁?"牙科医生问。就连他的助手也很想知道,她冰凉的手可以证明这一点。"一个四十岁的正式教师,他的学生们都蔑视地但却是善意地称他为'老哈迪'。这个老哈迪,有了您助手三根冰凉的手指头的帮助,您可以把他的牙结石一层一层地给剥下来,这个老哈迪……"

凭着我及时中断的对日耳曼学外加艺术史的研究,凭着我在亚琛完成的机械工程师学历,凭着我当时正值二十八的年龄,凭着我已经了断的多个女友,凭着我几乎没有危机的婚约,我是战后成功年轻人中的成功者。在前线有了一知半解的经历后,十八岁的哈迪于一

---

① 德国西北部小城,和荷兰接壤。
② 拉赫湖位于德国西部,在科布伦茨、麦恩和安德纳赫三座城市之间。

九四五年的八月在巴特-艾布林①淫雨连绵的山脚下从美国战俘营释放了。自那以后,他就挂上了哈迪的名字。东部难民哈迪,持有甲类难民证件,借住在科隆的尼普斯区的婶婶家,在紧赶着补交高中毕业证书。这位半工半读的大学生时刻牢记父亲的一句话:"桥梁是人类的未来!"于是在亚琛为实现父亲的这句话而奋斗:他苦读结构,保持松散的人际关系,在考试前参加了一个大学生联谊组织,并经介绍认识了一个所谓的老先生:机械工程师埃伯哈特·施塔鲁施。此人在战争中失去双亲,因此加倍努力,在转学专业后,很快就在蒂克霍夫-楞格利希站稳脚跟,这是一家以湿法生产水泥的工厂。于是哈迪参观了附近条顿堡森林②的伊克斯坦岩石(条顿堡森林中形状怪异的岩石群),那时他还没有发誓要弃学艺术史;于是他知道了立波尔工艺③,因为那个时候蒂克霍夫公司已经提前开始在所有工厂将湿法工艺改造成干法工艺。哈迪得到了一笔资助,完成了一篇关于布雷斯特潜艇基地④防空塔使用深钻水泥和凝灰岩水泥的研究报告。报告经过扩充后,他还获准在一次水泥行业大会上向听众宣读,听众全是联邦德国水泥生产行业的高级管理人员。在他那个年龄算得上知识渊博,而且相貌堂堂,事业有成的哈迪在杜塞尔多夫,在那次现在已经可以算得上是历史性的报告上,认识了二十二岁的希格琳德·柯灵斯,并且在第二天大会茶歇的时候,认识了柯灵斯工厂话语不多总是一身黑装的女主人玛提尔德·柯灵斯婶婶。像是纯属偶然,哈迪同两位女士攀谈了起来。亚琛学生联谊组织的那位老先生当着柯灵斯工厂女主人的面,用赞许的口气提到了哈迪。哈迪参加了在莱茵宫廷酒店举办的结束舞会:他跳了很多次,但是和希格琳德跳得并不多。不仅要谈离心除尘器,而且还要谈麦恩和安德纳赫之间美丽的罗马玄武岩建筑艺术,哈迪对此十分在行。午夜过后,

---

① 在德国巴伐利亚州。
② 位于德国北莱茵威斯特法伦州和下萨克森州之间。
③ 一种生产水泥的工艺。
④ 第二次世界大战期间德国在法国的潜艇基地。

当周围的一切都沉浸在快乐的湿乎乎的水泥人气氛中时,哈迪促成了这天晚上唯一的一个吻。(希格琳德·柯灵斯说了一句意味深长的话:"如果我爱上了您,您是不会有好果子吃的……")不管怎么样,哈迪那天给人留下了深刻的印象。他很快就离开了蒂克霍夫-楞格利希工厂,而且还带着非常有利的资本:他彻底地,意思就是说成功地进入了柯灵斯工厂。他进入了欧洲最大同时也是封闭的水泥消费者圈子,既迅速又谨慎。同样,他在一九五四年成功地举办了订婚仪式,既干脆,又善解人意。考虑到未来的岳父大人还关在战俘营,订婚仪式是在离阿尔谷不远的罗赫米勒饭店举行的:在灰色基调的电视机荧屏上,希格琳德和哈迪做了自我介绍,希格琳德身着页岩灰的时装,哈迪上身穿的是一件玄武岩灰的单排扣上衣。一对开放的,但有点虚伪的新人,眼角能迅速流露出警惕的目光,可以把他们俩定性为多疑的一代,越来越让人怀疑是否能承受越来越强的压力:她学医,系统,但没有兴趣。我研究内特谷的浮石凝灰岩,柯灵斯工厂的凝灰岩水泥,特别是我们老掉牙的浮石生产自动化装置,总之一句话,研究浮石,认真,彻底,但是也没有兴趣……

"完后我们再打磨一下,免得牙结石很快又生根。"就在我的牙科医生再次要求我漱口的时候,我把这个空闲当做是医生对我发出的邀请,邀请我首先就公元前五十年和公元前一百年之间罗马人开采浮石凝灰岩做一个小小的报告。"即便在今天,在普莱德和克雷茨之间的地下坑道里,仍然能找到当年罗马矿工留下的涂鸦,"在医生给我打磨的过程中,我谈起了浮石:"从地质学角度讲,浮石凝灰岩属于拉赫的粗面凝灰岩……"

医生说:"彻底打磨可以保证彻底封闭牙釉表层……"

我谈到中部冲积层,谈到白色的粗面凝灰岩,谈到中间的那一层硬灰层。医生再一次指着我裸露的牙颈,对我说:"好的,终于解决了,我亲爱的。现在拿镜子来……"

对医生的问题"您觉得怎么样",我除了说"太好了,太好了",别无选择。

我的牙科医生专注地看着已经冲洗好的透视片子。医生的助手一张一张地抽,看那样,好像她要举办一个幻灯片晚会。片子上的牙齿一颗一颗乱糟糟的,而且还透明,看上去如同鬼怪的牙齿。只有臼齿部位的空隙——上下左右——在告诉我,片子上看见的全是我的牙齿。但是我不理会:"腐殖土层往下只需一米就是浮石层……"但是我的牙科医生也毫不松口:"虽然片子的结果告诉我们,需要镶嵌牙桥的牙齿是好的,但是我还是必须告诉您:您长有一副地地道道的,也就是天生的生来就有凸颌,说得通俗点,就是下巴朝前突。"(我请我的牙科医生把电视换到正规的频道。)

插播广告,占据了八分之一的视线。他用毛刷刷我受到损害的牙龈,分析报告还在继续:"正常情况啮合时,下颌位于上门牙后面一到一点五个毫米的位置,但是您的……"

(从此我就知道了,因为天生而被他称为地地道道的啮合错位是通过前后咬合的水平错位二点五毫米看出来的:我的脸形十分鲜明。)

我的这个牙匠他知不知道,他的打磨材料和抛光材料里面都掺有浮石粉?那个做广告的老女人,我觉得她很面熟,而且面熟得令人生疑,她知道不知道,她的洗刷擦刮的工具也都含有浮石,而且是埃菲尔山南的浮石?

我的牙科医生还在紧盯着我的凸颌不放:"从片子上看得很清楚,这会导致下颌骨萎缩,或者牙槽萎缩……"

她要卖给我一台冰柜。"我们可以把下颌骨上翘的部分锯掉,然后把下颌骨放回原位,这样我们就可以根治您的凸下巴……"就在我的牙科医生向我建议他的这个手术方案时,琳德唱起了一支歌的副歌:"常服维他命,永远水灵灵……"而且建议我分期付款。她接着打开冰柜,里面有嫩豆荚、小牛的腰子、加利福尼亚草莓,中间还夹放着我的乳牙、学校作文、我的甲类难民证、我的那篇关于深钻水泥和凝灰岩水泥的研究报告,还有我凝固的愿望和我被拉成瓶子形状的挫折,都已经被熏得熟透了。在最下面,红色的鲈鱼肉和富含铁的菠菜之间,躺着那个女人,一丝不挂,浑身布满冰霜,她刚才还在做广告:啊,椴树椴树椴椴椴椴……(明天我一定要给我的12年级〔一〕班布置一篇作文,题目是:《冰柜的主要用途和次要用途》。)啊,她潜伏在冰冷的气雾中。啊,痛苦经过冰冻保持得多么新鲜。啊,金子怎么变得如此暗淡……

我的牙科医生建议把电视机重新关上。(伊姆嘉德·塞弗特把他推荐给我时说他善解人意。)

我点头。他再次回到我的凸颌话题上:"但是我不建议您开刀……"我再次点头。(他的湿冷的助手也在点头。)

"我可以走了吗?"

"因此我建议在臼齿上加个冠。"

"现在就加?"

"牙结石已经把我们忙得够呛了。"

"那就后天,晚间新闻前?"

"您吃两片止疼药再走。"

"几乎没怎么疼,医生……"

(他的助手——不是我的未婚妻——给我递上药片和杯子。)

回到家,用舌头在牙齿后面感觉久违的摩擦,看见写字台上烟灰缸边上有已经批改完的12年级(一)班的作业,还有几本刚刚开始看的东西,一篇是我就学生共责写的研究报告,文章刚起了个头,标题很有些论战的味道:《学生可以在何时何处吸烟?》,旁边几本书之间是高年级改革大纲,空相框旁边的东西是我的公文包,薄得让我生气,上面用大号字母印有我的职称,不过公文包被报纸剪辑和几张复印的东西给盖住了。我在罗马玄武岩石块下面找到几张纸,石块基本上都做成石臼的形状,我把它们当做镇纸用……

唉,我的牙齿。唉,梳子里的头发。唉,我只有手指那么长的念头。唉,那么多输掉的战役。总是下一次痛苦得更厉害。现在闪现在记忆中的是:去年的鲤鱼,除夕之夜……哎,影子。唉,碎石子。唉,牙疼。唉……

我原本只是想弄掉我的牙结石,不过我已经预感到了,他肯定会发现什么,他们总是能发现点什么。人人都知道。

我回来后伊姆嘉德·塞弗特打来电话:"喂,怎么样?还好吧?"我只能对她说:医生不是暴虐狂。话说得有些调侃,但仍然谨慎。不能没有教养。(了解他的塞内加。)疼痛一发作,他就会立即停下来。迷信进步近乎幼稚——希望能有治牙病的牙膏,不过还能忍受。还有那个电视机,实在是太好了,虽然有些滑稽。

从这儿以后,我就和伊姆嘉德·塞弗特共用一个牙科医生,我在电话里对医生大加赞扬:"他的声音柔和,只是在训诫人的时候,才具有教师的坚定……"

他是这么说的:"牙结石是头号敌人。不论我们是在跑步、踌躇、睡觉、打哈欠,还是在系领带、消化、祈祷,口水都在坚定不移地促进它的生长。它不断沉积,引诱舌头上圈套。舌头总是在不断地寻找贝壳形成的苔层,喜欢粗糙的东西,给我们的敌人牙结石提供营养。结石用硬硬的表皮扼杀牙颈。它盲目地仇恨牙釉。因为您什么也别想骗过我。一个眼神就够了:您的牙结石是您石化的仇恨。不仅您口腔环境里的小生境,而且您混乱的思想,您迫不及待回瞟的目光,都在清算您应当结清的账,这就是您不断萎缩的牙龈正在形成存储细菌的小袋子。您的牙齿状态,还有您的心灵,它们都在出卖您:积聚已久的暴力,内心潜藏的凶杀。漱口!赶快漱口!还有不少牙结石残存在里面……"

我对这一切持否定的态度。作为德语还有历史老师,我憎恶暴力,而且发自内心深处地憎恶。我的一个女学生维罗·雷万德一年前在蔡伦多夫区和达棱区弄过一次叫什么采摘星星的活动。她把她收藏的从奔驰汽车上锯下来的星星标示拿到教室展示时,我对她说:"破坏!您的破坏纯粹是为了破坏而破坏!"

塞鲍姆启发我说,他的女朋友原本是想适时地给圣诞树弄点装饰:"为了学校礼堂的聚会。"

圣诞节刚过,金属锯对维罗·雷万德来说就已经过时了。(塞鲍姆后来写了一首流行歌曲,并且用吉他伴唱:"我们去采摘星星,去采摘去采摘……")

虽然我没有呼唤所有牙痛患者的保护神,但是我已经做好准备,借他的口说出现成的句子。既然都已经给我开刀了,那他就必须容忍别人的纠正:"医生,您也对浮石感兴趣,我说得对吧?"——"就如同您在义务教育的年龄对龋齿感兴趣一样……"

上午我必须回答12年级(一)班的问题。(维罗·雷万德:"他一共给您拔了几颗?")我回答:"如果你们在牙科医生那儿不得不张大着嘴坐在一台电视机的对面,而且电视里在放广告,在向你们,随便举个例子,向你们兜售冰柜,你们会想到什么……"

回答三三两两,没有什么收效。我决定放弃把此事做成一篇作文。但是塞鲍姆的一个奇思妙想却很有启发性,有一些想法和计划在没有完成之前,应当把它们冷冻起来,以便有朝一日在它们融化后,能把它们想出个结果,然后付诸实施。

"您讲的是什么样的计划呢,塞鲍姆?"

"我已经说了,现在还不能说。"

我接着问,目前尚在冰冻的计划是不是接管学生报出任主编。他挥挥手说:"这是您的事儿。想冻就冻着吧。"

快下课时我开始传播关于龋齿的知识:"龋齿的根本所在是坚硬的牙组织遭到了不可修复的破坏……"全班好像说好了似的,都在宽容地听我讲。塞鲍姆则嘲讽地把头歪向一侧。

我的牙科医生则没有那么体谅人:"下颌的这四颗臼齿,我们一次性全拔掉:右八右六左六左八……"

(消过毒的器械发出忙忙碌碌的金属声,好像他丝毫没有怀疑过我会再来:"医生,开始吧。我会保持安静的。")医生的助手已经拉开针管。医生说:"针头很小,有点儿难看。但是不疼,对吧?"

(要不是我挂着吸口水器,被纱布塞得满满的,被助手的三根手指给钳住了,我真应当好好和他唠一唠:"您的那个小针头不值得一提。但是波恩的那些人。您看了吧,危机,严重的危机,勒紧腰带,同甘共苦……还有大学生,大学生又在一次全体集会上……")

医生提示的那个小针头现在演变成例行公事了:"现在我们再补打一针,您几乎感觉不到……"

(打吧打吧。放电视,但是不要声音。)

"等两三分钟,牙龈会没有感觉,舌头会觉得绵绵的。"

"舌头肿了。"

"这是错觉。"

(一块肿胀的猪腰子。扔哪儿去?)

无声的画面放的是一个有宗教气质的男人,由于是星期六,所以他想对星期天说上一句话,这个节目的播放时间是在二十二点过后,从没有在柏林晚间新闻前播过:"是的,儿子,我知道会疼的,但是这个世界上所有的疼痛都不能……"

(他一节一节煞是好看的手指。他扬起一侧眉毛的讥讽。他摇头的迟缓。塞鲍姆称他是:银色的舌头)

过后,钟声迎来了星期天:当!——鸽子被惊得四散飞起。当!——啊,我无所不知的头脑中的那些小小的咣啷咣啷的卫星,还有丁零当啷作响的浮石。

那张紧绷着的山羊脸开始作报告了,海绵石,埃菲尔山南的金子。与此同时,我的牙科医生开始打磨左八:"放松。我们从咬合面开始,然后再把咬合面的周围打磨成锥形……"

我的浮石电影开始播放了:浮石原料从矿井中挖出来,运到洗石场,去除掉大块的成分,堆储,和标准黏合剂混合,在水泥搅拌机里加工成水泥熟料,最后再用自动制砖机加工成浮石建筑构件。

我的牙科医生说:"您看,左八已经完成了。"(趁他还没要求我漱口,我让电影,虽然有些仓促,但还是放完了仓库中预制浮石建筑构件是如何仓储的,以及后来是如何露天堆放的。)

"医生,看这里,在我们的标准空心砌块、浮石水泥顶板、空心砖和实心砖之间,在我们的钢筋跳板和格子板之间——同轻质材料相比,它们有以下优点:保暖、隔音、透气、防霉、耐火、可以钉钉子、表面粗糙,作为灰浆的底基,附着性坚实,在这些先进的建筑材料之间——它可以确保住房消费者能够顺利地融入多元化社会中,准确地讲,在我们这些密密麻麻堆放的标准组件之间,琳德·柯灵斯和工厂电工施罗涛相会了……"

我的牙科医生说:"我看……"我早已做了彻底的准备:从飞鸟的视角来看,在柯灵斯工厂和柯灵斯别墅公园之间,下面一大片都是浮石堆场。在工厂和公园交界的地方,有一组没有穿制服的来访者站在那里围成一个松散的半圆形。工厂的工程师埃伯哈特·施塔鲁施身穿白大褂,头戴安全帽,在给来访者介绍浮石建材的制作工艺。希格琳德·柯灵斯从"灰色公园"走过来。从她身上穿的小碎花夏装能看出来,公园外面在刮风。工厂电工海因茨·施洛陶从工厂走进浮石堆场。希格琳德在堆场的路上漫无目标地走着,而施罗涛走过来的目标则非常明确,看上去他似乎是在找她。

两人缓缓地接近,速度因各种偶发事件而延缓。在接近的上空,飘来工程师被风拉长的解说词:"在六千多年前,埃菲尔火山爆发时,可以肯定当时正在刮西——西北风暴,否则在爆发地点的东面和东南面就不可能形成浮石积聚层。以前,埃菲尔山南的农民务农的同时也采掘浮石,现在,柯灵斯公司把周围的开采区全部租了下来。我们现在所在的地方是我们公司的大型浮石堆场……"

全景画面缩小,对准密集码放的标准石块中间的希格琳德和施罗涛的聚会点。他们保持距离,相互揣摩,目光却滑向别的地方。施罗涛发出尴尬的微笑。希格琳德的双手背在后面,摸索着浮石的表面。施塔鲁施工程师的声音越来越弱,越来越远,他介绍企业总是喜欢自由发挥。这是受青年运动的影响,那个时候人们还管他叫施丢特贝克,他那个时候说大话,早就预见到了自己将来会当德语和历史老师……

"您现在和学生们都在处理什么题材?"
"我们正在努力认识席勒的强盗的历史背景……"
"还没摆脱青年运动领袖的影子?"
"我承认,没有摆脱青年时期的印记。"
"那么您的学生呢?"
"塞鲍姆想和他的女朋友一道,把强盗改编成卡通漫画。主要情节是在全国范围内锯奔驰星。玛丽·兰应当担任阿玛丽的角色,而超人……"
"很有意思的尝试……"
"塞鲍姆虽然有点子,但是缺乏耐性。他只有点子……"——(他想把点子冰冻起来,将来有朝一日将它们溶化,把它们思考到底,然后付诸实施……)——"……就像浮石堆场的那个施罗涛……"

琳德:"您在我们公司上班吗?"
施罗涛:"从一九五一年起在公司当电工。曾经有过一次同您的父亲大人有过某种工作关系。"
琳德:"能说得具体一点吗?"
施罗涛:"当然可以,小姐。那是一九五四年中,您的父亲认为:

布雷斯劳①必须守住。听说过战场爬犁吗②,小姐?"

琳德:"您想干什么?"

施罗涛:"比如说和您去看电影。顺便打听一下,陆军元帅先生究竟什么时候回来。"

琳德:"我看您还是省了电影票钱吧。弗里德兰仓库本周末就要运货。您到底想干什么?"

施罗涛:"啊,没什么大不了的。我和几个同事很高兴能和他重逢。"

琳德:"我想知道,您究竟想干什么?"

施罗涛:"也许我们应当到安德纳赫去看电影。"

琳德:"无缘无故……"

施罗涛:"您认不认识您的父亲大人?"

琳德:"他最后一次休假是在一九四四年。"

施罗涛:"那段时间他在库尔兰③。"

琳德:"他只待了三天,而且大部分时间在睡觉……"

施罗涛:"那段时间我在鹿头师④,也就是第十一步兵师。清一色的东普鲁士人。——我要对您说:您有一个了不起的老爹,小姐。"

琳德:"这次我可以真正认识他了。"

施罗涛:"我可以给您讲很多东西,其中有些也很有趣……"

琳德把施罗涛扔在一边:"以后如果我有兴致和您看电影再说吧。"

("我说医生,您是怎么认看的? 那个被孤零零丢在浮石堆的电

---

① 波兰西部下西里西亚省省会,位于奥得河畔。布雷斯劳是德语译音,波兰语译弗罗茨瓦夫。
② 第二次世界大战期间德国士兵用语,指专门负责战场收容和督战的宪兵。
③ 波罗的海沿岸地区,第二次世界大战期间曾经发生过著名的库尔兰战役。
④ 鹿头是第十一步兵师的师徽。

工应当怎么来结束那个场面？他应当说一句'她长得很像她的老爹'？或者说他能这么做吗？）

我的牙科医生说："再坚持一会儿。左下牙已经做完了。"

"怎么说？这种结束场面的方式您是喜欢还是不喜欢？"

"现在我们要给右下牙打麻药。不会有感觉的，因为第一针药劲早已扩散。好，打完了。"

"或者说他们的对话需要高雅的文体？起诉。深仇大恨，报仇雪恨……"

"那个施罗涛，每次谈到他，您的同情总是令人生疑，您不认为他具有革命者的天赋吗……"

"只要您定下全国都认可的标准……"

"我看他是一个气不够用的革命者。"

"这个世界上之所以有他，是因为有柯灵斯。"

（麻药开始起作用了，一频道又开始播放浮石的片子。我的牙科医生请我给这两位互为依存的主人公勾勒一个简短的双人画像："我会用这段时间去取给打磨过的牙齿制作的铜环模，它可以保证打磨的精度。"

我小心翼翼地漱口，用漱口杯很费力，因为下嘴唇没有感觉，再加上肿胀的感觉，我无法正确判断杯子和嘴唇之间的距离：结果把水碰洒了。牙科医生不得不用纸巾帮我擦干。真难堪。）

"海因茨·施罗涛一九二〇年生于艾门兰①，天主教在新教东普鲁士地区打进去的一个楔子。未来的陆军元帅费迪南德·柯灵斯于一八九二年在麦恩降临埃菲尔山南的大地，他的父亲是一个石匠，在贝尔菲德有好几个玄武岩矿井。两个人自然而然地长大，并没有引

---

① 艾门兰原属于德国东普鲁士，第二次世界大战后被划归波兰。该地区在波兰被称做瓦米亚。

起周围环境的特别注意。如果我们不去讲述施罗涛在弗劳恩贝格①的学徒经历、柯灵斯没有修完的哲学专业、施罗涛在阿伦施泰因②当电工和狐步舞舞蹈演员、预备役少尉柯灵斯在第一次世界大战的战果,例如在第十二次伊松佐河战役③中的表现等等,我们要到以后才会特别关注他们的发展。考虑到给磨完右下方的两颗牙齿只留下了很短的时间,我们可以跳过柯灵斯的帝国国防军生涯和施罗涛的电工经历,讲述:著名的第十一步兵师,又称鹿头师,这支部队的驻防地区有东普鲁士的阿伦施泰因、奥特堡④,比邵夫堡⑤,拉斯滕堡⑥,洛岑⑦和巴尔滕施泰因⑧。一九三八年秋天,新兵海因茨·施罗涛被派遣到驻防巴尔滕施泰因的第四十四步兵团。与此同时,一个山地步兵团的中校指挥官在兵不血刃地经历了德奥合并和占领波希米亚⑨与摩拉维亚⑩保护地后,正在梅明根⑪驻防。

施罗涛和柯灵斯,两人都在时刻准备着。一个在施塔普拉克⑫

---

① 位于德国西部的莱茵兰-法尔茨州。
② 阿伦施泰因原属于德国东普鲁士,第二次世界大战后被划归波兰。该地区在波兰被称做奥尔什丁。
③ 第一次世界大战期间,意军同德奥联军于1915年6月—1917年12月在意奥边境伊松佐河地区进行的十二次战役。
④ 奥特堡原属于德国东普鲁士,第二次世界大战后被划归波兰。该地区在波兰被称做什奇特诺。
⑤ 比邵夫堡原属于德国东普鲁士,第二次世界大战后被划归波兰。该地区在波兰被称做比斯库皮采。
⑥ 拉斯滕堡原属于德国东普鲁士,第二次世界大战后被划归波兰。该地区在波兰被称做肯琴。
⑦ 洛岑原属于德国东普鲁士,第二次世界大战后被划归波兰。该地区在波兰被称做吉日茨科。
⑧ 巴尔滕施泰因原属于德国东普鲁士,第二次世界大战后被划归波兰。该地区在波兰被称做巴尔托希采。
⑨ 位于捷克共和国的中西部。
⑩ 位于捷克共和国的东部。
⑪ 在德国巴伐利亚州。
⑫ 位于波兰。

沙地练兵场,另一个根据命令,正埋头研究地形图,了解喀尔巴阡①关口的道路和防御情况。

　　施罗涛和柯灵斯于九月一日同时开拔,此时已是夏末,天气温和。步兵团的士兵施罗涛参与了一系列作战,突破姆瓦瓦②的边境防线,争夺纳雷夫河③上的桥梁,在波兰东部的追击战,直至占领莫德林④。与此同时,柯灵斯则开始了对兰贝格⑤的冲锋:在兰贝格周围的高地上,在防御波兰骑兵团的阻击战中,他第一次有机会证明了自己日后得到的美誉:坚守将军。施罗涛,这个在谨慎程度上比上不足比下有余的武夫在争夺莫德林要塞的战斗中受轻伤,上臂被子弹擦伤,结果获得一枚二级铁十字勋章。而兰贝格的战斗英雄不仅没有受伤,而且军功榜上有名,在他宽阔的胸膛上,第一次世界大战的奖章旁边,又增添了一枚一级铁十字勋章。

　　施罗涛和柯灵斯,两人都往家里写信和战地明信片。为什么这个步兵团的士兵,后来的工厂电工海因茨·施罗涛在一九五五年的六月急着要在科布伦茨⑥火车站接待这位上校,后来的陆军元帅,当时还看不出任何原因来。"

　　我的牙齿医生看来对双人肖像画是满意的,但是对自己的工作并不满意:"用铜环模可以看出来,我们磨出了几道痕,不过这是小问题,我们可以修磨。先漱一下口……"

　　"医生,您是怎么看的,我们应不应当把科布伦茨火车站和火车站的人群淡入进正在播放的浮石片子……"

---

① 欧洲中部山脉,一般海拔在 2000 米以下。绵延所经国家有捷克、斯洛伐克、波兰、俄罗斯和罗马尼亚,全长近 1500 公里。
② 波兰边境城市。
③ 纳雷夫河源起白俄罗斯西部,流入波兰东部,全长 438 公里。
④ 在波兰首都华沙东北,战略要地。
⑤ 兰贝格位于乌克兰境内,现在的名称是利沃夫,是乌克兰的主要文化中心。第一次和第二次世界大战期间,利沃夫属于波兰,是波兰的第二大城市。
⑥ 德国西部莱茵兰-法尔茨州的城市。

"放松。舌根自然下垂……"

科布伦茨火车站正面全景。花岗岩基座,黑黢黢的略为打尖的砂岩砖,车站雕塑,战争创伤,依旧可见。(由于背景距离太近,所以卡特豪塞①——要塞的一部分——看上去如同紧紧贴在火车站的油毛毡顶上。)站前广场的不安宁要求镜头一定要稳定。镜头摄下了:杂乱无序的人群,各种交叉进行的动作,横幅标语,有的被高高举起,有的刚刚展开,有的刚刚卷起。(鸽子落在车站外墙的浮石砖上,歪着脖子,看着它们被人占据的站前广场。)伴随着嘈杂:不知所云的群言,喝喊("邵尔施,过来一下……"),多人发出的哈哈大笑,轮流用瓶子喝啤酒的咕噜咕噜声。(鸽子的咕咕声。)在市储蓄银行旁边执勤的警察。只有两辆警车。采购完毕的家庭妇女们。推着自行车的少年。(帽子里装着二十马克彩票的卖彩票的人。)媒体。新闻周刊在用木箱搭起来的讲台上架起摄像机。类似于命令的喊声。无休无止的动作:横幅被打开了,上面的内容可以看出来了。"抹掉北极!"——"力量来源于恐怖!"——"库尔兰欢迎您!"——"坚守将军柯灵斯!"齐声高喊找到了节拍:"坚决反对战场爬犁!坚决反对战场爬犁!"——"我们不参加!我们不参加!"(一部分人的失望声,因为新闻周刊没有把他们拍下来。咒骂声:"蠢猪,滚走!"——鸽子的起飞和降落。)半景镜头捕捉到以工厂电工施罗涛为首的一组人。他在指挥:"柯灵斯应当留在西伯利亚!柯灵斯应当留在西伯利亚!"

马肯彼特路街角,希格琳德·柯灵斯戴着一副太阳镜,挤在家庭主妇中间,慢慢地穿行在大部分是战争致残的男人群中。(拐杖,假眼,没有胳膊的衣袖,残缺的脸庞。)火车站入口处混乱嘈杂。人群拥进候车大厅,挤成一窝一窝的。咒骂,推搡,挑衅斗殴。售票处的笑声:站台票买好了,然后分发。(采用集市叫卖方式:"谁还没有谁

---

① 科布伦茨市内的一座山。

还想再要!")

警察没有干预,而是跟着人群一直跟到检票口。检票口同样是一片拥挤。一名警察在疏导人流:"各位先生们,不要慌,你们的柯灵斯不会跑掉的……"奔跑,快速踽跚,穿过楼梯通向各个站台的地下通道,直奔四号站台:从站前广场向车站里涌动的过程中,不断传来混杂的只言片语:"俄国佬怎么会放他走的。"——"残暴军阀!"——"啊呀,他可是一个倒霉蛋。"——"他们在营里把他……"——"他和那个努什克①应当在同一列火车上……"——"因为重新武装……""告诉你,是豪华车厢。"——"如果他们到我们这儿来,就把军队派过去……"——"我不参加!"——"已经够笨的了……"——"我是在北冰洋前线认识那帮猪的……"——"尼科波尔②的后卫部队……"——"在库尔兰,那头母猪把我……"——"什么时候到……"——"把他的假腿给打……"——"他在布拉格把我们……"——"进站了!"——"嗨,看清楚了!"——"火车进站了……"

人们静静地迎候火车进站。目光受到牵制,时而甩向前,时而甩向后。真正旅行的人下车的并不多。一双双虚眯的眼睛在寻找相似的长相。几个男人把包厢搜了个遍。火车又开了。列车乘务员站在车厢门口的踏板上大声喊道:"不要急,你们的柯灵斯带着他的纸板箱在安德纳赫就已经下车了。"

铁路的噪声盖过了一个个零散的抗议口哨声。(它把给我打磨左八牙齿咬合面的手机起动声都压了下去。有足够的理由漱口。就连我的牙科医生也反对利用满满一站台的失望。)

"总之一句话,抗议集会慢慢散了,同上周抗议基辛格③的集会散场一样:井然有序。我当时和几个学生还有一个女同事在场。一

---

① 努什克(1883—1957),德国政治家,曾在原民主德国担任过副总理。
② 乌克兰的城市。
③ 基辛格(1904—1988),曾于1933年加入纳粹党。1966—1969年任西德总理。

切都是白忙乎,他没有像事先宣布的那样,给矗立在大理石广场的纪念碑献上花圈,而是把花圈悄悄扔进普罗岑湖①。尽管如此,伊姆嘉德·塞弗特仍然很满意:'我们的抗议不会被淹没。'塞鲍姆头脑仍然很清醒:'也就是喊几声放放气。'第二天,我当着12年级(一)班的面,正想为抗议者的看上去毫无结果的道义姿态辩护,维罗·雷万德用一段马克思恩格斯的语录打断了我的话(她身上总是带有语录条):'小资产阶级革命者把革命进程的个别阶段当做最终目标,他们只是为了实现这个目标才来参加革命的……'——小资产阶级,我就是小资产阶级。还有您,医生,如果您当着我的班级谈论您的塞内加,您也必须接受这个分类……"

"您完全可以用尼采回答您那个熟读语录的女学生:'价值实现重估的前提是:存在强烈的新需求,也就是存在新需求者的……'"

"不论是什么促使人们走上街头,一个星期前的反对基辛格也好,一九五五年夏天反对柯灵斯也好,说到底都是空洞的气泡……"

"不管怎么说,我们已经把您的左八牙齿的咬合面打磨好了。"

"报纸上是这么写的:'陆军元帅柯灵斯躲避家乡的抗议人群!'有的文章充满讥讽:'柯灵斯说:我不在场!'——有的文章一针见血:'科布伦茨的街头表演没有主角。'——广告汇报实事求是地断言:'火车准点进站,但是没有陆军元帅。又一场抗议集会不了了之……'"

"您的伙计施罗涛呢?"

在磨我的左六牙齿的咬合面的时候,我插进一个过渡场景:当年的士兵们撤离了四号站台。在地下通道前的楼梯上,琳德和施罗涛在拥挤的人群中撞在了一起。

琳德:"要我带上您吗?"

施罗涛:"去你妈的,滚蛋!"

琳德:"我的车停在霍曼酒店的后面。"

施罗涛:"你们这帮混蛋,谁愿跟你们走谁走。"

---

① 位于柏林市中心的一座湖,湖旁有纳粹时期的监狱。战后建有纪念堂。

琳德:"我以为您想和我去看电影。"

施罗涛:"这是他的风格,事到临头溜之大吉。"

镜头从这里掐掉。等两个人走下楼梯消失在地下通道后掐掉镜头。

因为他们当然会一块坐车走,而且坐的是一辆今天市面上已经看不见的波格瓦德①。虽然他突然把她一个人扔在火车站的站前广场,不,他是一言不发地(在鸽子群中)离开了她,让她独自一人径直往下走去,但是我们没有必要把这个镜头拍出来。施罗涛和他当年的朋友们的简短对话"这个老家伙,把我们给耍了"——"我会把他痛骂一顿的"也都是多余的镜头,该剪掉。(此外他在站前广场还买了一张彩票:但是没有中。)

从安德纳赫到麦恩方向的联邦公路。波格瓦德一路疾驰。坐在方向盘前的是西格琳德·柯灵斯,副驾驶位置上坐的是海因茨·施罗涛。后排座位上是一台固定的摄影机。

琳德:"我其实应当可以想象的出,他是不会在安德纳赫等我的。"休息,胡乱猜想到安德纳赫的短途旅行,胡乱猜想波格瓦德工厂不知什么时候破产倒闭。

施罗涛:"也许他留在营里不回来了。俄国佬肯定需要他,他们现在最需要有经验的人。保卢斯②不就留在那边了吗。"——休息。邓拓的反革命言论随着对话气球升了起来:"我们欢迎学者百家争鸣……"配上画面:民主德国的高级干部在柏林西火车站欢迎柯灵斯。

琳德:"您什么时候邀请看电影?"

施罗涛:"可以估计,柯灵斯会帮他们组建一支军队……"

---

① 波格瓦德原来是德国汽车制造商,第二次世界大战期间为纳粹提供军用车辆。早年生产的轿车与奔驰齐名。企业于1961年破产。

② 保卢斯(1890—1957),纳粹元帅。

琳德:"我要知道,您什么时候发邀请。我现在想看电影都想疯了。"休息。考虑五十年代中期都在放哪些电影:《茜茜》①,《银色森林的林区管理员》②……

施罗涛:"小姐,您的未婚夫,我的意思是说……"

琳德:"给他卸负担,他感谢还来不及呢。"休息。能不能从琳德的这句断言中听出暗示,那就全凭施罗涛自己了。我漱口,因为我的牙科医生在请我这么做:雪白的沫子,没有血。中间夹杂了一句我的学生塞鲍姆的喊叫声:"国家社会主义运输兵团③,德意志少女团④,德国劳动团⑤,——但是,湄公河三角洲都发生了什么……"——"那是肯定的,塞鲍姆,那是肯定的。但是我们首先必须明白,为什么元首大本营的那次刺杀事件被简称为FHQU……"

施罗涛:"另外小姐,有一个关于东普鲁士农民的笑话不知道您听过没有,有一天农民牵着他的母牛去找公牛。他的老婆问他……"

琳德:"另外,我的未婚夫只对罗马时代加工玄武岩和凝灰岩感兴趣……"休息。但是这点时间不够对罗马人,特别是特利弗人⑥暴动失败后的高度发达的磨石工业进行反思,因为波格瓦德超过了一辆自行车。施罗涛往后看。脸上浮现出惊讶不安的仇恨。——长时间的休息,对母牛笑话的结尾作了一番长考,接着说话,语气没有什么特别:"刚才那人就是他。停车。我要下车。"琳德把车刹住,说:

---

① 奥地利历史题材故事片,首映于1955年。
② 奥地利乡情故事片,首映于1954年。影片在奥地利放映的名称是《高山的回音》,在德国放映的名称是《银色森林的林区管理员》。
③ 纳粹德国时期的辅助军事组织,前身是1930年成立的国家社会主义汽车团。
④ 纳粹德国时期由十四至十八岁的女子组成的青年组织。
⑤ 纳粹德国的组织,成立于1935年。按照规定,男青年都必须在服兵役前在劳动团劳动6个月。第二次世界大战爆发后,女青年也必须在劳动团尽劳动义务。
⑥ 凯尔特-日耳曼人的一支,公元1世纪前后,主要生活在今天德国西部的摩泽尔河地区。历史上曾多次被罗马人奴役。

"您可以把我介绍给我的父亲。"

施罗涛:"怎么,害怕老头?"

琳德:"是的。我怕他,和您一样。下车吧。"

施罗涛笨手笨脚地下车:"下次再来浮石堆场,来找我。我一般两点左右巡查结束,之后有半个小时……"他一边说着后半句话,一边朝普莱德的方向走去。

施罗涛在走,我拒绝跟着他走,医生在收牙科手机,因为一个自费女病人在给他打电话,与此同时,琳德打开雨刮器,好像是想把施罗涛给刷掉。但是她的目光却落在后视镜上。后视镜里,镜头捕捉到一个正在缓缓的弯道上蹬骑的骑车人。他在顶风骑。风声,琳德的呼吸声,我的医生在电话中和病人约不上时间的声音,三种声音相互交织,相互混杂。

从今天往回算,大约是在二十二年前,从那个时候往回算,是在十多年前,那是一九四五年五月八日,在大德意志帝国国防军投降前几个小时,陆军元帅柯灵斯身着灰色便装,离开了他仍然在浴血战斗的军队,离开了他在埃尔茨山①的指挥所,乘上仅剩的一架费斯勒-鹳②,飞往蒂罗尔③的米滕希尔④。根据他后来在法庭的陈述,他此行的目的是执行元首的命令,接管阿尔卑斯山要塞的指挥权。但是他既没有看到什么要塞,也没有看到有强大战斗力的军队,有关这点有证人、证词证明,于是他用身上穿的灰色便服换了当地的特色服装背带短裤什么的,逃进一个高山牧场的茅草房子躲了起来,期望有奇迹发生,或者美国武装力量能和德国剩余的武装力量结为友军,他在法庭称这是很自然的事情。但是到了五月十五日,既没有奇迹发生,

---

① 位于德国和捷克交界处。
② 第二次世界大战期间德国的一种轻型飞机,常用作为侦察机和联络机。
③ 奥地利地区名。
④ 奥地利的小镇。

也没有很自然的事情发生,没有出现针对苏联军队的联盟,于是他不得不征用一个农民的自行车,穿上蒂罗尔的民族服装,没有军队,没有勋章,独自一人骑车前往圣约翰①的美国战俘营。十年后,他仍然是骑着自行车——当时在安德纳赫借一辆自行车并不是什么难事,顶着风,朝家乡麦恩的方向骑去:用力均匀。在波格瓦德的后视镜里,我们看见他的形象越来越大……

("您怎么认为,琳德被孤零零地撇在波格瓦德里,只能靠后视镜了,她会还是应当喃喃低语:'我应当拥抱他吗?还是应当哭泣……'")

我的牙科医生终于用电话和那个病人约定了看病时间。浮石的片子沉浸在埃菲尔山南的景色中:一个颠沛多年的归乡人骑自行车回来了,我和他,我们为能再次看见库雷尔山而感到高兴。琳德下车的时候,我的牙科医生再一次用手机把我的左六牙弄小了。琳德打开后备厢,移了移备胎。然后转身朝向身形越来越大的骑车人。历史就是这么巧合:黑格尔的世界精神驰骋大地,大地的下面,浮石在等候着开采。

("医生,开始吧! 医生,开始吧!")

自行车刹住了。琳德呆立。骑车人沉重地从车上下来,和琳德保持两步的距离。(风,眯缝的眼睛,沉默,思绪跳跃回牙科诊所,从那里跳跃回我的 12 年级〔一〕班,因为不久前我们还讨论过归乡人的原型人物:"我们这一代人受博尔歇特②的贝克曼③的影响很深。塞鲍姆,您是怎么看贝克曼的? 贝克曼的名字您听说过吗……")这个归乡人也戴眼镜,身穿灰色的过于瘦小的常服,没有戴帽子,脚上

---

① 奥地利地名。
② 沃尔夫冈·博尔歇特(1921—1947),德国战后废墟文学的代表作家,主要作品有剧本《大门外面》。
③ 《大门外面》中的主人公。

是一双粗糙的高帮系带鞋。裤腿上的夹子可能是在安德纳赫借的。崭新的领带十分雅致,看上去很扎眼。自行车的行李架上绑着他的纸板箱,绑扎的绳子已经散线了。一脸的横肉没有任何表情。

琳德:"我们可以把自行车放在后备厢里。我是您的女儿希格琳德。"

柯灵斯:"没想到有人来接我。"

琳德:"刚才在安德纳赫,我和您肯定是相互错过了。刚才我……"

柯灵斯:"我回来的时候一定要戴领带。"他用下巴努了努领带。

琳德:"很好看。"但是脸上没有笑容。

柯灵斯:"我姐姐写信告诉我,你长发,扎长辫子。"

琳德:"订婚前剪了。可以把自行车搬上去吗?"

柯灵斯:"可以。"琳德很有经验地把自行车和行李放进后备厢。后备厢关不上了。柯灵斯望着库雷尔山。有什么东西让他感到很开心,可能是看见山仍然矗立在那里吧。读者这会儿可能会想,柯灵斯的行李里都会装些什么东西呢。看见琳德用散了线的绳子把关不上的后备厢盖固定在后保险杠上,读者可能也会担忧。(另外,我认识琳德的时候,她还留着莫扎特式辫子。她后来剪掉了,就因为我喜欢。)

琳德:"就几公里路,后备厢这样没问题。——再说了,一路上您会发现很多变化。"

柯灵斯:"土豆叶子上的水泥灰没有变。"

琳德:"这个很快也会变的。"

柯灵斯:"你的未婚夫,他以前在迪克霍夫①,是吧? 他要除掉工厂的除尘。"

琳德:"首先要改成干法生产工艺,然后……"

柯灵斯:"到了再说。你说呢? 我的女儿和我您来您去的,难道

---

① 德国水泥制品制造公司,成立于 1864 年。

用你称呼就那么困难吗?"

琳德:"我打算改口。"

柯灵斯:"那就改吧。"

琳德:"好的,父亲。"

两人上车。

风景,汽车,不骑自行车,把这个场景安排在灰色公园合适吗?

"医生,我想听听您的意见。柯灵斯骑着自行车回来了,也有可能是推着车子,在树叶上满是水泥灰的榉树下遇见了琳德,开口的第一句话就是:'没想到没人接我。'琳德的回答是:'我在科布伦茨。那里有一场集会,看上去和骚乱差不多。'

柯灵斯:'这个奇怪的国家的警察请我在安德纳赫就下车。'

琳德:'火车进站的时候没看见您,我感到欣慰,因为有那么一些人……'

柯灵斯:'我姐姐写信告诉我,你一头长发,扎长辫子……'"我的牙科医生反对用灰色公园做假想,因为琳德的的确确是在半路上偶然碰见她父亲的。

两人朝普莱德方向驶去。镜头目送两人,直至埃菲尔山南的全景镜头中只剩下库雷尔山和柯灵斯工厂两个正在冒烟的烟囱。

"亲爱的,终于大功告成了。再用铜环模试一次,然后用禄华雷①充填,最后我们就可以得到一副和牙齿残端一模一样的牙模了。"

我想尽量让自己满足。柯灵斯到了。没有痛苦了。漱口也好像感到有乐趣了。我知道,在外面,霍恩措伦大街从罗森埃克一直通向联邦林荫大道②。我的学生塞鲍姆常见的喊声:"您究竟为什么要教

---

① 商品名,一种制作牙齿模型的树脂材料。
② 柏林的三条街道名。

书?"维罗·雷万德的帮腔:"他怎么会知道!"但是这丝毫不能引诱我去寻找无谓的答案。

接下来,我的牙齿被一颗颗地用一种不伤组织的液体涂抹了一遍。医生用锡套子罩住我那四颗被打磨过的牙齿,免受外界的影响,"麻药减弱后,舌头碰到金属的东西,开始的时候会感到怪怪的。"与此同时,她在严格掐算广告时间,就好像法律规定似的。先给洗发水做广告,接下来是松针①,最后又用一种晚霜把自己给涂抹了个遍。她站在喷淋头下,满头泡沫,我看见她的只是一个身影。赤裸的皮肤,可以形成水珠,可以形成泡沫,但是不允许散播欲望。抗议!为什么只有在护肤的时候不可以这样?"医生,为什么不能用光光的肉体给所有东西做广告?可以设想这样的场景:一个赤条条的牙科医生站在这里,给一个三十九岁的女教师,也就是塞弗特同事——打磨牙齿,下牙床左右各两颗,然后再用锡套子套起来,免受外界影响。我在这里给格林艾森②做广告:棺夫抬着一口尚未盖棺的棺材,身上赤条条的,仅有几根背带。棺材里面,隆重装点的陆军元帅终于安静地躺在那里了。——我在这里为柏林中学的高中改革做广告:一丝不挂满身浓密毛发的老师在给穿着个性化的男女学生们讲授德国历史。这时他的女学生维罗·雷万德穿着色泽鲜艳的毛衣跳起来说:'您列举的极权主义的特点和学校的权威制度十分吻合,我们在这里……'或者我也可以这样为欧司朗③做广告:企业电工施罗涛一丝不挂地站在一把椅子上,拧一盏六十瓦的灯泡,一个身穿运动服的小姐——琳德琳德琳德——站在一边看着他。或者给亚兰丁止疼药做广告:一丝不挂的恋人坐在沙发上,眼睛在注视着电视。荧光屏上,穿衣服的人正在演绎一个凶案:臭名昭著的女性杀手在逃亡,找到一个粮仓,穿着衣服蜷缩在草堆里,呻吟,因为牙疼,因为没有亚兰丁。

---

① 一种沐浴液的商标名。
② 德国柏林的一家殡葬公司。
③ 德国的光源系统制造企业。

而就在这时,他透过草秆,看见一个裸体少女大胆地穿过院子,去给黑白斑奶牛挤奶。都是动物。医生,我问您,为什么动物园不做广告,不在蛛猴、绒猴和爬猴的笼子面前展示不着衣装的旺盛的家庭生活呢……"

"不错,安放得很稳。锡套子的大小先前就已经定下来了……"(我的蒙上牙套的牙根。)

"您现在咬一下牙。再咬一下。很好。谢谢。"幸亏医生的助手(身穿白色褂子)及时把胡萝卜般的手指头抽了出来。

"我的脸是不是肿得发歪了?"

"纯粹是错觉。一面镜子就能把您的错觉剥得体无完肤。"我的牙科医生(脚上穿的是一双帆布鞋)边走边建议我及时服用亚兰丁:"否则您周末会不安,而且有疼痛。"

(他的助手在走廊里帮我穿上大衣,用没有感情的声音小声要我不要吃太烫的食物,不要喝太冰的饮料,因为金属导热——我开始有点喜欢上他的助手了,的确是有些喜欢了。)

带着四个不属于我的物体回到家,刮胡子,换衣服,用真丝带包扎礼物,乘十九路公共汽车一直到雷宁广场,应邀去参加一个生日聚会。开始的时候穿梭于同事之间挺开心(为文化政策做贡献),拿女主人(过的就是她的生日)的鱼缸和里面无精打采却贪吃无厌的东西开玩笑——但是伊姆嘉德·塞弗特却不肯笑,多亏亚兰丁顶着,我一直撑到半夜。回家,发现我的写字台蹲伏在那里,于是在一张小条子上写道:看看行李箱里究竟藏了什么东西……但是很快就进入梦乡。因为药劲减弱,第二天一大早就醒了,但是到吃完早饭后(茶、酸奶、玉米片)才服了两片药,在阅读周末报时继续我的哀怨:唉,星期天……唉,墙纸……唉,午时酒……

我是在星期日世界报上看到的:他们抓到了他。不对。他是自首的。因为他们永远不可能抓到勒死他充满生活乐趣只是在刮西风时才会使性子的未婚妻的凶手,即便是用铜版纸印刷通缉令也抓不到他。他是用自行车链条勒死她的——一张照片拍下了那个物证。根据陈述,差一点就成了他岳父的那个人经过十年的战俘营生活,终于返乡了,由于最后一段路找不到其他代步的工具,他便在安德纳赫借了一辆自行车。像玫瑰花环一样一节一节的自行车链条十二年前在案发地(空心砖仓库)找到了,因为他靠撬门入室为生整整十二年了,他没有什么特别的工具,也没从中感到特别的乐趣,但是干得却特别在行。(世界把他遗忘了,但是科布伦茨警察局的凶杀科没有忘记他。)岁月匆匆忙忙地过去了,但是他不愿意让自己速度飞快的技能老化。他不仅仅只缺物质食粮,所以也喜欢读哲学读物:他最痴迷的是斯多葛的学说(即便是在今天,他仍然可以算得上是塞内加专家)。他躲躲藏藏地读,匆匆忙忙地读,他躲躲藏藏地睡,匆匆忙忙地睡,有时睡在粮仓,有时也睡在周末别墅。在周末别墅,在他喜爱的作者的书后面,他经常会发现钞票和硬币。于是他就乘火车旅行,而警察却一直以为他是一个公路流浪汉。他穿着讲究,手捧书籍、背靠头等车厢的软座,就这样,从帕骚①到弗伦斯堡②,从科堡③到弗克林根④,他一路饱览了西德的风光。他地方换的越频繁,衣着就换的越频繁。他特别反感偷窃,因为这违反他的天性。但是他不仅要靠偷窃维持自己的物质生活,而且还要靠偷窃满足自己对书籍、旅行和零用钱的需求。再说,偷窃还可以解决行头问题:随着年龄的渐老,他可以很轻松地买到商店销售的成衣西装,因为他的身材比较容易找到工厂批量生产的尺码。他经常换行李箱。由于没有什么财产——几件换洗的内衣内裤,当中放几本书,所以他旅行时,行李总

---

①③　位于德国巴伐利亚州。
②　位于德国施勒苏益格-荷尔斯泰因州。
④　位于德国萨尔州。

是很轻。

他每三周理一次发吗？这种事他总是放在飞机场和火车站做，因为只有在这种地方，他才能确信，镜子里的理发师肯定是意大利人。（人们对通缉令的兴趣是不会超出国界的。）他看中的是时髦的刀法，而不是发型。到最后他总是喜欢不分头的美式短发。

但是尽管如此，我还是看见了他的照片——那是几个月前在星期日世界报上看见的：一个衣着讲究的男人，靠近四十岁，完全可以在水泥制造企业竞聘一个管理层的职位。但是，他自首了。

"逃亡的痛苦，在斯多葛学说的影响下，越发感到痛苦，但是我忍受了九年之久。但是最后这两年半，牙疼却一直在折磨着我……"

（"医生，我说得对吧，神经中枢里面有痛觉感受器，必须抑制住它……"）亚兰丁是处方药，但是药性较弱，所以没多长时间就会用完，因此未婚妻杀手对药产生了依赖。但是他不敢看牙科医生。牙科医生都看画报，消息灵通，能认出每一个在逃的杀人犯。当然也就能认出他，因为《快客》《明星》《万花筒》和《新画刊》都隆重刊载过他的照片。在这一类型的杂志上亮相就如同成群结队的狼：所有人都成系列地通过读书会的围猎场对他进行围剿。凹印照片，配上文字。他和他的未婚妻。照片上的她，脖子上围的还是一串仿制珍珠项链，而不是那根自行车链条。他和她坐在拉赫湖畔的树荫下。他和她站在修剪过的梧桐树下，脚下是安德纳赫的莱茵河岸边大道。还有一张是同他未来的岳父——在凶杀发生前不久——拍的合影，两人身边是一台离心式电动除尘机的模型。还有几张幸福时光的小照。未婚妻杀手戴帽子的照片，不戴帽子的照片，大侧面照片，半侧面照片，有一张他在笑，笑得龇出了牙。（这张照片肯定会引起每一个牙科医生的注意。"这张照片不管过去多少年都会留在您的记忆中：上门牙之间的缝，还有这个凸颌，每人都能看出来，只有这种突颌才是真正的下颌前突畸形，因为它是天生的。"）

两年半的时间,没有牙医治疗,他忍着牙疼生活了那么长时间。再说牙痛喜欢反复,而且每次反复,疼痛的程度都会增加。对于这种疼痛,就连塞内加的名言——只有穷人才数自己的牲口——也只能在万不得已的情况下才能起到镇痛作用,这种疼痛掩盖并且在程度上也超过了因为未婚妻被勒死而产生的痛苦。没有亚兰丁,而且塞内加有时也不管用,就只好一边揶揄地用晚年的尼采来安慰自己——"从道德上讲,这个世界是虚伪的,但是由于道德也是这个世界的一部分,所以道德也是虚伪的……"——一边从一个周末别墅走到另一个周末别墅,在家庭药箱里寻找可爱的药片,但是就是找不到处方药亚兰丁。(在麦恩旷野废弃的石匠工棚,在埃菲尔山南的四面透风的粮仓,我滚来滚去,好像疼痛是一种快乐,我把我的未婚妻,一捆秸秆紧紧抱在怀里——哦,琳德琳德琳德,不仅能听到秸秆的沙沙声,而且还能听到她的窃窃耳语:不要你掺和。这是父亲和我之间的事。我会证明给他看的。和你根本没有关系。即便我和这个施罗涛有过十次,那又怎么样。别拿这个可笑的自行车链条吓唬我……)

他找到科布伦茨的凶杀科,说:"是我干的!"未婚妻杀手,一个正宗的西普鲁士人,一边说一边出示了他已经过期的甲类难民证,动作无可挑剔。

警官一个个开始都不敢相信。直到他哈哈大笑,而且是忍着疼痛哈哈大笑,露出了上门牙当中的缝,还有那个不可能视而不见的下颌前突畸形,警官们的态度才友善起来,友善到几乎是好心肠的地步:"早就该这样了,老伙计。"

我不想在这里详述这个所谓的未婚妻杀手的成就。(他交给警察一本在十二年中不断变厚的篇幅可观的手稿:《晚年尼禄①皇帝的

---

① 尼禄·克劳狄乌斯·德鲁苏斯·日耳曼尼库斯(37—68),古罗马帝国皇帝,公元54年登基。

老师——早期的塞内加。一个逃亡凶手的哲学评注》。)但是他记录在案的痛苦一定要表达出来:"本人,作为一名拘押犯人,在此申请面见监狱牙科医生。手术,必要的情况下对疼痛的牙齿实施拔除,都是可以接受的。如果手术要推迟进行,本人恳请能得到亚兰丁。由于亚兰丁是处方药……"

谢谢亚兰丁——二十粒糖衣片,每片三十二毫克——疼痛没有了,趁着副作用的劲儿,我写道:失败感被克服了。现在我们开始思考,开始赢得……

快要到喝午时酒的时间了,我觉得我还是喜欢处于哀婉情绪中的我——啊,星期天……啊,墙纸……往事,安德纳赫河滨大道上永恒的低语一直萦绕在我的心头。在药片的帮助下,我开始将周日例行的自查用在一个女同事的隐私上:(啊,我们怎么才能发现……啊,怎么才能反击……)如果伊姆嘉德·塞弗特没有发现那些信,她会很幸福,会对自己一无所知,但是她发现了那些信,而且对自己了解的一清二楚……

周末看望她在汉诺威的母亲。一种抑制不住的欲望,非要一边赞赏一边品尝她最喜欢吃的佳肴:醋焖牛肉和土豆团子。——"吃吧,孩子,以前总是不够吃……"——母亲的午睡(如同死了一个小时)——突然变得孤零零的,左右只有她原本非常熟悉的家具和墙纸,四处弥漫着多少年来没有变化的地板蜡的味道,花园灌木丛中麻雀突然的吵闹,午饭甜得发麻的糖水梨子,母亲的一句话,关于学校成绩,班级照片,作文本,女儿的信,阁楼的地板上,捆扎在一起的杂物堆放在一个箱子里。说来就那么巧,后来给我教德语和历史(此外还有音乐)的伊姆嘉德·塞弗特鬼使神差地爬到了别墅的天花板上,由于事先已经考虑到有灰,所以穿上了母亲的围裙,接着又鬼使神差般地打开了一个没有上锁的大帆布箱子。

在我的纸条上只有几个提示语:透过天窗斜射进的阳光。锈迹斑斑的儿童滑橇。家庭:塞弗特已故的父亲曾经是君特·瓦格纳①的发货部经理。(直到今天,她仍然能以便宜的价格弄到铅笔。)伊姆嘉德的鱼缸:斑纹鱼,罗袍鱼,还有会吃掉自己后代的虹口鱼。

伊姆嘉德·塞弗特和我同年生,战争结束时我们都是十七岁,但是已经成人了。除了职业,没有任何东西能让我们彼此走得更近一些,唯独在评价德国当代历史,以及这段历史对时至今日的影响上,我们的认识是统一的。但是对待大联盟以及基辛格的态度,我们的语气完全不同:我更多的是讥讽挖苦和老于世故,伊姆嘉德·塞弗特则倾向于旗帜鲜明的抗议。

电视里的某些台词,日报上的某些标题都会引发她一成不变的议论:"应当抗议表示反对,坚决、鲜明地抗议表示反对。"

她的学生也就是我的学生——她教我的 12 年级(一)班音乐,学生们都善意地称她为"天使的天使"。她的讲话经常如同一把燃烧的宝剑。(只有在喂她的观赏鱼时,她才有一些疑似妩媚。)

树一个典型,立一个榜样。在两年前,她还跟随复活节反战队伍上街游行。由于德国和平联盟在西柏林参加不了大选,所以在地方选举时,为了表示抗议,她投了弃权票。在她的学生面前,也就是我的 12 年级(一)班,她时不时地会援引马克思、恩格斯的话,但同时也会用对乌尔布里希②的尖锐批判令求知若渴的学生大为震惊,称他是官僚主义的老斯大林分子。她对我的学生塞鲍姆没有什么影响,但是对他的女朋友——小小的雷万德的影响则是深刻的和长久的。

那个时候伊姆嘉德·塞弗特喜欢用争吵的方式和人交谈。她总是和保守的同事们就学校改革方案进行不会有任何结果的争论,其

---

① 是德国著名的百利金制笔公司的前身。
② 瓦尔特·乌尔布里希(1893—1973),原德意志民主共和国领导人。

中也包括把自己标榜为自由派的校长。说自己是自由派,是因为每次同"天使的天使"争吵,他总是用已经成为熟语的那句话进行化解:"不管您对汉堡模式的全日制学校有什么看法,我们之间有一个将我们紧密相连的共同点,亲爱的同事,那就是坚定的毫不妥协的反法西斯主义。"

在无聊的作文和老一套的班级照片之间,伊姆嘉德·塞弗特看到了一摞十字捆扎的信件,那是她在一九四五年二月和三月之间写的,那段时间她是德意志女青年团负责人,同时也是一个负责安置城市疏散儿童的营地的副主任。信纸用的是线条纸,字体是聚特林字体①。在信中,她的思绪围绕着元首展开,不止一次把他的形象形容为"令人肃然起敬"。布尔什维克在她看来是犹太人和斯拉夫人联姻的产物,对待他们必须针锋相对地采用火焰一般的抗议("天使的天使"当时就已经这样了)。其中有一封信,那是三月份写的,那个时候苏联军队已经打到了奥得河②畔,用的警句是鲍曼③的那句有名的诗句"……我们的眼睛闪烁渴望:新的疆域,我们要赢得新的疆域……"(表现主义晚期的极端右倾左右了她的风格,直到今天,她仍然偏好使用程度强烈的形容词,不同的是,现在支持的是左派:"社会主义冲破桎梏的胜利是所有坚定不移的和平人士未来鲜明的目标……")"我金黄色的仇恨无边无际",当年还是少女,目前头发已经经纬杂白的塞弗特写道,"可以在歌唱中触摸到满天的星斗!"

周末去过汉诺威后,她仍然激动不已,瞳孔放大,讲她过去那些夸张离奇的表现时,她说:"信中有些内容就连你我也不能透露。"我听了之后实在是想笑笑不出来。

---

① 一种由德国版画家聚特林(1865—1917)首创的字体,1935年到1941年期间在德国的学校盛行。
② 德国和波兰的界河。
③ 鲍曼(1914—1988),德国抒情诗人,儿童文学作家,翻译家。

她肯定没有忘记自己以前担任过德意志女青年团的负责人。哈尔茨山①的那段时光在她的记忆中不仅许多细节依然清晰,而且还可以一一道来:为从不伦瑞克②和汉诺威等大城市疏散出来的孩子担惊受怕,食品供应越来越困难,承担的责任过于沉重,轰炸机天天对附近的村庄发动攻击,还要挖防弹壕,地方组织的那个负责人最让人气愤,他在四月初把十三四岁的孩子从儿童营里接出来,竟然要把他们招募进人民冲锋队③。

在格鲁内瓦尔德湖岸散步的路上,在我家,在喝摩泽尔酒的时候,我们经常一起,就如同谈论我的闹事帮年代一样,谈论她那段年轻时光,不过与其说是谈论,不如说是聊天。她回忆起自己当时对地方组织负责人滥用儿童旗帜鲜明地提出了反对。"我当时提出了火焰一般的抗议。"她能一字一句地把当年的辩护词重复出来。"那个家伙后来溜掉了,一个可憎的党棍。亲爱的同事,您肯定能回忆起那个家伙……"

伊姆嘉德·塞弗特甚至还拿她的陈糠烂谷当做课堂教材:她对她的学生也是我的学生(在音乐课上)说"勇气是被克服了的胆怯"。

她把箱子里面的东西翻了一遍又一遍,始终没有找到想找的东西:早年措辞尖锐的,她称之为"反法西斯的"言论,据她自己讲,这些言论她不仅说了,而且还记录了下来,但是必须找到那些信。在最后一封信,她看到了自己当年凯旋的心情,完全是自觉自愿地,在接受了反坦克榴弹的培训后,又成为了一名培训教员。信中是这样写的:"我们随时准备献身的精神是不可动摇的。所有接受过我和地方组织负责人的反坦克榴弹培训的孩子都将和我一道坚守营地,战斗到最后一个人。不成功便成仁。没有其他出路。"

---

① 位于德国中部地区,是著名的旅游胜地。
② 德国下萨克森州的一个城市,位于哈尔茨山以北。
③ 纳粹德国在1944年10月成立的辅助军事组织,成员包括所有未丧失劳动能力的非现役军人的男性公民,年龄范围在从十六岁到六十岁之间。

"但是您根本就没有为保卫营地战斗过。"

"当然没有,根本轮不到我们去战斗。"

我转移话题,谈起我当年的闹事时光。"亲爱的同事,您想想看,我那时竟然是闹事帮的头头。那时有那么多的有组织的人民团体,夹在它们中间,我们没有办法,只好朝非社会方向发展,也就是和犯罪差不多。"

什么也阻挡不了我的女同事的激情。"还有几封信,更糟糕……"

她讲到一个农民,他的田地紧挨着儿童营,他拒绝把土地让出来给我们挖反坦克壕沟:"我向克劳斯塔尔-蔡勒菲尔德①地区党部揭发了他,而且是书面揭发。"

"有什么后果吗?我的意思是,他有没有被……"

"那倒不至于。"

我听到自己说了一句"那就好!"(这次谈论是在我家进行的。我给酒杯斟满摩泽尔酒。放上一张唱片。)但是泰勒曼②并不能让伊姆嘉德·塞弗特停止她的自我鉴定:"我记得很清楚,当时看到我的告密没有任何结果,我感到非常失望,准确地讲,是非常愤怒。"

"只是猜想吧。"

"我决定辞去学校的工作。"

"您不要这样做。"

"我不允许我再继续教课……"

听到她说到这儿,我开始了我的星期天说教:"亲爱的同事,恰恰是您的共同负罪感让您今天有资格给年轻人指明道路。有些人一生中一直带着生存的谎言庸庸碌碌,却不知道……有机会我一定要给您讲讲我,还有我的手术,这个手术的后果我直到今天才完完全全看明白。突然地我就想起了几个词,凝灰岩、浮石、浮石凝灰岩。或

---

① 德国下萨克森州的一个城市。
② 泰勒曼(1681—1767),德国作曲家。

者想起了孩子们玩自行车链条,还有,所有达成的共识都破灭了。我们站在那里,浑身赤裸,那么容易受到伤害……"

她哭了。由于我自认为了解伊姆嘉德·塞弗特的自制力,所以敢相信:眼泪也是一种亚兰丁。

"我说医生,怎么叫这个名字!(我拿了两粒。)亚兰丁听上去就像是伊特鲁里亚国①公主塔纳奎尔②的妹妹。由于亚兰丁正值花季便订了婚,所以姐姐塔纳奎尔对妹妹怀恨在心,也由于亚兰丁的未婚夫突然变得对塔纳奎尔百依百顺,所以亚兰丁便在佩鲁贾③坠城而死。后来有一个歌手沿用了她的名字。您一定想得起来,同苔巴尔蒂④和卡拉斯⑤一样,亚兰丁的歌声不仅征服了许多人的心,而且也征服了许多唱片。尤其是她那张脸。(不能说美丽,但是耐看。)或许是她的眼睛,顾盼左右的眼神?我们两人谁能想起她的身体?她的独特之处在脸上。放大到足有教堂那么高的广告墙上,她的脸就全是一个个点了,我们的眼睛要在一定的距离之外才能费力地把这些点一个个组合起来。在一个很偏远的小地方,是菲尔特⑥,我在一个广告柱上看见了她的脸:被雨淋了,被撕坏了,过期了,因为演出已经过去了三个星期。(有人把海报上的两个眼睛给划坏了。)对她的照片,人们什么都干过。有人把它夹在祈祷书里,有前程不可估量的经理人把它配上框子放在经理台上,有联邦国防军的新兵用图钉把它强行钉在军橱里面。看,它的照片无所不在,有的如同明信片大小,有的如同宽银幕大小。它在盯着我们,不,它洞穿了我们,所有的痛苦它都能一带而过,或强行,或缓缓,或一扫而空。(这种镇痛的

---

① 欧洲古国,位于现代意大利的中部。
② 传说中的罗马女先知。
③ 意大利中部山地省份翁布里亚的首府,有丰富的文明遗迹。
④ 苔巴尔蒂(1922—2004),意大利女高音歌唱家。
⑤ 卡拉斯(1923—1977),希腊女高音歌唱家。
⑥ 位于德国巴伐利亚州。

作用后来可能促使一家制药公司,用相同的名字命名了一种专治牙痛和颌骨痛的止痛药,投放市场。医生,这就是您每天给我开的那种药:'我给您开了两包一盒的亚兰丁……')——总之,她的形象糟糕透了,她的结局很凄惨……

此外,那个被花边小报称为凶手的年轻人,很长时间没有听到他的消息了。据说他和她是订了婚的。发表抓拍镜头的总是那些晚报、画报,特别是快客,而且总是快客。至于谁对她的死负责,它们,也就是媒体,声称他是凶手。他究竟干了什么违法的事情?其实他不过是一个和我们大家都一样的在职场竞争中打拼的摄影师。

尽管很困难,他还是在一家酒店的套房发现了她。他带着自己的装备,躲在她的床下,等候她回房,姿势非常难受。不仅仅是等她回房,而是一直等到她换上睡服,等到她终于——他相信自己的耳朵——睡着了。(她睡得总是很沉。)我端着我的阿里弗莱克斯①,在近距离用闪光灯拍摄了一张,只拍了一张。可怜的人,等我跑出电梯,冲到去暗房的路上,她才拉响门铃(可能也喊叫了)。根据我掌握的情况——我了解她,太了解她,她现在已经死了,因为我的那一下闪光不仅给我带来了好几位数的收入(我的德固牙桥靠的就是那笔钱),而且也让她送了命。在那之后,她再也没有睡着过觉。(我用闪光灯把她的觉给闪掉了。)因为我是她的未婚夫,所以我可以翻阅她的病历:在柏林希尔顿酒店,我给我的未婚妻亚兰丁拍摄了那张熟睡的照片后,她用了七个月两个星期零四天的时间,在苏黎世慢慢消失了,溶化了:体重仅剩四十一公斤。"

她睡熟时的模样非常好看,当然,和醒的时候的好看不一样。它可以给任何人都带来益处。虽然我的未婚妻在醒的时候,模样以山羊般的呆板为主,但是如果她在灰色公园睡着了,那么我会发现她也可

---

① 德国照相机品牌。

以浮现出那种童真般倔强的放松模样。但是她睡着的时候我从来没有给她照过相。甚至连醒着的,眼睛始终紧盯目标的琳德我都没有一张照片。也没有这个必要,反正一切都过去了。生活还照常进行。伊姆嘉德·塞弗特仍然在一如既往地上课。说服她放弃事先准备好的公共忏悔词,实在不是一件容易的事情:"您为什么要给孩子们增加这个负担呢?经验是要靠人自己去积累的。"——到最后她还是让步了:"目前我也缺乏勇气,不加任何保护,就这样出现在班级面前……"

试着在莱曼酒吧的吧台上喝一杯啤酒,结果星期天就给毁了。医生的助手曾经警告过,不要吃太烫的食物,不要喝太凉的饮料,她是有道理的:我的被打磨过的牙冠上有四个锡套,而金属是导热的。啤酒只喝了半杯,我就结账了。

我的牙科医生同时也是我的好朋友,他给我解释疼痛的原因:"您以前真的不知道?每颗牙齿里面都有一根神经、一根动脉血管、一根静脉血管。"

他的声音宽广,丈量出了诊所的面积,五米乘七米,高三米三:"还有一点您也应当知道:牙釉下面是牙质,牙釉是没有感觉的,但是牙质里面有牙质管,牙质管里有神经末梢,钻孔或打磨时要斜着切断。"

(经过了一个漫长的周末,牙科医生在我的想象中已经变成了一个苍白的东西。在上午,我想向我的 12 年级(一)班说明,世界上最不近人情的要数一个态度友好、病人刚刚进门就问人感觉如何的牙科医生了,结果我遭到了一致的嘲笑。大家都觉得我滑稽。)

他向我打招呼,话音刚落,没容任何过渡,就隔着器械台通知我:"你的牙颈疼痛,因为那个地方的牙质管扎起来了。"

他善于用形象说明某样东西(即便是疼痛也是如此),我应当好好学,用在课堂上:"请看,神经分布在牙冠中,然后进入牙髓。"

我顺便提了一下埃弗尔山南和浮石矿区的那个小村子克鲁夫特,他便停止了对牙齿神经的解说,好让柯灵斯能终于回家一趟。

"医生,总之一句话,他占据了灰色公园后面的别墅,把家庭成员——玛提尔德婶婶、希格琳德,还有我——召集到他的工作间。这间屋子常年锁着,对我来讲就如同'父亲的斯巴达①':一张行军床,几个书架,几卷军用地图。用千斤顶做腿的桌板上是突破巴拉诺夫②前的维希瑟尔河湾③态势图。在正墙对面的那扇墙上,挂着一幅库尔兰包围圈的地图。地图展开,上面标出了柯灵斯接管指挥时战线的走向……"

我的牙科医生立刻便看清了局势:"啊,一九四四年十月,普雷昆④东南,我在那儿……"

"一尘不染。为了迎接柯灵斯回家,马蒂尔德婶婶给房间打了蜡,通了风。背后是库尔兰,他和我们之间是维希瑟尔河湾中段,他不允许自己有一丝一毫的家庭温情。看见将军的总体形象不仅不衰老,反倒是非常挺直,将军的妹妹表达了自己的喜悦:'费迪南德,我很高兴,那么长一段可怕的时光没有把你怎么样……'他打断她的话:'我只是离开了一下,现在又回来了。'琳德什么也没说,始终一言不发地待在现场。我鼓起勇气问了一句,俄罗斯孤独的景色会不会改变人的性格,尤其是被囚禁的人。开始时我有一种感觉,他不会回答我的问题。柯灵斯用圆规丈量地图,研究维希瑟尔河湾的局势,用手指着巴拉诺夫说:'这种事情绝对不允许发生!'说完朝我转过身,说:'塞内加说过:生活的财富都是属于别人的,唯有时间是我们的财富。我给我的大脑下达命令,用进攻给莫斯科东南单调的——我承认,的确是单调——地形增添活力……'他其实完全可以说:'孤独算不了什么!'就像他以前说'北极算不了什么!'那样。"

---

① 公元前7世纪末—公元396年期间是古希腊的城邦,城市采用兵营化管理,所有男人必须从军。位于伯罗奔尼撒半岛南部的拉科尼亚。
② 波兰城市,位于首都华沙以南。
③ 波兰境内流经华沙的一条河,此名系德语名称,波兰语的名字是维斯瓦河。
④ 拉脱维亚城市,此名系德语名称,在拉脱维亚的名字是普里库勒。

我的牙科医生站在器械台旁摆弄四个已经拉开的注射器。"您肯定知道,塞内加是在克劳狄统治时期被放逐到科西嘉①的,后来是尼禄的母亲阿格丽品娜②结束了他八年的流放生活。"牙科医生的这段提醒让我想起来,斯多葛的学说在身陷囹圄的时候最容易接受,最容易成熟,最容易得到学生。(我的牙科医生是在一九四九年被放回来的。)我坐在骑士椅上,静等那个小但是可恶的针头。我担心局部麻醉会诱使他采用柯灵斯的方案——疼痛算不了什么!但是他仍然保持实事求是,而且当着助手的面,对我给予了一通表扬。"像您这样,对疼痛的原因和过程拥有锲而不舍的兴趣的病人不多:牙神经通向下颌神经,也就是面神经的三叉神经,最后通向大脑皮层,而大脑皮层有时会将疼痛感传导至后脑……"

电视屏幕闪烁着闷闷的光线。我是不是应当把未婚妻杀手……或者我的在她妈妈的箱子里寻找过去的信件的同事塞弗特……或者失眠的女歌手亚兰丁……或者离开波格瓦德去旅行,四个人,去诺曼底……"医生,在将军到达之前,我们没有宣布过我们的度假计划,我只是说要去爱尔兰,琳德说:'我哪儿也不去!'但是柯灵斯一搬进他的斯巴达,刚刚在地形图上展开前线地图,就立即对我们大家发布指令:'我的护照一到,我们立即出发。想看一看阿罗芒什③和卡堡④之间的地带,再向那个现在又卷土重来的施贝德尔先生⑤摸摸情况。'带着崭新的柯灵斯护照,我们出发了。法国人没有制造什么麻烦,因为将军在法国战役中所起的作用是无足轻重的……"

---

① 地中海第四大岛。位于法国大陆东南,历史上为争夺该岛的控制权,有过多次战争。现属于法国领土。
② 阿格丽品娜(15—59),罗马皇帝尼禄的母亲。尼禄十六岁即位罗马皇帝,由阿格丽品娜摄政,尼禄亲政以后,母后影响逐渐削弱,最后被尼禄处死。
③ 法国诺曼底地区海滨小镇。第二次世界大战盟军诺曼底登陆即从这儿开始。
④ 法国诺曼底地区海滨小镇,第二次世界大战期间,也是诺曼底登陆的地点之一。
⑤ 施贝德尔(1897—1984),纳粹军官,参与过刺杀希特勒的计划。

"总而言之,我们很平常地通过了边界,琳德开的车。路上用了一天半的时间,我们到达目的地了。我认为,按照柯灵斯命令的那种速度,我几乎没有什么机会去满足我对艺术史的兴趣。我坐在副驾驶的位置上,执意要给大家介绍所看到的每个大教堂,法国城堡,以及后来出现的罗曼风格的建筑。柯灵斯一家(也包括马蒂尔德婶婶)对我的热情很满意。但是琳德却挥挥手。她了解我,知道我对作即兴报告有一种遏制不住的欲望:'少给我们来这一套讨厌的艺术教育!'"

(到目前为止她的话还是有道理的。在海边,我应当用淡入镜头见证德国的水泥工业。相信我的 12 年级(一)班一定也会感兴趣。"相信我,塞鲍姆,那些大碉堡,它们过去屹立在那里,现在依然屹立在那里,有些被舰炮打掉了角,有些被直接打穿了。水泥设施在那里已经成了一道风景线。对每一个摄影人来讲,都有足够的理由把镜头扫来扫去:沉默的、灰色的、自我见证的物体。坚定的影子。浓浓的深处。在光线下永不褪色的模板结构。今天我们称之为原身混凝土结构。您有可能把我的观察看成是纯粹的美学观察而不屑一顾,但是尽管如此我仍然要说,这些碉堡的轮廓具有斯多葛式的沉着和稳重。是的,这些混凝土碉堡难道不是传承了斯多葛学派的衣钵吗?")

看见柯灵斯怀着浓厚的兴趣聆听我关于上一次战争中德国凝灰岩水泥发展的报告,我认认真真地向他建议,用后期罗马哲学家塞内加的名字给我们为高层钢结构建筑开发的新品种命名。他没有表态。(有可能他听出了里面讥讽的成分。)因为我们站在奥恩河口①右岸时,听见我把大碉堡赞颂为二十世纪独一无二的建筑艺术形式,

---

① 法国诺曼底地区注入大西洋的河流。

听见我为原身混凝土的诚实、不加雕饰的防御形式的真实大唱赞歌,他要求我"实事求是",回到现实世界。

后来我的牙科医生说:"您谈论柯灵斯时,语气虽然激动,但是里面含有一种勉强的嘲弄。"

我们在视察阿罗芒什一带陡峭的海岸时,他在和他的一个同事打电话,内容是关于他在腾普霍夫业余大学刚刚开始做的龋齿系列讲座:"听课人数一般,可惜,听课人数一般……"

我离开诺曼底由碉堡构成的风景线,在树叶上满是水泥粉尘的榉树下同希尔德和英格聚在一起。她们在叽叽喳喳谈论意大利的假期。

"我们的小哈迪呢?"

"荒凉的北方怎么样?"

我告诉她们我们去了卡堡,还告诉她们我们顺道去看了当年战争的混凝土见证人。

"噢,很有意思。"

"那儿真的还有许多碉堡,可以随便进?"

我告诉她们,不仅可以进入碉堡参观被情侣们弄得一塌糊涂的内部,甚至还可以爬到碉堡上面发表演说。

"给我们演示一下,老爸柯灵斯是如何站在碉堡上居高临下……"于是我拿一把摇摇晃晃的花园椅子当做碉堡,登上去,惟妙惟肖地模仿起来:"我要把他们赶进大海!让他们知道什么是领空。我们在库尔兰有过领空吗?参谋部,军需处,我恨不得把整个后方人员都赶走。特别是那个施贝德尔,还有他的那个就知道舞文弄墨的总参谋部,总是待在挨不到枪子儿的地方。应当降他们的级,命令他们到最前线,在北极圈以北的地方,在德涅斯特河①的下游,在第三

---

① 流经乌克兰和摩尔多瓦的一条河,注入黑海。

次库尔兰战役,在奥得河畔,他们没有赢得一厘米的土地……"

直到这个时候,琳德才出现。在度假旅行期间,她一路上话很少(柯灵斯:"希格琳德,你是怎么了?你不这样看局势?"),但是这会儿她开口说话了:"如果我记得不错的话,尼科波尔①的那座桥头堡是你拱手让出的,你在库尔兰盆地的行动是在纳瓦部队②被撤销后才开始的。没有任何证据表明,你当时可以阻止入侵,因为东部战线的中部地带你也没有守住。我还记得科涅夫③突破了穆斯考④和古本⑤地带,为通过施普伦贝格⑥和科特布斯⑦进攻柏林奠定了基础。一连串失败的战役,你早该放弃了,父亲。"

灰色公园里的姑娘们,还有我,都不认识这个琳德(希格琳德)。我从椅子上下来,结束了模仿柯灵斯的表演。希尔德和英格先是惊愕,接着咮咮笑,再往下就是发抖。她们开始收拾自己的时尚杂志。但是琳德不让我们尴尬地退场:"有什么可惊讶的?我父亲想打赢别人输掉的战役。我们懂得艺术鉴赏的埃伯哈特已经下定决心要拿他当做历史化石鉴赏,因此在我父亲所能回忆起的所有战线对他进行打击,自然地就成为了我的任务。"

我让画面定格。(琳德微微有些紧张,默默不语地思考着她的决定。挤眉弄眼的女友们。我感觉到有水泥粉尘在沙沙落下。)"琳德的决定让我形成了一个痛苦的认识,相信您会理解的,医生。"

"您不应当那么轻率地使用痛苦这个词。"

"但是我的未婚妻的变化,这种突如其来的,她所希望的这种陌生化——因为她一直对我感到厌烦——对我来讲是一种挥之不去的痛苦。"

---

① 乌克兰南部城市。
② 第二次世界大战期间,由爱沙尼亚人组成的一支武装党卫队部队。
③ 科涅夫(1897—1973),苏联元帅。
④ 位于德国萨克森州,德国和波兰边境。
⑤ 古本原是德国城市。第二次世界大战结束后,一半划给波兰。德国部分仍叫古本,波兰部分叫古宾。
⑥⑦ 位于德国勃兰登堡州。

"我们还是不要离开牙神经的话题……"

"在诊所,应当由谁陈述……"

"通常是病人,但是如果其他陈述有道理的话……"

"……您受损的牙神经和您的订婚危机是一回事:一旦牙髓受感染,就会因为细菌的作用形成气体,只有通过钻孔才能将气体释放出来。如果始终不去看牙科医生,气体就会顺着根尖的方向寻找出路。气体伴随化脓,通过压力撑开颌骨,最终形成肿下巴,借用您的婚约做比方,就是最终形成错综复杂的仇恨的肿瘤。它经常是日积月累,最后开始活动起来(替代性行为),换句话说就是它继续肿大下去,它会给你带来乐趣,不是吗? 拿着自行车链条和闪光灯进行自我炫耀。真正的原因是:问题很早就形成了,但是一直没有得到解决。这就是常见的虚张声势的穷抱怨。这也就是我认为应当慎用痛苦这个词的原因。真正痛苦的手术您是根本受不了的。您只需想想看荷兰的那些小铜版画家,例如阿德里安·布鲁威尔①,他在他的系列作品里,就表现了江湖郎中——以前对牙科医生的叫法——把一把钳子伸进一个农民的嘴里,扳他的牙齿。那是什么钳子,今天把那玩意儿放在我们的工具箱里我们都看不上。那个时候根本不是拔牙,是扳牙。如果牙根没有引发致命的炎症,它会慢慢地烂掉。我们现在可以想象出来,三百多年前,牙根腐烂造成死亡是常有的事情。即便在一百年前,拔一颗前磨牙也算得上是惊天动地的事。在柏林的夏里特②,那个时候给一个人拔牙,需要四个人,而且还没有局部麻醉,当然喽,会涂抹点可卡因。我的博士生导师给我的描述我记得非常清楚:第一个人托着左臂,第二个人用膝盖顶着病人的胃部,第三个人把那个可怜人的右臂托举在蜡烛火焰上,以分散他的疼痛,第四个人负责操持器械。这几幅图有机会我一定要给您看看。我们生

---

① 阿德里安·布鲁威尔(1605—1638),荷兰画家。
② 德国柏林著名的医学院。

活在开化的时代,多亏高度发展的麻醉技术,我们不再需要这种暴力拔牙的方式。第一针已经准备好了。任何局麻的基础都是一种叫诺弗卡因的注射液体,这是酒精的衍生物。如果您不想看这个讨厌的针头在您的眼前晃来晃去,我可以让电视机帮帮忙……"

(一频道在播放一部电影,影片中一只很有名气的狗在工棚里四处嗅着。)它在找什么人,其实并不重要。工棚里都储藏了什么东西,也不重要。因为下一个工棚已经设计好了,是空的。就在这么一个已经清理干净的工棚里,柯灵斯命令堆了一个沙盘,长度足够北冰洋的战线,宽度足够中部地带战线,还让电工进行了安装:相当复杂,程度不亚于这种既耗钱财又耗精力的迷宫般的玩具火车,有机电信号站,四极总开关,联动开关,灯光控制器等等,之所以弄得那么复杂,是因为整个战线走向、所有的进攻与反攻、战线的后撤、战线的拉直、突破、后方狙击阵地、弧形防线等,都用不同的灯光信号标记。交战双方都用灯光控制系统进行指挥。整个东西耗费令人咋舌。医生,您猜猜看,刚才把电视上的那只狗从工棚里赶出去,然后帮助柯灵斯搭建玩具的那个电工叫什么名字?——当然是施罗涛。柯灵斯把企业电工叫过来,问道:"能做吗?"施罗涛,虽然公司还有账没有给他结清,仍然一个挺身立正:"遵命,陆军元帅先生!"

我的牙科医生说:"现在我们给您的下颌做阻断麻醉,也就是说我们对神经入端进行定时阻断……"
(直到今天我都感到很自豪,没让那个讨厌的针头干扰眼前的画面:琳德站在柯灵斯的身边,我站在琳德的身边,琳德的对面是施罗涛。她向她父亲推荐道:"你应当用这个电工,他很能干……")
"为了让牙龈麻醉,我们现在还要做一个局麻……"
(他们用进攻麦塔克萨斯防线①作为演练,柯灵斯率领他的山地

---

① 第二次世界大战初期以希腊首相麦塔克萨斯(1871—1941)命名的希腊防线,1941年4月9日被德军突破。

师于一九四一年四月六日突破这道防线:突击队阵势,两次楔形进攻。)

"同样的程序,左下颌……"

(施罗涛为柯灵斯构筑了第一道和第二道阵地,目的就是为了让老家伙去突破它。面对列阵以待的希腊轻装甲旅,他用里希特霍芬①空军的斯图卡轰炸机一阵狂轰滥炸,然后打开绿灯,命令第一四一山地步兵团发动进攻,实在是太神奇了。)

"干得好,施罗涛!现在让我们拿下杰米扬斯克②……"

施罗涛说:"那我们需要一个引水渠……"我的牙科医生要求我到候诊室等待麻醉起作用。

"马上就去,医生,马上就去。'架桥'③和'舷梯'④这两次成功的作战行动奠定了杰米扬斯克进攻基地的局面……"

"现在请您务必到候诊室……"

"琳德第一次扳动了施罗涛的第二个开关系统,她截断了父亲进攻的尖头部队,把战线撕开了一个六公里宽的口子……"

"亲爱的朋友,我再一次严肃认真地请您……"

"我这就去,这就去……"

"旁边有期刊……"

(我此时要说的是,柯灵斯已经感觉到了女儿的意愿。他在自己的后防搜罗了一遍,甚至把炊事兵也送上了前线,就这样,费了九牛二虎之力,他才把前线撕开的口子重新合上。尽管如此,他仍然不愿撤出杰米扬斯克。但是在今天,又有谁会对杰米扬斯克感兴趣呢?难道说是我的 12 年级〔一〕班?)我离开诊所的时候,那条电视明星

---

① 里希特霍芬(1895—1945),第二次世界大战期间纳粹德国空军元帅。
② 俄罗斯城市。1943 年这里进行过著名的杰米扬斯克战役。
③ 第二次世界大战期间,德军在杰米扬斯克的一次作战行动。
④ "架桥"行动中杰米扬斯克德军一次突围行动的代号。

狗莱希①又在棚子里嗅开了——在找谁呢?

　　快客,明星,万花筒和新画刊。(我拿了一本读者之家杂志,因为有某种期待,所以翻页的速度很快,快得我自己都跟不上。纸张发出软塌塌干巴巴的单音节的沙沙声,仿佛牙科医生有意要给我们的膀胱催升压力。被间接照亮的喷泉应当能给病人起到镇静作用。纸张抗衡喷泉的声音越来越大,但是我不想限制它,免得产生幽闭恐惧症。听,我还是可以的。但是颚,舌头一直到舌头根,满嘴蒙了一层羊油。)油腻腻的阅读:赞成还是反对避孕药。癌症是可以治愈的。肯尼迪遇刺案又有了新突破。身在候诊室,却能同世界共患难。她,就是那个罗兰,是不是又把孩子弄丢了。十二年前那件最扑朔迷离的司法错案——曾经是最扑朔迷离——是否已经大白于天下,这也变得和我们完全有关系了。不公正在照片中对天呐喊,但是很快就翻过去了。石油污染也翻过去了。南部苏丹也翻过去,但是却没有消失,而是在记忆中留下了余音。希拉赫②说过:凡是能让人迷糊、后悔并给人告诫的东西,都是诚实的谎言,都是表面上正确的东西。那是他第一次到魏玛,皇宫饭店由五道佳肴组成的盛餐,拜罗伊特燕尾服,光彩照人,家庭气氛,身着短裤。"塞鲍姆,你看我们的帝国青年团领袖像不像……"白色中筒袜包裹着的紧绷绷的小腿肚子。他是在施潘道③才变成斯多葛派的。(因为不再是塞内加向他的学生卢奇利乌斯④建议辞去国家公职:"没有人能背着包袱游向自由……")于是他不断通过写作来卸去包袱。柯灵斯也会这个:每次总是以艰辛的少年时光开场。无人不知的陆军元帅早在上高中的时候——"塞鲍姆,就在你这个年龄!"——就不得不面对债主的冲击,挺身保护父亲每况愈下的采石场。防守由此进入了他的骨子。他也由此变成了一个坚守将军。从

---

① 在欧美电影和电视剧中经常出现的狗明星。
② 希拉赫(1907—1974),纳粹德国青年团领导人。
③ 德国城市柏林的一个区。
④ 卢奇利乌斯,塞内加的朋友和信友,生卒年不详。

玄武岩石矿到麦恩田野,从北冰洋战线到奥得河战线,他一直都在防御,一直都在坚守。除了那次突破麦塔克萨斯防线,他从来没有赢过一次进攻战役!可怜的柯灵斯!如果我想给快客或明星供稿,就可以这样写柯灵斯的坚守情结,而且是分期连载。还可以拿别人的情况来做对比(如拿破仑的尤瑟夫①情结),这样就可以自问:世界会不会因此而避免一场灾难,如果当年维也纳艺术学院的文化和艺术考试委员会没有让那个原本想当画家的考生希特勒考试不及格,而是……我们的人民怎么能忍受这个事实呢:遣送、返乡、失意。他们四处蛰伏,寻找复仇的机会。他们杜撰敌人,杜撰历史。在杜撰的历史中,他们杜撰的敌人不仅真实存在,而且还被真实地消灭掉了。他们考虑问题的思路和手中的机关枪射击一样直来直去。他们总是给同一个敌人杜撰不同的死亡。他们在剃须镜上写上革命的字样。在书中,他们念出来的始终都是他们自己。他们用勺子把汤舀出来又舀回去。他们不会忘记那声小小的年代悠久的"不"字。他们呵护他们阴暗的愿望。他们要消灭,要根除,要压制。他们忍着被抑制住的牙疼迅速而又饥渴地翻阅画报……

对,就是他!他在用一把军用左轮手枪瞄准,动作和上一次世界大战中德国国防军近战肉搏时一模一样。著名的零八式手枪,可连射六枪,老式,但却好使,今天在近东和南美洲仍然有人用这种手枪。作为出租车司机,尽管我知道携带这种工具自卫是违法的,但是在汉堡发生了三次出租车凶杀案后,我还是花大价钱买了一把这样的手枪,因为毒气枪不可靠,而且防护玻璃我也看不上。下午五点刚过,我穿着睡衣,揣着这么一把真家伙走出了我的卧室(在这之前我把手伸向枕头下面,它一下子就滑入我的手心),穿着睡衣,光着脚,先射杀了我三岁的儿子克劳斯,因为他又是哭闹

---

① 即弗朗索瓦·尤瑟夫·查理斯·波拿巴·拿破仑二世(1811—1832),拿破仑和皇妃路易斯所生之子。二十一岁时死于结核病。

又是尖叫,蓄意多次打断并最终阻止我在工作十二小时后于下午四点开始的睡眠。我打中了孩子右耳旁边的部位,他在栽倒时身体转了一个圈,我看见他左耳后面有一个乒乓球大小的子弹射出孔,一下子淌出了很多血。这个时候我又连开三枪,打死了我二十三岁的未婚妻希格琳德,我和我所有的朋友都管她叫琳德。子弹射向孩子时,她跳了起来,接着被射中肚子,射中肚子,射中胸部,然后瘫软在沙发上,就是跳起来之前坐的那张沙发,就是她刚才坐在上面看《快客》《明星》《万花筒》和《新画刊》,却不肯大点声让孩子安静下来,直到我忍无可忍把手伸向枕头下面,光着脚走出卧室,先朝孩子然后朝她——跳起身的未婚妻开枪的那张沙发。这个时候不仅我未来的丈母娘在叫喊,我也在叫喊:"让我睡觉!明白了吗!让我睡觉!"紧接着我又把剩下的两颗子弹(没给自己留下)射向她的妈妈,她伤得很重,有生命危险,我一枪打中她的左上臂,另一枪贯穿她的脖子,但是没有击中这位五十七岁寡妇的颈动脉,她当时坐在缝纫机旁的缝纫台前,所以带着发卷儿的脑袋先是落在缝纫机的机盖上,然后落在小地毯上。她从椅子侧面翻倒在地,把缝纫的东西一块儿拽到地上,同时发出咕噜咕噜呼哧呼哧的声音(在这之前,也就是在朝孩子开枪之后,在朝琳德开枪之前,她喊了好几声"哈迪"),我则不断地试图用高声喊叫"让我睡觉!明白了吗!让我睡觉!"来盖过她的声音。这事发生在柏林的施潘道区,一套新盖的住房,二楼。这套两居室半的租金是一千六百三十五马克,租金不含暖气费。我和琳德订婚已经三年半了。房子其实是属于琳德、她妈和孩子的。(他们对我如同对待二房客,从来没有把我算在家庭成员里。)我一开始工作的公司是西门子,后来辞职了,是因为我希望开出租能多挣点,这样好结婚,我太喜欢这个孩子了。房间很明亮。夏天的晚上,我们有时坐在阳台上,看着十月的夜晚在新建住房的房顶上飞向天空的曳光弹。我一向品行端正。我是在西门子认识琳德的。她当时在西门子的工作是绕线圈,但是干的时间不长,因为她学的手艺是理发,所以经常给人烫发,手动不动就是湿漉漉的。我们红脸不多,真正吵架很少。如果真的翻脸了,那也都是因为我们住的房子,它太不隔音了。(但是每每总是我能控制住自己。我只是在十七岁的时候非常好斗,不过那个时候是战争时期,年轻人没有不变野的。)在西门子上班的那段时间,琳德甚至有一次对我说:"对人不要那么唯唯诺诺。"她的话有道理。从骨子里来讲,我不是一个善于张扬的人,而且还节俭,比如说我只看客户扔在车子里的报纸。(我也不像我的同事那样,下班后会喝上两三杯啤酒。)快速干道通车后,我最喜欢开车去施潘道,还有附近的一些地方,当然也喜欢去市中心。而且从不出事故。我本来想自修深造,但是怎么也不成。一个原因是住房条件,还有一个原因是儿子无休无止的哭闹。我已经有两年没有好好休上个假了。只有一次,那是我们刚刚订婚,我们一块儿去了西德的安德纳赫,因为她妈妈去过那儿,觉得那儿挺美。在安德纳赫,我们站在莱茵河岸边,看着过往船只。那是在儿子出生前没多久。我牙疼发作了,因为岸边风很大。琳德说什么也要生下那个孩子。战争结束后我原本打算到海关工作,但是他们没有录用我。后面的事情就简单了。我拿上汽车钥匙,身上依旧穿着睡衣(我在过道只找到了那双便鞋),拎着那把子弹打光的零八式手枪,离开了我的房间,离开了我住的居民楼,没有碰到一个邻居。车子就在楼下,但是不是故意停在那里的,因为原本是要给它检修的。我开着车子,一直开到下半夜,先是到新施塔肯,然后沿陆军街穿过皮希尔多夫,一直到维斯滕,然后从夏洛滕堡往上,穿过容弗海德、莱尼肯多夫、维腾沃,从海姆斯多夫一直开出去,然后原路返回。不过我当时立即就把对讲机调在接收频率上,因为从二十一点起,中心就不断呼喊我,我的同事们也不断地对我好言相劝。后来当我从特奥多-赫斯广场重新驶上陆军街,然后沿着哈维尔-潮湖街向北准备回家时,巡逻车把我截住了。据说我是这样说的:"不是我干的。他们不放过我。我的未婚妻有意让孩子大吵大闹,他们想把我弄垮,而且早就这样了。他们为什么不让我到海关工作?因为我的神经已经崩溃了。再说我还有牙疼,已经好几天了。用的是一把零八式,是的。应当在施多森湖里吧,我是从桥上扔下去的。你们去找找看吧。"本来这个夏天我打算再去一次安德纳赫。那次我们玩得很开心。我还欠公司一趟空驶,可以把它抵扣掉,让我休息休息。我也可以用这笔钱(不要问我零八式让我花了多少钱)去看牙科医生。我的牙科医生用电视机来分神。他们完全可以拍一拍,而且可以用全景镜头,表现社会福利房和它们的后果。我给他们演示了一遍我是如何把手伸进枕头下面的。还有《快客》《明星》,它们就刊登这些东西。到处都能看到这些东西,甚至在牙科医生候诊室通过哗哗的水声镇静病人的喷泉边上也能看到这些东西,病人坐在喷泉边上,不停地翻呀翻,翻过来翻过去,直到麻药针起作用,直到舌头变得肥大,直到护士走进候诊室:"好,现在我们开始了……"

我的牙科医生表扬我:"您观察得很正确,在做神经阻断麻醉时,针头一旦触及舌神经,舌头就会被一块儿麻醉。"

(一切都变得越来越淡薄,越来越久远,几乎记不起来。风又扫了一遍——不过这可能是条件反射——接着沉寂下来。)外面,雪自左向右落在霍恩措伦大街上。(这不是电视,而是从诊所临街的一面向外看到的景色。)荧光屏一闪一闪的,给人无人在家的感觉。和我那儿一样:一切都是绵绵的,可以说是聋的,无声的。("据说发生过这种情况:有些病人不相信,结果把麻醉的舌头给咬残废了。")他的声音听上去像是隔了一层薄膜。("现在我们把锡套取下来……")我的反问"取下来是什么意思?"带着口腔的共鸣越变越高,在咕噜咕噜的膀胱里回荡。他看着我,对着我几乎是面贴面地呼吸:"锡套是用镊子取下来。请张嘴。"这个时候我才屈服,大大地说了声"好吧"。

又是它们,胡萝卜般的手指头。把吸口水器挂上,把舌头朝后按进口腔后部。(想咬。要干点什么。或者在塞内加身上找悠闲:"医生,你是怎么看的,牙疼有可能会影响某些历史决策吗?如果能够证明克尼格雷茨战役①是靠患重感冒的毛奇②才打赢的,那就有必要研究一下,在七年战争③结束前,痛风在多大程度上遏止了或者说助长了腓特烈二世④,此外我们还应当知道,对华伦斯坦⑤来讲,痛风反而是一种兴奋剂。关于柯灵斯,有一点众所周知:他之所以能坚守,勇气全来自他的胃溃疡。虽然我很清楚,我的这种分析和沿袭下来的大众传说有出入,因为就连我的学生,特别是那个小雷万德,都认为任何对个人背景的探究都是对历史的不科学的个人化处理,——'您又在搞个人崇拜了!'——但是我还是不禁要自问,个别的牙疼以及普遍性的疼痛可不可以是一种动力……")

"电视机是不是一直在那里?"

不仅在外面,就连在荧光屏上,雪都在软软地自左向右地飘落。(唉,孩子们不要去睡觉,他们总是有一些新花头。小沙人儿来了!小沙人儿⑥来了!)风景有如棉絮,看上去有些滑稽,没有疼痛的动物在吃草。天上落下来的是棉絮组成的雪。不一定非要听到钟声,但是即便没有声音,仍能感觉到一阵一阵的冲击。(小沙人儿东和小沙人儿西用一秒钟跑完了二十五个运动单位,但是却互不承认对方的成绩。)小沙人儿能给生活带来小小的不起眼的帮助,它带来的只有祝福。它用棉花给我中了三枪已经安躺入灵柩的未婚妻擦拭已经没有了疼痛的脸庞。(把她吻

---

① 1866年6月14日普鲁士和奥地利在捷克的克尼格雷茨进行的一场战役,双方在长十公里宽五公里的狭长地带共投入四十万兵力,战斗异常残酷。最终以普鲁士胜利告终。
② 毛奇(1800—1891),德国军事家。
③ 1756—1763年间,由欧洲数个国家组成的两大交战集团在欧洲以及欧洲以外的一些地区和海域进行的一场持续了七年的战争。
④ 腓特烈二世(1712—1786),史称腓特烈大帝。普鲁士国王,1740—1786年在位。
⑤ 华伦斯坦(1583—1634),捷克人,但长期在德意志皇帝军中服役,军事家,具有优秀的统率能力和组织才能。
⑥ 德国哄孩子睡觉的童话人物形象。他出现后,会给孩子眼里撒沙子,于是孩子就会瞌睡。

醒!把她吻醒!)医生说话了:"漱口,彻底漱漱口!"但是我不想漱口,只想看看那个小沙人儿,那个小沙人儿……

幻觉落在了口水盘上:"不,琳德,你不该干这事儿……"
"我不该干什么事儿?"
"和电工干那个,好让他向你透露爸爸在沙盘上下一步的进攻方向……"
"要的就是情报。"
"就为了这个,你竟然肯躺在水泥袋上……"
"不这样,他一个字也不肯告诉我。"
"我认为这是贿赂……"
"不要那么当真。躺的同时我在想其他东西:要么在想佩萨莫①,要么在想在图拉②横渡奥卡河③一直打到奥杰措娃④的突击战。"
"恶心!"
"都是表面的东西……"
(这个时候我的牙科医生宣布漱口结束:"这儿还有一个碎渣,那儿还有一个。现在我们来试一下白金牙冠的毛坯。用手感觉一下……")

沉甸甸的,试试还挺合适。我用(还没有麻醉的)右掌心掂量白金牙冠,琳德(在水泥袋上)始终不出现在画面中。("您看,塞鲍姆,像您这个年纪的人根本猜想不到这个替代牙齿的东西在一个四十岁

---

① 佩萨莫位于俄罗斯西北部,靠近挪威边境。1533年后属于俄罗斯领土,1920年后划归芬兰。1939年苏联和芬兰在这个地区曾经发生过战争。1944年,该地区再次归入苏联版图。
② 俄罗斯图拉州的首府。
③ 伏尔加河的支流,全长1478公里。
④ 莫斯科附近的一座小城。

的老师手中掂来掂去会有什么样的分量。"）——"肯定很有分量,医生。"

我的医生宣布,他准备用一种玫瑰色的特种石膏给我下颌的全部牙齿做印模——"石膏变硬后,把模子弄碎搞出来,然后在口腔外面重新拼合起来。"我紧紧抓住他的一个用词:"您刚才是说弄碎搞出来吗?"

"可惜这个程序我们不能省……"

"弄碎搞出来是什么意思?就是这个意思吗?"

"没有其他的叫法。"

"那么我呢?"

"什么也感觉不到,只会感到有些压力。以为满嘴的牙齿会跟着石膏一块儿弄碎,这种感觉不舒服,但这是一种错觉……"

"不,我不要。"（"您说得对,塞鲍姆,我不是他的对手。全班应当表决一下,我是不是应当放弃……"）

"我的女助手已经在调石膏了……"

"我受的罪够多的了……"（然而我的12年级〔一〕班都放下了手指头。维罗·雷万德清点表决结果。）"如果您认识我的未婚妻……"（只有塞鲍姆一人同意我。）"您尽管说出您的看法……"

"她和那个企业电工发生关系……"

"他的名字不是叫施罗涛吗?"

"和间谍片一样:用军事秘密换肉欲。看,医生,不要在石膏里搅来搅去。她把他拽下去,拽到凝灰岩堆场。他褪下他的外裤,她褪下她的内裤。她只允许他站着插进她的身体。她的目光越过他的肩膀,看着柯灵斯工厂的两个烟囱。完了,他干完了!"（我的牙科医生发出中肯的指责。他请我尽可能把嘴张大,通过鼻子呼吸,然后用一把小巧的专用刮板把玫瑰色的特种石膏糊住我下颌的牙齿和牙齿残端:"不要咽。石膏硬得很快。"）

可怜的施罗涛。事情还没全干完,就必须开始聊天:"在图拉①的什么地方?用哪些师?谁负责保护侧翼?"琳德做了记录。(我的牙科医生也撤退到他的索引卡片:"我们必须等二三分钟。石膏变硬的过程中,你几乎感觉不到它的温度。放松,一直用鼻子呼吸……")

放广告了。琳德站在凝灰岩堆之间说:"欧司朗灯泡——亮如白昼!"她说出了他最后的几个问题:"他从哪儿给第四军弄到过冬的衣服?第二三九摩托化师现在何处?"施罗涛一边听着琳德的"深度,深度②,新型发胶……"一边展开柯灵斯给图拉包围战绘制的草图。他的电工手指在一片沙漠红的广告中指点着柯灵斯尖头部队经喀什拉③进攻莫斯科的路线。琳德哈哈大笑,一边吸着一根草茎,一边发出放肆的欢呼声:"请品尝一杯芬达,芬达,芬达……"现在她开始给独树一帜的洗衣粉做广告:"又洁又软用碧浪!"现在她开始发表声明:"我决不允许他穿过图拉-莫斯科防线!"现在她指着草图上的铁路线,提出建议:"请试试美迪牌鞋子,您肯定会说:鞋子,我只穿美迪牌!"现在她用莱卡相机(好像她也要给莱卡做广告)拍摄柯灵斯的秘密草图:"我一直以为您要和我的父亲算总账。"施罗涛发出怪怪的笑声,提出建议:"我想,我还能……"但是琳德已经得到了需要的情报。她把施罗涛从荧光屏上抹去——"人造黄油如面包,一日不可少!"——把冰柜推进画面,躺进菠菜、小鸡和牛奶之间的保鲜袋。

她把自己封存起来。她永远对自己保持忠诚和新鲜。她给冷冻品做广告,也就是给自己做广告:"……虽然价格不菲,比如新鲜的蔬菜,但是如果考虑到加工过的肉制品既没有下脚料,也没有骨头,

---

① 俄罗斯城市,位于莫斯科以南二百公里。
② 一种护发用品的商标名。
③ 莫斯科南部一百一十五公里的一座小城。

而且在很大程度上也省去了烦人的擦洗,那么即便是由冰箱为家庭主妇保鲜的熟食品也变得相对便宜了。请您立即花上一点时间——哪怕只是一两个钟头——亲自来看看我们的冷冻厨具,它会使您返老还童……"

她灵巧地从冰柜里晃荡出来,开始给冷冻食品拆包装:"我现在给你们看一看我以前的未婚夫,我把他藏在了最下面,上面覆盖有绞肉、扁豆,还有鲈鱼。他这会儿看上去有点像是冻住了,有点像是上了年纪。但是如果我们给他化冻,您很快就会发现,这个上了四十的人保护得有多么的好。他马上就要开始唠叨了:年代和和平协议,风格特征和原则性的东西。他有即兴演讲的天赋,历史转折、艺术、教育学、绝对主义、阿钦博尔蒂①、马克思和恩格斯,甚至浮石凝灰岩水泥、离心式吸尘器,他都能即兴演说一番,他的这个才能和他微不足道的帅气以及略有些虚伪的对真理的热爱一样,在他的身上保留了下来。唯独牙齿的状态令他心生忧虑。他的下颌前凸畸形历经多年,封存了下来。他必须去看牙科医生,而且还得忍受一场手术。就连他的学生———因为他是老师,而且是一个典型的老师——也都和我拥有相同的观点,反对他的观点。他现在必须保持安静,用鼻子呼吸。如果他不那么胆小,不那么哭哭啼啼……"

我的牙科医生将他呼吸均匀的胸腔横在荧光屏前,说:"现在我们来吧……"然后用双手去拿我的撑嘴钳。(他为什么不用带子把我固定住?)他的助手把我按在骑士座椅上,说:来吧,小伙子,来吧!(这次没有全自动机械,没有喷温水的水嘴。喜欢争强好胜的中世纪将医生和病人变成了比试力量的双方。)因为没有疼痛,所以我开始设想疼痛:臀位生产,产道是嘴巴,他们想开发一个石膏胚胎。我的七个月的秘密应当——弄碎搞出来——大白于天下。(很好,医生!)我招认了,把什么都说了:琳德和那个施罗涛干的时候,我兴趣

---

① 阿钦博尔蒂(1527—1593),意大利画家。

索然地和她的几个女友干了,第一个是英格,不,不对,第一个是希尔德,第二个才是英格,我们躺在不同的垫子上。但是这无济于事,因为我后来对琳德说"以其人之道还治其人之身"时,她竟然表示完全理解:"我很高兴,你终于找到了排遣,终于想从我和父亲之间脱开身。这本来和你没有一点关系,是我们内部的事儿。他说起提里克河①,你压根儿就不知道河往哪儿流。他冲出莫斯多克②的桥头堡阵地,渡过提里克河,通过古老的格鲁吉亚军用公路,计划拿下第比利斯③和巴库④。他的目标是油,巴库的油。你不要掺和在里面。最好是赶快滚蛋。我这是为你好。你需要钱吗?"

他的助手把手掌心贴在我的额头上:器械台玻璃板上放的不是什么大不了的东西,不过是我打磨过的和没有打磨过的下颌牙的可复制的石膏模型,因为这是一对矛盾体,所以看上去挺有意思。

"医生,说说看,您怎么看委员会制度?"

"我们现在缺乏的是一套全球范围的综合社会医疗保障体系。——别忘了漱口。"

"但是您的国际化医疗保证体系应当在什么制度……"

"什么制度都不是……"

"但是同我的世界范围的偏远地区自教方案相比,您的医疗保障体系难道不是一种制度?"

"全球范围的医疗保障体系同意识形态没有任何关系,它既是我们人类社会的基础,又是它的上层建筑。"

"但是我的偏远地区自教制度只有学习的人,没有教育别人学习的人……"

---

① 高加索山脉北面的河流,流经格鲁吉亚和俄罗斯,注入里海。
② 位于高加索山脉东北,俄罗斯北奥塞梯-阿兰共和国首府弗拉季高加索以北约90公里。
③ 格鲁吉亚首府。
④ 阿塞拜疆首府。

"它也很自然地属于新型康复疗法……"

"但是医疗保障体系是为生病的人……"

"抓紧时间漱口。所有人都现在生病,过去生病,终将生病,终将死亡。"

"但是如果没有任何一种制度给人提供教育,那么为超越自身所做的一切又都有什么用呢?"

"任何一种制度都以健康为标准和目标,如果制度阻碍人们发现自己的疾病,那么这个制度又有什么用呢?"

"但是如果我们想要消除人类的错误……"

"那我们就应消除人类。但是我们还是要……"

"我不想再漱口了。"

"别忘了您的锡套。"

"但是如果没有制度,我们又该怎样改变世界呢?"

"取消制度,就等于改变制度。"

"谁来取消?"

"病人。这样才可以最终让伟大的全面包容的世界性医疗保障传播开来,这种保障不是统治,而是供给,不是为了改变我们,而是为了帮助我们,它就如同塞内加说过的那样,给我们的疾患提供清闲……"

"就是说世界是一所大医院……"

"……这里不再有健康的人,不再有恢复健康的强制。"

"那么我的自教原则呢?"

"正如您要消除授和学的区别,我们最终要消除医生和病人的区别,而且是系统地。"

"而且是系统地。"

"但是我们现在必须把锡套再套上去。"

"把锡套再套上去。"

"口腔里的异体,您的舌头会习惯的。"

"会习惯的。"

（一团绵绵的东西。他的医疗保障体系应当给我提供一个苹果。）但是此时即便是用鼠尾草喂养的小羊羔在我感觉上像死了一样的口腔里也不过如同一块橡皮。我一向喜欢左品右尝再回味，但是此时我竟连石膏都尝不出来。（"啊呀，医生，消灭掉咔嚓作响的波斯科普①，咬上一口，保持年轻，好奇，用发出声响的口腔……"）

但是我没有这么做，而是看见电视里有一个厨师正在用火酒烹制小羊腰。讥讽的菜谱对话——"究竟谁会害怕吃内脏？"——混杂着如何保护锡套的说明："别忘了，不要吃冷的，也不要吃热的。绝对不能吃水果，因为果酸……"

面对着我如同不存在的口腔，电视里的厨师朝小羊腰切下了第一刀。他尝了一小块。如果不是牙科医生结束了给我牙齿的治疗，通过按键消除了那个厨师，那我真会因为羊腰子而要恶心一辈子了。经过双重的解脱后，我在试着寻找结束语："不管怎么样，柯灵斯在沙盘上开始了一场接着一场的战役。他的女儿成了他理所当然的对手……"

我接下去放弃了（暂时的），然后用每个病人都拥有的疼痛的权利保护自己："医生，咝咝地疼。总是感觉有什么东西……"

我的牙科医生（仍然还是我的朋友）给了我一点亚兰丁："给您了，啊，朋友。但是在让您走之前，我们要用环形色卡检验德固牙桥的釉色。我看这种发黄的向暖灰色过渡的白色对您挺合适。您看呢？"

看见他的助手（她肯定认识我）点头表示确认颜色，我很满意："很好，就用这个。"

告别时，我的牙科医生（关心地）对我说："到了外面把嘴巴闭

---

① 一种产自荷兰波斯科普地区的苹果。

紧了。"

面对真实的景色,我弯腰说:"噢,果真,雪还在下。"

来一个黄啤,服务员,来一个黄啤!一个念头,一个不溶于水的、警车都要为它让道的、崭新的念头,为的是让我们大家——服务员,我的黄啤!——让所有往后斜眼儿的人,喜欢搅和残渣的人都可以通过机场跑道,通过左右码放的红海——服务员,我的黄啤——返回自己的家乡……

"医生,我们能从历史中学到什么?能学到多少?我承认,我这个人不喜欢顺从别人,不喜欢接受别人传授的经验,但是我还是在返回家乡的路上喝了一杯冰啤酒,因为外面在下雪,因为我想在雪地里留下点痕迹,结果我就着温水又吃了两片亚兰丁……我们什么也学不到。没有任何进步,最多只是在雪地上留下点痕迹……"

即便在我的四堵墙的空间里,我的医生也依然出现。他将牙科的成果和珍珠穿成项链。对于我讥讽的提问"第一种牙膏是什么时候面市的?在牙刷之前还是之后?",他以批判叶绿素[1]做出回应:"不错,能提神。但是能治龋齿吗?"

他向我介绍慢速钻机向高速气动钻机的发展:"在下一次牙科技术展会上,西门子会推出五十万转的钻机。"他展望超声波治疗,认为龋齿最终将被战胜,我对此表示承认:"您可能会不断进步,但是历史不会给我们带来任何教训,因为它总是会不断地发展它的武器系统。荒唐,和彩票数字一样荒唐。加速的静止,到处都是没有偿清的账目、粉饰失败和事后赢得早已输掉的战役的幼稚的企图,您拿我来说吧,每当我想到当年的陆军元帅柯灵斯,想到他的女儿是多么的倔强……"

---

[1] 一种牙膏的商标名。

在写字台后面,站在私人的杂物——应当能保护我的神器——中间,只要我一说"琳德"的名字,他就会把好几勺专门用来制作模型的玫瑰色石膏糊到我的嘴里。(即便在这种情况下,他仍然对我说,石膏在嘴里收缩的时候,不要吞咽,要用鼻子呼吸……)

有东西在比较均匀地流动:父亲莱茵河。他托载着上下行的船只。我们两个穿着春秋风衣在莱茵河滨上走来走去。(再一次真正地交谈,这次是在修剪得很短的梧桐树下,站在圣母纪念碑之间的堡垒上。)

"你刚才说什么?再说一遍,我想清清楚楚地再听一遍。"

两个身影,他们身体的下部找到了一张长凳。(坐着交谈。)脑袋僵僵地不动,只有头发给人一种动作的假象。还有货船,它们在画面上自左向右自右向左地穿行。

"不要这样。既然你想听:你比别人好。满意了吧?哼。"

他们开始数船。有四艘来自荷兰,逆流而上。另有三艘通过了宾根洞①,顺流而下。至少这一点不会有错。还有季节也不会错:三月。(河对岸仍然是罗伊特斯多夫。)

"医生,您怎么看,我应当组织 12 年级(一)班旅游,到波恩去参观联邦议会?同还在世的政治家们交谈。然后去安德纳赫……"

(现在不论是逆流而上还是顺流而下,他们两人都沉默不语。)

我的抗争抵挡不住迎面驶来的船只交通:船尾长长的一排不屈不挠迎风飘扬的内衣裤和我磨平的里面的神经保持沉默的牙齿残端上逐渐变硬的石膏。我本来要说的是——施罗涛要找柯灵斯算账,因为在库尔兰,柯灵斯把他从上士降级为普通士兵,但是我要说的东西同货船一道,离开了画面。我这个人总是容易分神。(淡入任意画面:伊姆嘉德·塞弗特正在喂观赏鱼。)在有未婚妻之前的很长时

---

① 莱茵河中游的一个狭湾。

间……(筹措教学用具的困难。)在我去蒂克霍夫-楞格利希之前……(我的学生维罗尼卡·雷万德当中喊了一句:"这是主观主义!")在亚琛上大学的时候,我靠把食品配给卡搬上楼搬下楼来挣钱养活自己。我服务的区域是文罗大街……

从前有一个大学生,他负责分送食品配给卡,当然是有报酬的。他走进废墟中残存下来的有九个家庭的出租公寓。这位工业大学的学生左侧夹着一个防水袋,里面有面包券、肉券、黄油券、粮食券、打钩核对用的名单,还有关于结构的书籍,右侧,门铃在听着他右手的使唤。"您可以往里走一点。"

在一个寡妇家,这位一年级的大学生失去了一部分的害羞,摆脱了喜欢迅速离开的习惯。不过这段时间——因为他有时还是可以观察左右的——总还算还保留下来了一幅画面,那是床头柜上杂物边一个相框里的一个无忧无虑乐呵呵的中士。

寡妇名叫,不,不叫洛维特,洛维特是对面的那家,她是大学生的右手大拇指按下电铃时说"尽管进来,年轻人,我姐姐去经济局办配给证了,我也能干"的那个女人。没多久——一周比一周熟练,大学生学会了抚摸她头发里的发卷儿,她的头发非常红。

不,不是头发金黄偏红的那个女的,那是一楼左边的那个女孩子,也就是经过大学生的辅导后来幸运地升入下一个年级的女孩子。对面的那个女孩子留级了,就因为大学生没有被允许辅导她。他不得不和她妈妈理论理论,最后儿子也插了进来,甩了一句"等着瞧,等爸爸从战俘营回来……"。

但是我上大学的时候就喜欢争执性的对话,再说波岑夫人总是有现磨的咖啡和其他一些小玩意儿,如真正的猪油,里面有油渣,有苹果。大学生神不知鬼不觉地——也许她有意装作没看见?——分期分批从中拿了足足有一公斤送到了出租公寓的二楼。

二楼住着一个二房客,是一个大女学生,她不能吃猪油,因此起了疹子。她生性拘谨,撒不开,会无缘无故地害羞。她写日记,大学生随随便便看她的日记,而且还一直认为她的日记"好笑得要死",结果把她弄哭了。

海德·施密特,就是右面对面的那个则完全不同。她有一台打字机。每当他要的时候,她会让他坐下来打字。她只比他大几岁,但是已经有点像个做母亲的了,也许是因为她没有孩子,也许是因为她的丈夫(今天我看见我走进来的时候,刚好看见他走出去)对所有这些事情都缺乏兴趣。

三楼——在二楼就可以听出来了——是一个孩子众多的世界,而且弥漫着橄榄菜的味道。在这里,两个衰老程度各不相同的女人穿着图案各不相同的晨服说:"尽管进来,年轻人。"大学生学习、学习、再学习:说是,说不,伸手,不要盯着看,想其他东西。时间随着幸免于战火的挂钟和落地钟的走动而流逝。哪儿的煎土豆更好吃?哪儿在养虎皮鹦鹉?(我断定是在左面,在落地钟旁边,因为我觉得在右面,出现在荧光屏上的除了那个挂钟,只有一个四十四五岁的女人的严厉的眼镜脸。)大学生肯定在斯基曼斯基太太那儿待了比较长的时间。因为第一,虎皮鹦鹉起先是健康的(现在我看它有病,它神情忧郁地蹲在棍子上),在护理了很长时间后,它在笼子里重又兴致勃勃,羽毛梳理得非常漂亮;第二,斯基曼斯基太太要大学生住在她这儿。但是他还必须给顶楼左面的人分发食品券。是谁?那儿的味道怎么样?墙纸呢?

("医生,您得承认,我曾经有过不少机会可以利用。")荧光屏上的大门悄无声息地洞开。一个带了三个超重戒指的手在疲倦地示意大学生进洞。他很聪明地学会了遇此事不宜急。他闻这只手上的味道。他摘下最小的戒指:他的费用。然后这只手可以在他的脖颈上爬行。然后她可以在他鬓曲的但始终有些缠绕的头发上找寻乐趣。然后她解开他的衣服。然后她给自己的杯子斟满酒。然后她把纸头撕碎。然后她用还剩下两个戒指的手扇大学生的耳光。然后她用还剩一个戒指的手自慰。他摘下第二个戒指:他的费用。然后她又给自己的杯子斟满酒。然后该睡觉了。时间在过去。然后她给咖啡倒水。然后她对着镜子哭泣,脸色憔悴。时间又过去了。然后她打开收音机。然后她取下最后一枚戒指。然后她签字(我打钩:粮食券、面包券、黄油券)。然后她打开门,把大学生推出去。他已经是成年人了,知道区别和过渡。他事先全都已经知道了,而且还在过后对艰辛进行回味。他可以比较,已经不是第一次了。终于有人学徒期满了。大学生顺着楼梯从阁楼一层层走下,然后离开出租公寓。(我又数了一遍,因为我的怪毛病又开始发作了,例如,开始忘记窗帘的样式和做清洁时弄坏的地方。)

"已经不再是大学生了,不,不是了,医生。这位熟练的机械工程师埃伯哈特·施塔鲁施感到很吃惊,前不久还是被炸弹基本上夷为平地的文罗大街如今冒出了许多新楼房。就连他租的房子的两边,废墟也重新建设起来了(用您的话就是:空地被连了起来)。橱窗里,即将大降价的商品一个一个堆放着。这是一个消费的年代。(这个故事开始时我夹在左边的里面放满了食品券的防水袋,由于您一而再再而三地要把石膏从我的嘴里弄碎搞出来,所以现在用的是新的猪皮,里面因放了被评为良好的水泥厂除尘论文而鼓鼓囊囊的。在我给有九个房客的出租公寓分发食品券的那一段时间,由于石膏凝固需要一段时间,所以我非常勤奋,通过了所有考试,变成了一名男子汉,不过后来我的未婚妻还是对我说:你穿的是,而且仍然是短裤。)"

"您怎么看,您不认为这是一篇作文的题目吗?"我的学生塞鲍姆自以为他在一九四七年是一个大学生,而且不得不在诺伊库恩①的一个出租公寓分发食品券。

(我一九五一年从我租的房子搬出去的时候,塞鲍姆才刚刚开始长乳牙。)或者我再吃两片亚兰丁——喝一个冰啤酒,这个做法有

---

① 柏林的一个区。

些轻率——然后给伊姆嘉德·塞弗特打电话。但是在同她谈过去的信件之前,我偷偷溜到了普莱德村、克雷茨村、克鲁夫特村,我和琳德一块儿游遍了内特谷,我们一道(那时还是未婚妻)爬上了库雷尔山,我接着继续艰苦地行进(因为总有些事情发生),在杜塞尔多夫的水泥大会上作有关浮石凝灰岩的报告,第二次进入蒂克霍夫-楞格利希工作,绕过亚琛(出租公寓),趁着亚兰丁还在起作用,(只要伊姆嘉德·塞弗特不打电话,只要她不叫苦)我努力地艰苦前行。我十八岁时在一个到处喷洒氯的美国战俘营,营地在阿尔高[1]附近的巴特-艾布林,我那时是一个剃平头的战俘,每天九百五十大卡热量,有一嘴完整的牙齿(啊呀,医生,那时我有牙!)经历过扫雷的恐惧,努力地学徒。

即便是最单调的战俘营生活,我们德国人都善于安排得有所收获。(甚至有同事在背后议论,说我是将日程设计得井井有条的专家。)

战俘们都拥到了一起,这样一个上课用的木棚不仅有地方,而且也有机会让我们用对知识的饥渴排挤粗俗的饥渴:语言课,不仅初级班,而且还有高级班。复式簿记。德国的大教堂。同斯文·赫定[2]一起穿越西藏。后期的里尔克,早期的席勒。小型解剖。(您要是在巴特-艾布林作关于龋齿的报告,听众肯定会比腾普霍夫业余大学多得多。)那个时候同时产生了自救运动。我们既然用罐头盒做不出铁拳反坦克火箭筒,那么是不是可以做吸尘器?第一批风铃(用美国人的白铁皮剪的)在取暖炉上方的热空气中晃动。会计们开起了哲学入门讲座。(您说得对,特别是在战俘营,塞内加最能给人带来安慰。)每个周三和周六,一个以前的酒店厨子——放在现在人人都会以为他是电视厨子——都会开办烹调入门培训班。

布吕萨姆自称烹调手艺是在维也纳的萨赫大饭店学的。他是特

---

[1] 德国南部地区。
[2] 斯文·赫定(1865—1952),瑞典探险家。

兰西瓦尼亚①人。上课的开场白总是:"我的家乡,美丽的特兰西瓦尼亚,家庭主妇人人喜欢烹调……"

但是短缺决定了教学方案,因此他教授烹调时,总是凭空想象各种作料,他想象牛肉脯小牛腰还有猪排。单凭他的描绘和表情,羊腿便会滴出油来。用酸白菜加葡萄酒烹制野鸡,用啤酒当浇汁料理鲤鱼:在镜子中看镜像。(我学会了想象。)

我们睁大眼睛提高精神境界,多亏明显营养不良,我们可以蹲在小凳子上,我们聆听布吕萨姆讲课,在八开的本子上——美国人的捐赠——记满了菜谱。正是这些菜谱,十年后让我们发福了。

"我的家乡,美丽的特兰西瓦尼亚,"布吕萨姆说,"家庭主妇在采购的时候,要严格区分肉泥填鹅和自然放养的鹅。"

接下去,话题就扯开了,但是很有启发,谈的是波兰和匈牙利自然放养的鹅所拥有的自然的自由,它们虽然轻一些,但是有肉,而波莫瑞地区②采用填喂方式养的鹅,命运就惨多了:"我的家乡,美丽的特兰西瓦尼亚,家庭主妇人人喜欢烹调,她们总是挑选自然放养的鹅。"

他接着示范,如何用大拇指和无名指检查鹅,先检查鹅的脯子,然后是屁股。"不管有多少肥油,腺体一定要能摸得着。"

(您的助手一边做三指捏夹的动作,一边命令我张嘴不要动,他的这个动作让我想起了布吕萨姆检查鹅屁股的动作,希望您能理解。或者也可以反过来说:我在布吕萨姆的教授下,正在找想象中的鹅的腺体,但是您的助手却用手指封住了我的嘴。)

"到了家后,"布吕萨姆说,"首先要把鹅给掏空了,这样好填喂。"

我们用铅笔头——三个男人一根铅笔,什么都分了——记录下:

---

① 罗马尼亚中部地区。
② 波莫瑞地区北邻波罗的海,第二次世界大战后分成两部分,一部分在德国,一部分在波兰。

"不管喜欢烹调的家庭主妇怎么给鹅填灌,没有蒿草,没有哗哗作响的香气冲人的蒿草,鹅不管怎么喂,都不能称做是填喂。"

每当在一排排木棚之间发现了几棵能拔出来做汤的蒲公英,我们都会幸福无比。就是我们这样的人,布吕萨姆在给我们列举各种各样的馅儿。我们学习,并且做记录:"苹果馅儿、栗子馅儿……"

一个体重超瘦七公斤的人问道:"栗子是什么?"

(在今天一频道的烹调课上,电视烹调师布吕萨姆就应当这样得意:)"糖浆裹栗子、栗子蜜饯、栗子糊,烧紫甘蓝不能没有栗子。在曾经是我的家乡的美丽的特兰西瓦尼亚,那儿卖栗子的只用木炭火……冬天,菜市场冰冷冰冷的,这个时候卖上热乎乎的栗子……栗子的故事:我的叔叔依格纳齐乌斯·巴尔特哈萨·布吕萨姆带着他的栗子搬到海尔曼施塔特市①时,海尔曼施塔特在特兰西瓦尼亚,那儿曾经是我的家乡……因此,在十一月,那是圣马丁节②,我们的自由放养的鹅吵闹着非要吃栗子不可,那些栗子可是裹了一层苹果条加桂皮粉的蜂蜜,还有哗哗作响的蒿草——喂鹅非得用蒿草不可——还有里面填了葡萄干的鹅心。把我们自由放养的鹅,有匈牙利的,也有波兰的,个个喂得弯不下腰。这样,鹅脯子上的肉就会有一种香味,烤鹅通过上部和下部的温度虽然能把鹅皮烤得焦黄、酥脆、可口,但是就是没有这种香味:一丝淡淡的栗子香……"

(啊呀,医生,那个时候我们空荡荡的嘴巴里要是有了您的这个吸口水器该有多好!)布吕萨姆不给我们松刑具,而是越绷越紧:"现在来说说填鹅。在我的家乡,喜欢烹调的家庭主妇会用三百五十克猪肉泥,称两棵洋葱头,三个苹果,鹅的内脏,包括美味的鹅肝,摘去蒿草的叶子,加三块事先用热牛奶泡软的白面包,再加擦碎的柠檬皮和一个中等大小的蒜头,在上面打两个鸡蛋,用三平勺面粉勾芡,放少许盐,然后不断搓揉,直到填料切起来有韧劲儿,然后来填鹅,

---

① 罗马尼亚特兰西瓦尼亚地区最大的城市,该城在罗马尼亚被称做锡比乌。
② 欧洲的节日,每年11月11日,在这一天人们通常要吃鹅。

填鹅……"

（被诱骗的青春就这样开始了再教育。）我们陷在学习中拔不出来。在废墟和困难中诞生了一批营养不良的教育学家，他们宣布："我们必须学会重新生活，学会正确生活，例如，填鹅不要用橙子，我们有三种选择，经典的苹果填喂，南方的栗子填喂，和所谓的灌填。但是在困难时期，鹅的供应虽然很多，然而猪的供应却很少，异国他乡的栗子在国内市场是看不见的，"原来的酒店厨子，后来的电视厨子阿尔伯特·布吕萨姆说道，"那么用土豆填喂完全可以替代用苹果、栗子和猪肉泥填喂，如果再用磨碎的肉豆蔻来提升味道的品味，用蒿草祈福——喂鹅非得用蒿草不可，那么土豆完全可以成为填喂的美味。"

我和未婚妻在一九五五年秋天——那是我们最后一次一块儿旅行——乘车去波兹南①参观秋季博览会，我利用那次机会向几个波兰的水泥工程师介绍了离心除尘器的效益。博览会结束后，我们顺便去了莱姆考②，这个地方在卡特豪斯③区，但泽④西南方向，想去看一下我的姨海德维希。姨给我海阔天空地介绍了卡舒比方言⑤区的农业，在举行了一场像模像样的小型家庭聚会后，她像十年前的布吕萨姆一样，介绍了波兰用土豆喂养自然放养的鹅的好处，但是她对肉豆蔻几乎一无所知，她提味用的是荷兰芹。

我的未婚妻害怕这次艰苦的需要顶着顽强的阻力组织的旅行，"既然我都能适应你原本就不好处的家，为什么你就不能拿出点良好的意愿……"听我这么说，她只好气呼呼地表示同意：我们去看望简朴的好客的乡下人。（这次看望的是我最后几个尚活在人世的亲

---

① 位于波兰中西部。
② 位于波兰北部。
③ 位于波兰西北，该城波兰语的名称是卡尔图济。
④ 位于波兰北部，波罗的海边的重要城市，第二次世界大战结束划归波兰后，更名为格但斯克。
⑤ 波兰北部的一种西斯拉夫方言。

戚,因此踏上旅途的时候,心里还是很激动的:还有诺依法瓦瑟,但泽的港区,我们也去看了。您还记得吧,医生,在现在依然很浑浊的港口,在船坞的对面,我曾经把一颗乳牙弄丢在水里了。)

"哎呀,孩子,个子长这么高了!"姨操着浓厚的方言和我打招呼。其实她是我的姨婆,是我外婆的姐姐,娘家姓库伯荣,她嫁给了小农里普卡,丈夫已经去世。而她的妹妹,也就是我的外婆进城高就,和一个叫本克的锯木厂工头结了婚。因此我的母亲是在城里长大的,后来同一个叫施塔鲁施的结为夫妻。他家虽然三代都是城里人,但是同库伯荣家一样,最早也都是卡舒比方言区的:在十九世纪初,施塔鲁施家族还都住在迪绍①附近。

"告诉我,你现在干什么职业?"我的姨婆问我,然后挪动身体,让我的未婚妻进入她的视线,"一袋水泥。为什么没人给我们带点我们需要的东西?"

(我顶住了来自波兰方面和西德方面的讥笑的阻力,回去后立即向莱姆考寄去了十袋水泥。不过这是琳德的主意。)

我的未婚妻答应海德维希姨婆,给她寄去所需的水泥,让她重建被子弹打得全是洞的粮仓。但是姨婆对自己的苦难并不介意:"看看我们有什么?一点黑麦、一头奶牛、一头小牛、酸苹果,当然还有土豆、小鸡和几只放养的鹅……"

但是没有上这些东西。端上桌的是密封在玻璃罐里的鸡肉,已经不新鲜了。姨婆认为罐装的要比现宰的文雅,如果是现宰的,你刚才还能听到它们在农具棚里。也许是姨婆想照顾我的未婚妻的情绪,因为后来在菜园子里,她站在甘蓝菜丛中,对我说:"你谈的这个姑娘挺文雅的。"

当然会拍很多照片。特别是妈妈的一个表兄,约瑟夫舅舅的孩子们,他们不断地站在被子弹打得全是洞的粮仓前拍照,因为琳德要他们这样站。到了傍晚,我们乘公交车到卡特豪斯,去看望克雷门斯

---

① 波兰北部城市特切夫的德语叫法。

舅公,我已故外婆的一个兄弟,和他的小雷娜,一个土生土长的施塔鲁施家人:可谓是亲上加亲。多么亲切的重逢!"嘿,孩子!多么可怜,你的妈妈那么早就死了。她当时为了你的乳牙差不多都疯了,全都保存了,结果全丢了。我也什么都没了,就留下了一部手风琴和一架钢琴,我儿子的小儿子阿尔方斯现在在弹,待会儿让你听听……"

家庭音乐会开始前,又是密封在玻璃罐里的鸡肉,喝的是土豆烧酒,由于我的未婚妻非常文雅,所以他们给烧酒加了薄荷,结果味道很倒人胃口。(卡舒比人①是一个文化历史非常古老的民族,比波兰人还悠久,和索布人②同源。卡舒比语是古斯拉夫语的一种,现在濒临灭绝。海德维希姨婆、克雷门斯舅公,还有他的小雷娜,还能说这种语言,而阿尔方斯,一个二十八九岁的冷漠的年轻人,既不会说老辈的语言,也不会用卡舒比的口音说西普鲁士的方言,平时懒得张口说话,即便说了,也只是用波兰语骂几句。尽管如此,还是有必要给卡舒比语总结一个语法规则。哥白尼——库伯尼——科普尼③,他既不是德国人,也不是波兰人,在很大程度上可以说是卡舒比人。)

由于吃饭的过程有些沉寂——琳德的标准德语卡壳了,我半像不像地重新捡起了但泽郊区的方言,因此舅公说道:"知道吗,孩子。抱怨有什么用,我们必须生存下去,必须学会生活。我们还必须唱歌,唱得橱子里的杯子丁零零地响。"我从我母亲家的人那儿听说过,舅公擅长鼓励人。

我的这些家人的确是这样:姨婆海德维希,她的女儿,也就是我母亲的表姐妹塞尔玛,她的丈夫西格斯蒙德患肺病不断咳嗽、丧失劳动能力,舅公克雷门斯、他的小雷娜、孙子阿尔方斯——我的表表兄,他的屁股上长有一个疮,因此不愿意弹琴,但是他必须弹:"快弹,方斯。别装模作样。快弹!"我的未婚妻和我,一种几乎和联姻差不多

---

① 中欧少数民族,是斯拉夫人的一支,生活在波兰北部波美拉尼亚地区。说卡舒比语。
② 中欧少数民族,是斯拉夫人的一支,主要生活在德国东南部,说索布语。
③ 哥白尼用各种方言的念法。

的亲戚关系让我们成了中心人物。在舅公的手风琴和半个屁股蹲坐在钢琴前的钢琴手的伴奏下,我们差不多唱了两个小时的歌,而且大部分都是同一首歌:"高高的山啊,一片森林,我的心啊,跳个不停……"边唱边喝加了过量的薄荷的土豆烧酒。

(每喝一口卡舒比人的这种国酒,都能感觉出,薄荷的化学香精味在同一口敞开的土豆窖所特有的劣质烧酒的气味抗争,时而这个占上风,时而那个占上风。刚刚以为喝的是一种非常甜的利口酒,马上就会有一种低质的酒精味弥漫开来;嘴巴刚刚习惯了这种劣质的乡村烧酒,香精又开始作怪,让人想起化学都会造成什么结果。但是不管两种味道怎么争吵,森林之歌都在超然度外地发挥着联系与和解的作用。

"孩子,"姨婆一边给我倒满酒,一边说,"你认为元首还活着吗?"我们总是力图以科学的态度对历史作冷处理,因此不能以这么直接的方式介入历史。有一次我不经意地引用了姨婆的话,结果我的学生们纷纷指出姨婆的政治觉悟有缺陷,好像我应当用黑格尔来回答姨婆似的。)"不,不可能的。"我壮着胆对她说。我的未婚妻正和舅公克雷门斯的小雷娜还有不停咳嗽的铁路工作人员西格斯蒙德挽着胳膊,唱森林之歌是要挽着胳膊摇摆身体的。她也点头表示肯定:琳德和我观点一致。

"你看!"姨婆一巴掌拍在桌面上,"应当救啊,救啊——后来怎么样了?"(这种思路就连塞鲍姆都情不自禁地跟了上去:"你的这个姨婆,了不起……")我们,我的家人和琳德,我们又唱了一遍森林之歌,而且这次是完完整整地唱了一遍:"高高的山啊,一片森林,我的心啊,跳个不停……"

最后来了一个真正的家庭医生,是我母亲的表姐妹塞尔玛叫过来的,为的是让他开一个我的家人所缺乏的药品清单:姨婆用的精华水,给铁路工作人员斯格斯蒙德治肺病的药,治疗舅公克雷门斯哆嗦的药。(他要是拉起手风琴来,可是一点都不哆嗦。)还有给所有人用的——不包括铁路工作者——治疗肥胖的药。

医生用手捂着嘴对我说:"他们要这个药,就因为是西方的药。其实根本不管用。他们应当少吃,多唱森林之歌。您应当十一月份再来,那可是对鹅开杀戒……"

我的姨婆接着医生的话说:"是的,孩子,早点再来,带上你文雅的未婚妻。圣马丁节,你可以大吃特吃,卡舒比自然放养的鹅,你刚才已经在草地上看见了,你可以吃下整整一只。你知道不知道这里的鹅是怎么喂养的?"

于是我把以前在巴特-艾布林战俘营跟原先的酒店厨子后来的电视厨子布吕萨姆学到的东西叙述了一遍:"有苹果喂养,栗子喂养,还有肉泥喂养,但是不管用什么,都要配蒿草,喂鹅非得用蒿草不可!"

我的姨婆海德维希非常高兴:"对,一定要用蒿草,但是我们这里用土豆喂,生土豆,不过要把土豆的水分滗掉。这样味道就好吃多了。你圣诞节带未婚妻来……"

但是琳德不想再去了。密封在玻璃罐里的鸡肉倒了她的胃口。在回家的路上,她的身上开始冒脓包、胃烧灼、胃痉挛。(我当时就想,她这条命差不多了。这种想法其实对我并不陌生。)一直到了柏林情况才好了些。反正我们两个的关系也差不多了。因为一九五六年的春天,她开始和我结账:"你是想我分期把钱给你,还是一次性?"

我选择了一次性,这样在钱的问题上,我们两个扯平了。今天我可以公开地说:在布吕萨姆师傅那儿,我学到了喂鹅的艺术。在一个有九家合住的出租公寓,我变成了男人:万事先经历,生活的艰辛事后再慢慢品尝。至于生活的方式,是舅公克雷门斯教会了我,是他对我的生活做了最后的加工:"我们必须学会自由,学会生活!"但是资助我当上教育工作者的则是我的未婚妻。

(我犹豫了很长时间,要不要接受她的钱,要不要结束我们的关系。)在麦恩田野,一座废弃的玄武岩矿井边,我和她谈了一次,因为在我们从波兰回来没多久,琳德又干了一次企业间谍,我对她说:"如果你不和那家伙断绝关系,我就杀死你。"

琳德没有笑,相反,她很是担忧:"哈迪,这种事情不是可以随口乱说的。虽然这样并不能杀死我,但是杀死这两个字在你的脑袋里会扎下根,会制造故事,制造特别的故事……"

"啊,漫溢了,被包围了,啊,我们被富裕包裹了……"

电视里在大清理。推土机开始发动,先是在田地里开来开去,然后盯住了工业产品、化妆品,把座椅、野营器具压成一团,将家庭的第二辆车,家庭影院和整体厨房一个个摞起来,推倒儿童游戏室,然后是冰柜,结果化了冻的消费者一下子——和蔬菜鱼肉一起——从里面掉了出来:被宣布死亡的未婚妻,身着军装的老柯灵斯、琳德的婶婶、手正在摆弄生殖器的施罗涛,还有我的学生同事亲戚在同四个五个九个女人摆弄商品,附加产品(当中有波兰的自然放养的鹅)在滚来滚去,被滚来滚去……空空的离心式洗衣机在轰鸣。学生们有节奏地鼓掌。

推土机把这些漫溢的东西和附加的东西从远处通过中央区域一直推到荧光屏的边上,它们炸开拱形屋顶,把东西倾倒进室内,直到牙科诊所被完全堆满,我不得不踏着被压得结结实实的乱七八糟的东西,而且还要穿过不断想和我说话的拥挤的人群——"发生什么事了,塞鲍姆?"——往外逃,往哪儿逃? 逃到迅速而且是依靠信念恢复健康的荧光屏前:我的牙科医生正和助手在那里等我,请我坐下来。今天要给我上两个德固牙桥。这个过程在声音上还能忍受,只是会时不时地被漱口的声音打断,与此同时,完后稍加编辑的医患对话开始在柏拉图式的对话气泡中升起:如果医生建议凡事不要过分,要相信持续稳定的发展,病人(一个全体学生试图通过同时发声把他推向前的老师)就会要求极端的变化和革命性的表现。

例如,他想用推土机把所有破烂东西,连同附件和备品备件,连同复制品和所有减轻付款压力的凭证——"分期付款,分期付款!",

连同克罗米和所有广告预算,全部推掉,让它们从消费者的视线中消失,这样可以改变基础,为一个令人满意的生存创造空间。

但是牙科医生的博学程度不亚于他:他把所有对权力的滥用都归结于黑格尔,指出牙科医学的进步虽然是革命性的,但却是和平的,想以此烦琐地对黑格尔进行反驳。他说:"相互抵消的康复学说太多,实际用处却太少……"他建议在全世界范围内用他的医疗保障体系取代国家的行政管理。

在这一点上,老师发现了一个共同的基础:"从根本上讲,我们的观点是一致的,因为我们都认为自己对人道主义,对博爱负有义务……"

然而牙科医生要求病人同他的呼吁保持距离:"叶绿素牙膏虚假宣传,说什么对预防龋齿非常有效,对这种牙膏进行极端清理,我是完全可以忍受的。"

老师踌躇,咽口水,但是没有收回自己的观点。(我的 12 年级〔一〕班在狞笑地盯着我。)他不加选择地引用马克思恩格斯的语录,甚至还引用了古老的塞内加,这位古人在谴责物质过度丰富方面同马尔库塞①是一致的……(我鼓起勇气让晚年尼采表达自己的观点:"我们最终要对所有的价值进行重估……")

但是牙科医生坚持放弃暴力,并威胁说,如果不收回观点,将会终止对下颌进行麻醉。撤销医疗保障。展示刑具。牙科方式的威胁:"亲爱的,这就是说,如果您继续支持暴力,我会在没有局部麻醉的情况下,把您的锡套取下来,还有牙桥,两个全部,我会……"

于是,本性宽容,骨子里并不极端的老师投降了(我的 12 年级〔一〕班对我大喝倒彩),他请求牙科医生,对他的那番用推土机横扫一切的话不要当真,不妨把所说的这种原本有用的行驶工具看做是一种比喻:"我当然不想发起一场破坏圣像的运动,也不想用摧毁一

---

① 马尔库塞(1898—1979),德裔美籍哲学家、社会学家,法兰克福学派的主要代表人物之一。

切的无政府主义……"

"这么说您收回了?"

"是的,我收回。"

(我刚刚投降完,诊所就自行摆脱了所有从冰柜里掉出来的乱七八糟的日常消费品和多余的人。)12年级(一)班嘟嘟囔囔地撤退了。我的未婚妻挖苦人的告别:"不可教也!"(采用波兰方式用蒿草喂养的自然放养的鹅也离开了诊所。)诊所恢复成美丽的方方正正,五乘七,高度三十三。所有牙医器械都还在原地立着,放着:骑士椅上的病人可以在医生和他的助手之间离开电视屏幕。但是屏幕刚刚清理干净,马上又开始为日常消费品、座椅、离心式洗衣机、宿营器械,还有——在住房储蓄银行和洗衣粉广告之间——冰柜做起广告来,在这些东西中间,遮掩在水果小牛腰熟食品的后面,老师原来的未婚妻升起了对话气泡:"你这个超级胆小鬼……"

牙科医生准备往左下方扎第一针,电视画面坚持停留在冰柜上,并且挑衅地不断重复广告的内容。就在这时,病人从骑士椅子上跳起,打算再次进行清理工作。"推土机……"他说,"……应当用几千台推土机把这些乱七八糟的东西全部清理掉,让它们从视线中消失。"

但是如此充满暴力的话语没有起作用。虽然冰柜被一只很上镜头的幽灵般的手推出了画面,但是不论是左面还是右面,都没有推土机在画面上出现,没有推土机游戏般地给背景增添活力,没有推土机占据画面的中央,开始对我们的现实进行伟大的改变。屏幕上什么也没有。(甚至连我的12年级〔一〕班也拒绝出场。)光线在雾蒙蒙地闪烁。泯灭一切的虚无。"您看到了什么吗?"这是牙科医生的问题,他一边问,一边若有所思地举着针管。

"什么也没看见。"病人回答道。"我们可以装模作样,好像您又一次随随便便地向暴力提供了支持。不过,您肯定把滚动播出的节目彻底给惹恼了。今天晚上的柏林晚间新闻我们肯定是看不成了。作为替代,我把画面切换到房间,总比什么都没有好。"

了不起的观点一致:门诊助手和牙科医生配合一致。病人从他躺着的骑士椅子向外看去,医助左手做出的三个手指捏东西的形状,要帮助病人的嘴巴摆出不动的姿势。她的中指把舌头按回去,无名指卡住下颌不让动,食指将一块纱布按在牙龈上。牙科医生在下颌的部位扎下第一针。

声音的再现是一流的:在诊所,在屏幕上,同时出现了说话的声音,而且声音的高度足够让全房间的人听到:"我们现在开始做神经阻断麻醉,在神经的入口处阻断它。"

(我看得出来,扎针对他是一件很困难的事。)

"您自己可以想象得出来,前面打的几针让您的牙龈受苦了。"

摄影机——肯定什么地方有摄影机!——把镜头拉近,对准病人的牙龈:医助三个手指的动作,还有正在嘴巴里找位置的针头占满整个镜头。医生找到了一个还没有被针头戳过的部位:预感变成了现实。拯救的针头在画面上对准了我,真的对准了我(扎中了我):啊呀呀呀呀……

"能想起来现在该干什么吗?"

隐蔽镜头放弃了已经升华为仙境的场景片段,开始再一次表现坐在医生和医助之间的骑士椅上的病人。

"现在局部麻醉开始了……"

"好,很好,那么我们就很清楚了……"

"您说说看,医生,还有剩下的针,这已经不是新鲜事儿了。我们可以省掉您的声音,我指的不仅是画面上的声音……"

"如果我没有理解错的话,您是想把计划好的游戏继续做下去……"

"我的未婚妻,希格琳德·柯灵斯……"

"您可以让您的柯灵斯生一个犟头犟脑的儿子……"

"不要出这个主意,医生……"

"悉听尊便……"

"我呢,不再提推土机了。您呢,不要再想方设法说服柯灵斯生一个儿子。"

"一言为定,证人为证……"

(从画面上可以看出来,尽管如此,两人并没有握手。)

"我可以给您描述一下琳德的相貌:一头倔强的高山山羊,能在陡峭的岩壁上站稳脚跟。她的计划都是有代价的。放弃了医学专业的学业。(她原来想当儿科医生。)后来还抛弃了未婚夫。她要了解新的内容。(她要我给她买关于战略战术方面的大部头书。)应当这样展示她的形象:俯身研究战争日记、师团史、往日军事秘密的复印件和地形图。整日埋头于自己的房间,房间已经失去了闺房的特点,越来越像父亲的斯巴达了。有的时候,她孤身一人待在灰色公园,经常因为数据和相互矛盾的情报而疲惫不堪或不堪重负。琳德刚刚从企业电工施罗涛那儿获悉——我们已经知道她是通过什么方法得到这条情报的,她的父亲计划在库尔斯克①再打一场坦克大战,而且要打赢。柯灵斯不得不也大打间谍战,要把未来的女婿争取过来。(我把知道的全告诉他了,这跟我有什么关系。)所有的家人都被积极地调动起来了:就连婶婶也被将军和将军的女儿不断利用,向对方提供虚假情报。军力根据图上军事演习调动。迷惑战术,晚饭桌上的含沙射影。我能说的只有:我已经上升为双料间谍,也给琳德提供情报。当然,不是没有回报。(我做这事儿和施罗涛一样,或者准确地讲:她把我变成了施罗涛,只有在我掌握的情报比施罗涛多的情况下,才给我一回。)有的时候我从施罗涛那儿买情报。就如同柯灵斯

---

① 俄罗斯西部的一个州。1943 年,苏、德军队在此进行著名的库尔斯克大会战,其中尤以大规模的坦克战闻名于世,战役以德国失败而告终,苏军从此掌握战争主动权。

买我的情报一样。唯有玛提尔德婶婶提供情报什么也不图,而且也不大明白是怎么回事。希格琳德·柯灵斯定期需要科布伦茨的军事档案资料,于是不断有挂号信寄给希格琳德·柯灵斯小姐,注明是亲收。这不仅仅只是她在洗礼证明书上的名字,而且一九四四年底发生在纳瓦①战线的一次突围战也是用这个名字命名的:希格琳德行动。这次不起眼的进攻获得了成功,虽然这次战斗的荣誉后来归在了弗里斯纳②上将的头上(柯灵斯从他手中接过了北方集团军的指挥权),但是这并不能阻止柯灵斯在重新占领劳班③后,将付出惨重伤亡坚守下来的防线命名为'希格琳德阵地'。(在冰天雪地的战场,他曾经试图用'希格琳德师'的名称给几乎被冻成冰块的第六山地步兵师嘉奖,但是指挥官拒绝了。)沙盘成了战争再次进行的替代品:库尔斯克坦克大战,代号'齐塔德拉'④,一场为了解救莫德尔⑤、曼施坦因⑥和克鲁格⑦而进行的战斗,以失败而告终。但是换成'希格琳德远征'的名字后,柯灵斯赢得了这次行动,原因是他的女儿没有掌握苏联军队的战场布雷图。

'琳德,罢手吧。你赢不了。要猎杀的不是丘鹬,而是幽灵。你应当自问一遍,不,连续一百零三遍:这是什么,是将军?或者连续快速地说:将军,将军,将军,将军……最后就变成了硬纸板,或者类似诸如浮石之类的词。毕竟浮石是有意思的,而将军这两个字……'

在库雷尔山,她打断我对将军这个词的解释:'你完了吗?将军和将军总是不一样的。这个将军是不会承认自己被打败的。'

'我可以向你证明,这个将军除了诉讼费以外,什么也没有留下来。告诉他,别忘了清理棚子。需要它作为仓库。他可以回去写回

---

① 爱沙尼亚城市,与俄罗斯隔河相望。
② 约翰内斯·弗里斯纳(1892—1971),纳粹德国将军。
③ 波兰西部城市。
④ 德国军队在1943年夏进攻库尔斯克行动的代号。
⑤ 莫德尔(1891—1945),纳粹德国元帅。
⑥ 曼施坦因(1887—1973),纳粹德国元帅。
⑦ 克鲁格(1882—1944),纳粹德国元帅。

忆录。现在我终于明白将军是什么了:将军是一个人,他在经历了跌宕起伏生死不定的人生后,写自己的回忆录。很好。让他赢吧。他在回忆录里可以……'

我说话的时候,目光对着拉赫湖的方向。她说话的时候,目光对着尼德门迪西①的方向。(其实我们俩还是很般配的。当然,她也有可能变成完全另外一个人,傻乎乎的,不那么神经质。她也喜欢吃好的东西,她还会变得多愁善感:沉浸在画报连载的小说中。喜欢看电影:最喜欢看蹩脚的伤感片。喜欢斯图尔特·格朗杰②类型的演员。但是并不痴迷。政治方面,我们观点一致,她认为,人类正在面临过度物质生产和消费狂妄的恐怖统治,我也是这么认为的。)我的学生、12年级(一)班班长维罗·雷万德今天宣布的东西,我的未婚妻早在十多年前——您看,医生!——就已经在库雷尔山发出了呼吁:"所有这些垃圾,这些过度的消费,应当用一万台马力强劲的推土机彻底扫平……"

通过另外一批人来宣布开始极端变革,这个计谋没有得逞。就在我打算让步时——"在第一次世界大战前,柯灵斯原本是想当老师的",我的电影仍然保持无声。虽然房间的场景保持不动,虽然我的对话气泡在咕嘟咕嘟地升起,但是她什么也不说了。他的对话气泡充满了内容:"您听好了,我亲爱的。刚才在给您打四针的过程中,我把所有的都听了一遍,而且没有任何反驳。毕竟是我同意让您自己做主,在治疗的过程中,沉浸于任意的虚构之中。但是现在太过分了。呼吁采用暴力,即便是别人借您原来的未婚妻或您的一个未成年的女学生之口说出来,我仍然是这种呼吁的坚定的反对者。我不允许破坏任何一个小小的,哪怕是小得可笑的进步所带来的成果,

---

① 德国西部莱茵兰-法尔茨州的城市。
② 斯图尔特·格朗杰(1913—1993),英国电影演员,在20世纪40—60年代非常走红。

这其中也包括我的根据预防牙医原则建造起来的诊所,就因为您的未婚妻离开了您,因为在生活中是一个吃亏的人、一个失意的人。您想靠您毫无道理的虚构,把自己在各方面的失意归罪于这个世界,好让自己能依法消灭它。我了解您。只需对牙结石做一次检测就足够了。在透视的时候我就已经预感到:这儿有一个人,而且是再一次有一个人,想对所有的价值进行重新评估;这儿有一个人,而且是再一次有一个人,想超越人类;再一次有人想用绝对折尺来衡量一切。虽然他把自己标榜为是现代的。他不打算让已经被拉下马的超人重新粉饰登场。他巧妙地避免了对新的人,对社会主义的人的要求,但是他对虽然微小但毕竟有益的改善所怀有的厌恶和不屑一顾。他对用迅猛但却没有目标的砍劈来解决冲突所怀有的欲望;他对尽可能盛大的没落所怀有的贪婪;他落伍的,却乔装打扮成先进的、梦想能有朝一日重新回到无声电影年代的敌视文明观;他无法为供养人类而默默地勤奋地劳作的无能;他的用虚无来无条件换取乌托邦,用空中楼阁来换取隆隆作响的虚无的教育思想;他的烦躁,他性情乖张的狭隘,他对事情没有成功所表现出来的幸灾乐祸;他一而再再而三对暴力的呼吁,这一切都出卖了他。推土机!推土机!就这三个字。赶快进候诊室。等到麻醉完全起作用了,我们再相互交谈……"

(我打手势。不给我的对话气泡充填内容,这让他感到开心。他对病人也是这样,酝酿病人的病情,目的是为了把病人赶走。但是我是无论如何不愿再听到喷泉的声音,不愿再坐到明星快客万花筒和新……我不愿再读能让我回想起或不能让我回想起原来的帝国青年领袖的东西。在所有地方都可以开始大拒绝,为什么在一张骑士椅上就不行呢!我挺直身体,让自己说出一个毫不动摇的不。让他去报警吧!——但是牙科医生用宽容对他的病人实施惩罚,并且用小手指堵住了他的话。)

牙科医生:"您想说什么?"

病人:"我怕进候诊室。"

牙科医生："您的怕难道不是害怕逃进不断新冒出来的虚构吗？"

病人："这是您对我认识有误。我对推翻现存体制的需求，只是有时的，而且只是言语上的，是有它的前因的……"

牙科医生："您所说的前因：战争快结束时，您十七岁，却领导了当时在各个地方迅速成立起来的青年团中的一个。"

病人："我们反对所有的人，反对所有的一切。"

牙科医生："但是今天，您已经是一个四十岁的教师……"

病人："我的 12 年级（一）班目前正在经历一个类似的启蒙过程。我和学生塞鲍姆永无终结的对话必然会涉及暴力这个话题……"

牙科医生："尽管我救助您，但是我要警告您……"

病人："所以我请您相信我，我的学生和我都认为，决裂是建立一个更伟大的而且是富有教育意义的体制的前提。相对短暂的暴力过后……"

牙科医生："我想我必须坚持：在候诊室，您会在一定程度上放弃的。"

病人："不，医生。"

牙科医生："您严重影响了我的治疗。"

病人："虽然让我相信进步是困难的，但是从本质上讲，我是主张和平发展的……"

牙科医生："您会从进步中得到好处！"

病人："我很愿意让步，只要我不用进候诊室……"

牙科医生："补牙所经历的发展，我想可以用革命性——和您所用的过时的意义不同——来形容。"

病人："我承认。只要我不用……"

牙科医生："那您就待在这儿吧。"

病人："谢谢，医生。"

牙科医生："但是声音必须去掉，否则您又要大发傻话了。"

（我出不了声地坐在骑士椅上,看着我自己:出不了声地坐在骑士椅上。虽然我只是以为下颌的阻断麻醉和局部麻醉造成了舌头和两边脸颊的肿大,但我还是噘起上下嘴唇,做出肿大的样子。但是荧光屏不弄假:没有肿大,没有浮肿的脸颊,舌头——我给自己看舌头——仍然细细的,长长的,活动自如,好奇,柔软。伸出舌头。我的女学生维罗·雷万德十七岁会的东西,我四十岁的人照样会。我的舌头在引诱:来,琳德,来,琳德……)

时髦的连衣裙,隆起的发型,她知道该在什么部位突出自己:"亲爱的竞猜参与者,我们今天'历史竞答'的主题是军事战役。影响了德国、欧洲乃至世界命运的军事战役……"

她严肃的嗓音给热烈的气氛又增加了一道旋风:"我先介绍一下在座的嘉宾。这次的嘉宾都是柏林高级中学的。这位人见人畏的年轻女士是:维罗尼卡·雷万德小姐……"

观众席响起掌声,当中穿插切入镜头:观众席中的十一、十二、十三年级的学生。在第一排和第二排就座的是家长委员会和教师委员会。

"现在我们开始,雷万德小姐。我可以叫您维罗吗?您为什么对历史感兴趣?"

"我认为历史对我们思想意识的形成极为重要,特别是我们的近代史。我的男朋友也这么认为……"

"好,各位竞猜朋友,那我就介绍一下维罗的男朋友,年轻的菲利普·塞鲍姆。他的同学都叫他利普。您多大了,利普?"

塞鲍姆的"十七岁半"被淹没在众人的笑声中。亲热地称呼"利普"调动了气氛。但琳德立即就实避虚:"是谁唤起了您对历史的兴趣?"

"历史一直是我的爱好。但是我们的历史老师施塔鲁施……"

"那就是您的老师了。——现在介绍您对面的对手。只有一个人。欢迎原陆军元帅费迪南德·柯灵斯……"

一阵礼貌的欢迎掌声。琳德在接下去的讲话中不再使用军衔:"柯灵斯先生,在战争临近结束阶段,您指挥军队……"

"是的。我成功地使战线在奥得河停顿下来。当时我的对手是科涅夫,他曾经说过,如果不是柯灵斯,我早已突进到莱茵河了……"

"您这么一说,我们便已经进入战争主题,由此便开始了我的第一个问题。回想一下两千年前,在哪一次战役后,恺撒发现了他的对手的信件?菲利普,三十秒,开始……"

"发生在塞萨里省①的拉里萨②战役。恺撒战胜庞培③,在他的营地里发现了信,他焚烧了所有信件,自己并没有阅读。"

"下面我们请柯灵斯先生告诉我们,是谁将这种高风亮节传世给了后人?"

原陆军元帅的回答:"塞内加对此有一个简短的记录。"得到的掌声和塞鲍姆一样多。琳德记录下分数:"下面我们来看看这次战役。雷万德小姐,恺撒在此次战役中用的是什么阵式?三十秒……"

我的未婚妻——化妆得很迷人——用巧妙的串联词将竞猜引向一场又一场战役。我承认,我的学生菲利普的每一个正确的回答都令我感到自豪。(为什么在这里那么洒脱自如,在课堂上却总是心不在焉:"您的克劳塞维茨④、鲁登道夫⑤、舒尔纳⑥和我有什么关系?")他多么的实事求是,不可思议。我多少次忍不住诱惑,要在我的牙科医生填写卡片时去打扰他:您看,医生,是我的学生,他打败了

---

① 希腊东部省名。
② 塞萨里省的首府。
③ 庞培(前106—前48),古罗马政治家,军事家。
④ 克劳塞维茨(1780—1831),普鲁士军事理论家,军事史学家。著有《战争论》。
⑤ 鲁登道夫(1865—1937),德国军事家,陆军上将。著有《总体战》。
⑥ 舒尔纳(1892—1973),纳粹德国陆军元帅。

柯灵斯。他对科尼格雷茨战役①期间天气因素的报告竟然令我们这位老将军说不出话来……但是我没说一个字,尽量控制自己,再说我的未婚妻提了关于第十二次伊松佐河战役的问题后,塞鲍姆丢了不少分。而柯灵斯则详细描述了攻占1114高地的每一个细节。观众决定给予公正的掌声,就连伊姆嘉德·塞弗特也给予了适度的掌声。报分员结结巴巴地报出阶段性结果:二十四比二十一,原陆军元帅领先。

我的未婚妻开始变得风趣:"有一种强壮的动物,我们今天只能在动物园或自然保护区才能看到。由于我们今天进行的不是一场以动物为主题的竞猜,所以我不妨把谜底告诉你们:这就是水牛。一九四三年,哪一次军队调动用这个动物作代号?"

柯灵斯凭借自己渊深的知识发出微笑:"从突出的进攻基地勒热夫②撤回第九军和第四军的半部。"琳德接着提的问题表明了她的担忧:"在谈到水牛行动时,陆军元帅提到了进攻基地。菲利普,您是怎么看勒热夫的?"

"我认为'勒热夫——东部战线的支柱'这种形容是夸张的。勒热夫其实和杰米扬斯克一样,都因位于突出部而有被掐断的危险,如果蔡茨勒③,当时的总参谋长……"

柯灵斯破坏了游戏规则,他跳起身,甚至有一部分跳出了画面:"这帮该死的逃兵,该死的后方兵!蔡茨勒,莫德尔!统统都是叛徒!应当降他们的级,把他们送到前线!我们根本不应当撤出伏尔加河的桥头堡阵地。动用所有可以调动的后备部队,我可以……"

我的未婚妻优雅地打断了进入进攻情绪的将军,并让发出年轻人特有的嘘声的观众安静下来。这让我很敬佩。

在接下去的问答中,维罗·雷万德指出,柯灵斯采取行动时打算

---

① 科尼格雷茨位于捷克的波希米亚地区的西部。科尼格雷茨战役发生于1866年7月3日,普鲁士对阵奥地利和萨克森联军。
② 俄罗斯西北部特维尔州城市,位于莫斯科西面。
③ 蔡茨勒(1895—1963),纳粹德国将领,最高军阶为大将,1944年被解职。

投入的师,要么是营级部队拼凑而成,要么就是在发动进攻时根本无法调动:"您是在用虚假广告作战!"

塞鲍姆说:"您没有考虑到二月中旬已经开始的融雪天气,还把空军野战师派往前线,在瑟乔夫卡①西部的森林地带和游击队作战。"

在我的女学生宣布维亚济马②-勒热夫军用公路从三月二日起就已经中断后,竞猜主持人琳德面带拍卖师特有的那种毫不留情的表情宣布,柯灵斯的进攻彻底失败,损失惨重。"最终结果已经统计出来。我们的高中学生是当之无愧的胜者。可喜可贺!"

我当然对塞鲍姆的出色胜出感到高兴。他和她的女朋友获得的奖品是莱茵河游船观光游,含参观科布伦茨的军事博物馆。琳德带笑不笑地又说:"我们不要忘了亚军。"接下来说了一句鼓励的话:"都过去那么长时间了,陆军元帅先生。"说完递给柯灵斯一本薄薄的《给卢奇利乌斯的信》的印刷版本,算是安慰奖。柯灵斯合上书后,引用了信中的一段话。摄像非常客气,一直等到柯灵斯引完"我们走进人生不指望任何宽宥"后,才切出竞猜节目。

再一次看到只有我一个人坐在骑士椅上,我多么的失望。甚至我在麻醉、不受控制的状态下做出的怪脸也提不起我的兴头。暂停播出。外面甚至连雪也不下了。我从背后能听到医生在卡片上奋笔疾书。他的门诊助手压低嗓音给他提供数字、诊断结果,以及牙医的一些公式。我看够了。("医生,亲爱的医生,是这样吗,资本主义经济制度必将……")但是在五乘七高三十三的诊所,我们的对话气泡像在荧光屏上一样,始终是空的。(我真应当勇敢地说出"推土机"这几个字。)但是在我的后方有人在巴拉巴拉地说个不停:"……真正的对中覆颌,通过打磨咬合面来激活斜面……拔掉左四右四……

---

① 俄罗斯西部小城。
② 位于俄罗斯西部的斯摩棱斯克区。

前开颌……侧面反颌……腭无颌……真正的凸颌……"瞌睡虫来了。痛苦总是相同的。(孤独的病人试图让两行自制的眼泪停止下来。)但是荧光屏却让我不住地眨眼。我又鼓起勇气试了试舌头,给我自己,给所有疲倦的孩子展示了我那个被麻醉的肉块,它仍然在云雾般的天穹扭动着纤细的腰肢,扮演着迷人的诱饵:来,琳德,来,琳德……

她来了,穿着一件朴素的上衣,把自己装扮成魔球中的童话仙女,用宾至如归的嗓音化开冻得结结实实的东西,然后给我撒下了新的瞌睡虫:"从前有一个国王,他有一个女儿。为了让女儿高兴,他什么都愿意做。他同自己的七个邻居发动了一场大规模的战争,为的是把他们干干净净砍下来的舌头送给女儿当做生日礼物。但是他的将军们很笨,输掉了一场又一场战役,最后国王输掉了战争。国王穿着破鞋子回到家中,疲劳,伤心,没有答应给女儿的礼物。他忧郁地坐到一个葡萄酒杯旁,忧郁地看着杯中的酒,直到酒的颜色变黑了,味道变酸了。爸爸,没有关系,没有那七个舌头,我一样非常幸福,非常满足。但是不管女儿怎么安慰父亲,伤心的国王就是高兴不起来。一年过去后,他命令一盒又一盒铅做的士兵——因为他真正的士兵都死了——在他花大钱制作的沙盘上进军,去赢得他的将军们输掉的所有战争。随着沙盘上的胜利逐渐增多,国王的笑声逐渐多了起来。他的女儿原本快乐、温柔,但是现在却伤心起来,对父亲的态度有点凶了。她噘着小嘴,把毛线针放到一边,说:在沙盘上打仗,太无聊了,你没有真正的对手。我来当你的七个邻居吧。你毕竟答应要把他们七个砍得干干净净的舌头当做生日礼物送给我。国王怎么能说不呢?他把所有战役又重新打了一次,但是他的女儿每次都战胜了他。国王伤心地哭了,他说:啊呀,我的仗打得太糟糕了,我比我的将军还无能。我现在只想一直盯着酒杯,直到酒变黑,变酸。刚才还有点不高兴的女儿又变得快乐温柔起来,她安慰父亲,把酒杯从他阴沉的目光中拿走,说:让别的国王去打仗吧,我只想结婚,生七个孩子。非常走运,恰巧在这个时候,一个年轻的教师经过装沙盘的宫殿,他看上了国王的女儿,一个真正的公主。一个星期后,他娶了公主。国王命人用沙盘的钱建成了一所美丽的学校。阵亡士兵的孩子们都很高兴。国王的七个邻居也很高兴,因为他们从此再也不用担心失去自己可爱的红乎乎的舌头了……"

(……如果那个老师没有用一根自行车链条或者类似的什么东西勒死柯灵斯的女儿,她今天还应当活在人世。)

她刚刚宣布童话讲完了,刚刚在荧光屏前给孩子们道晚安,我刚刚在荧光屏上重新看到我自己,她就走了进来,既出现在房间,也出现在画面上。是她简短地宣布:"麻醉已经发挥作用。"是她用熟练的三根手指的动作命令我张嘴不要动。她把吸口水器放在我毛糙的下嘴唇上。他填完卡片回来了,不论我左看还是右看,还是问电视屏幕,我都觉得他既陌生,又似曾相识。(那种山羊味你是知道的。)"医生,真的是您吗?"他们两个交往,亲密得令人生疑。(他找镊子前,不是和她已经用你称呼了?)我记录下这对正派男女的目光。这种目光我的牙科医生和他矜持的助手是绝对不允许的。(色迷迷的亲密。他刚刚掐了一下她的屁股。)"医生,您为什么不采取干预措施予以制止?"什么也没发生,没人理会我的抗议。于是我采用直截了当的方式:"施罗涛,您既然在装模作样地假扮医生,那至少也要同意我看看电视吧。马上就要放每日新闻了。我要知道波恩都发生了什么。是不是大学生又……"

胜利了!奏乐了!(其实只是阶段性胜利。荧光屏坚持播放房间的画面。)我的对话气泡咕噜咕噜地升起,房间在承受着我传播的声音:"不要来回摆弄了,琳德,明白吗?"(她听从了。)"还有您,施罗涛,别模棱两可了。看新闻!"

(施罗涛嘟嘟哝哝道:"现在还在放广告。"但是琳德按下了控制键:"让他看吧,只要我们能把那些锡做的小东西给他转个向就行。")

她说的是转个向。(直到今天我都敢打赌,她说的是转个向。)在我要纠正琳德前,施罗涛把我的牙科医生的镊子从侧面扔出画面,从包里掏出一个工具,一把常见的多功能钳子。广告开始放了,这样我就免得去看一个身穿白大褂的电工是如何干活儿的了。("来吧,孩子,我挺得住。")

在我的右眼明白了脉动式射流水对牙龈组织的射流作用的同时("医生,是您在电视上做的广告:爱克贝喷水牙刷,洁净牙齿,让牙齿充满活力!"),我的左眼捕捉到了企业电工施罗涛,他正在本生灯上烧他的多功能钳子。难道他要?

"施罗涛,在瞎搞什么呢!"

她用干巴巴的动作把我按回到骑士椅上。我在肋骨间感觉到的而且是明显地感觉到的(因为除此以外我什么也没感觉到),是她尖尖的右胳臂肘。施罗涛现在拿起了烧红的钳子。

(他们当时以广告专家的身份讲话:"这是一种精密的器械。爱克贝装有电泵……"空气中已经有烧焦的味道了。)

"施罗涛,有什么味道!"(我身体被麻醉的部位只有腭、唇、牙龈和舌头,但是我的嗅觉没有麻醉。)"有股肉烧焦的味道。您是不是用红彤彤的钳子把我的嘴唇……"

但是没有疼痛,只有愤怒。他是蓄意的。想给我一个烙印。因为她要这么做。(我的愤怒在寻找表达。)爱克贝牙刷和我的牙科医生虽然已经被粗面包从画面上挤掉了,但是味道仍然存在:愤怒。即便是在洗碗机帮笑呵呵的家庭主妇做家务的时候,愤怒仍然在升级,而且要把整体家具砸碎。我的愤怒可以割开邓禄普轮胎,炸碎欧司朗灯泡。从既平整又皱巴巴的短袜通过两条裤腿向上升起最后汇聚在裤裆上部的愤怒。没有对象的愤怒。事先品尝的愤怒盖过了事后回味的愤怒。嘴巴被撑着不能动的愤怒。仰天沉默的愤怒。(我的 12 年级〔一〕班——虽然维罗·雷万德已经不知对我挑衅多少次了——还从来没有让我如此愤怒过。)四十年的、积淀的、淤积的、能冲出酒瓶塞的愤怒。这些都必须发泄出去。墨水在愤怒,任何颜色也安抚不了,一条条黑白色,一层又一层的愤怒。超出反对针对一切的愤怒。奋笔疾飞的愤怒。愤怒的草图:推土机!我绘出了,创造出了数千上万个愤怒的推土机,它们在电视机里。不,在所有地方清理一切,抓住乱七八糟的东西、多余的东西,舒适的停滞不前,压扁、堆起来、推翻,从远景经过中景推向电视机的屏幕,然后——推向什么地方? ——推进牙科诊所,不,推进房间;不,把它们倾倒进一无所有中……

我又成功了一次。它们听从了命令。无数个拖拉机大队将购物中心、仓库、备品备件中转库、堆满黄油的冷库、将板材加工成球形的生产设备、发出急促的嗡嗡声的研究场所夷为平地,将轧钢线、流水线夷为平地。百货商场坍塌成半截,相互点燃。上空飘荡着歌声:燃烧,商场在燃烧,燃烧——还有我的牙科医生的声音,他试图让我相信,他已经摘下了我的锡套,他犯了一个小小的错误,用烧红的镊子在我身上烫上了一个烙印。

"非常遗憾,这种事情以前从来没有发生过。不过用烧伤膏可以……"

他根本不遗憾。一个人如果随口就能说出烧伤膏,而且膏药就在手边放着,那他根本就没有同情心,他要的就是自己的所作所为。其实我要的也是所作所为,是推土机的所作所为。我的大清理非常成功,甚至连琳德和施罗涛也消失得无影无踪。说实话,是他给我下掉最后一个锡套时,我感到了一阵欣喜。我倒是宁愿让他的助手用夹子一般的手指撑住我的嘴巴。我的牙科医生一而再,再而三地表示抱歉,最后我让步了:"发生这种事情很正常,医生……"

我原谅了他。但是我的牙科医生却很不喜欢被清理得干干净净的荧光屏:"您又一次密谋了一次消灭一切的一无所有。"

"这很刺激,医生,只是理论上又可以从零开始了。"

"您喜欢您的——嗯——一无所有吗?"

"我首先要空出场地……"

"采用暴力,亲爱的,采用暴力!"

"……现在可以建设了,建设一种崭新的……"

"崭新的什么,我可以问吗?"

"真正的没有阶级的社会,我希望它能拥有一种世界范围的教育体系作为自己的上层建筑,它和您的全球范围的医疗保障体系不无相似之处……"

"您错了。全球范围的医疗保障体系是缓慢的,常常是开始的太晚的改革的结果,而不是只想创造一无所有的暴力的结果。我们已经允许我们记录下您的清理过程。我和我的助手在准备移动下面两个德固牙桥时——您只需看着我们技艺精湛的工作,您将会亲眼看见,在一无所有之后,一无所有之前的状态是如何重新恢复的。"

(我试图让他知道我的 12 年级〔一〕班的那些极端的要求——吸烟角,学生共治,学生委员会可以通过选举选掉反动的师资力量,他却用起固定德固牙桥作用的 EBA-2 号牙固剂的临床报告来烦我。)"由于 EBA-2 号不是产生于一无所有,而是产生于一系列并且多次是没有任何结果的试验,所以我们可以放心使用它。此外 EBA-2 号的石英成分可以抵抗冰水,而市场上其他品牌的牙固剂都没有这个特点。但是您不主张发展,而是一意孤行地助长创造。从一无所有中创造。太可笑了。但是请吧,我们来看看关于一无所有您都会想到些什么……"

他一个伎俩就把我给敷衍过去了。反过来看,一无所有变成了消费者的天堂。被烧毁的百货商场(燃烧,商场在燃烧,燃烧……)又着火了。火渐渐熄灭,留下了有很多空地的商场。我的推土机刚才还在忙碌着推倒工厂和黄油冷库,现在倒过来开,开始建设工作。它们曾经那么灵巧地推翻和碾平,现在则在竖立和铺展。破坏专家脱胎换骨变成了重建大师。碎成一片片的家具,被掏空的沙发,被压成一团的第二辆汽车和爆炸的欧司朗灯泡重新榫接了起来,填实了软垫,伸展开来,亮了起来。研究所发出急促的嗡嗡声。冰柜也重新得到了它的老客户。(我的未婚妻在最下层保鲜。)广告歌在正放反放。在做粗面包广告时,我已经在期待着爱克贝牙刷的广告:"终止使用反动的牙刷!坚决清除滋生寄生虫的细菌携带者!我们结束鬃毛的时代,宣告脉冲水射流护牙的革命性时代的到来。一个崭新的无阶级的时代来临了。因为爱克贝牙刷适用于所有人,而且特别实用……"

我的牙科医生已经手持这种使用方便的美观的器械:"在冷却下来的玻璃盘上搅拌牙固剂之前,我要用这种对人类关怀备至的礼物进行彻底的清洗。因为爱克贝可以冲洗到每个缝隙,凹槽和囊。"

他清洗和治疗同时进行。然后用热风吹干,先在左下,然后在右下装上昂贵的德固牙桥。

"我们已经把四颗牙齿磨成基牙,还有六颗牙齿我们正在装。这难道不是胜利吗?"

我在暗自希望自己能到霍恩措伦大街,与此同时,他称他的德固牙桥是"先进的",并且谈到了"传统的"套冠。

"您知道人们为什么这么称呼它吗?"

我则已经开始劝说塞鲍姆:"当总编,让一个每况愈下的学生报纸重新充满活力,您不觉得很有刺激性吗?"

"先磨出一个阶梯状的坎儿,就好比肩膀,肩膀上穿了一件外套……"

"这可是一项任务,菲利普!"

"套冠不能承受特别大的压力。"

"您可以在报纸上刊登您所有用哲学课取代宗教课的建议……"

"例如在秋天,您喜欢吃野鸭、山鹑、兔杂碎吗?那好,只需一口咬到霰弹上,瓷就崩掉了。"

但是塞鲍姆没有接受。他又有其他的计划。不过现在还不能谈。("暂时放一放。")我的学生把我扔在了牙科诊所。

("用德固牙桥就没有崩掉的危险,因为瓷是通过氧化和白金连接在一起。这是一种特种合金,所以德固赛公司严守秘密:国家机密!好,现在让我们重新回到房间的景象。用词请小心。新装的牙桥会弄坏的,如果这样,那一切就白费劲儿了。我们只能再次——用您的话来说就是——从零开始。看见了吗?怎么样?很漂亮吧?")

是的是的。看上去如同珍珠,令人感到饥饿。还有那个颜色,那种发黄的有些变灰的白色,他是怎么弄出来的?简直就是艺术家!它们看上去比真的还要真。("您看呢,塞鲍姆?值得吗?我是不是应当用履带车和挖掘车……")"我什么也没说,医生,什么也没说!"

(现在我才看到放在玻璃膜下面的烧伤膏,还有烙在我下嘴唇上的那个大大的 L。他要画我。我被画下来了。噢,琳德琳德琳德琳德……)

"您坚持下来,就像一个斯多葛派。"

他的助手准时给我送来两片亚兰丁。

"现在休息一个星期,然后我们开始做上颌。"

有一种想舔烧伤膏的欲望。"我非常希望能将休息时间延长到两个星期。"

人们已经开始期盼我退场了。

"两个星期以后也有时间可以安排。"

"我必须去看看我的 12 年级(一)班,班上的一个学生特别让我放不下心来。"

"有事尽管打电话。您的受累过度的牙龈很容易发炎。"

"我要让塞鲍姆接过学生报,但是到目前为止他还没答应。"

"烧伤膏我已经写上去了。其他还有些常见的小礼物。"

"塞鲍姆很有才。他目前正在计划什么。"

"一盒两份,休息时间够用的了……"

我走了。走到门下,我再次转过身,想最后对他喊一次推土机,刺激刺激他,但是我在荧光屏上看见我自己,正准备离去,转过身,想说:我什么都没说,走了。

二

高级中学正式教师埃伯哈特·施塔鲁施不得不去接受牙科医生的治疗,在治疗的过程中,医生对他进行了手术,部位有上颌,下颌,目的是为了纠正他的颌位。

下颌治疗结束后,牙科医生和正式教师约定了一个为期十四天的休息。正式教师一边用肿胀的舌头说着"休息"两个字,一边趁着麻药逐渐减弱,离开了牙科医生的诊所。一半的解脱,有期限的真空,赢得时间。"您知道后面还有什么在等着您。好好休息休息。"

正式教师坐在出租车里,离他的住宅区渐渐近了。但是他在牙科诊所服的两片亚兰丁还没有起作用。他带着疼痛下了出租车,掏出楼门钥匙。在楼门口,六八四十八个电铃按钮旁,一个学生在等正式教师,要和他谈谈,而且是学生和老师谈话时经常用的口气,要"立即"谈谈。

正式教师不得不在零下二度张开嘴巴:"现在不行,塞鲍姆,我刚看完牙科医生回来。事情很急吗?"

学生塞鲍姆说:"到明天也可以,但是的确很急。"

他牵着一条狗,一条长毛小腊肠犬。在我走进家门之前,他们两个都跑走了。

他教学、散步、备课、希望、振作、考虑问题、举例、打分、教育。

教师是一种概念。对教师总是有期待的。我们对教师总是有很多的期待,学生们坐下来,看着前方。

在不得不接受牙科医生治疗的时候,他对自己的学生说:"你们要照顾你们可怜的老师。他刚刚遭到了一个牙匠的摆弄,他很痛苦。"

老师的本质。(他坐在玻璃房里,批改作文。)老师,分布在许多小箱子里,有的是小学教师,有的是中学教师,有的是正式教师,还有寄宿学校教师,职业学校教师。教师,或者教育工作者。(我们说教师,指的都是德国教师。)他住在一个还没有测量过的、在方案上已经有改革的必要的、虽然狭小但是全世界都已经考虑到的、需要教育学家开发的偏远地区。

教师是一种形象。以前老师是一种怪人。即便在今天,学生的嘴巴里如果冒出"匠人"两个字,他们指的便是老师。我也是这样,如果我想让牙科医生具有一点暴虐的色彩,我会在学生面前称他们是牙匠。(我们聊天的时候,会把匠人、牙匠搁在一边,不必为这种粗俗的分类感到痛苦。)

他说:"当然有数也数不清的奇闻逸事,把牙科医生描绘成当代的酷刑手。永恒的埃森巴特①医生。"

我说:"不论老师走进哪所学校、哪个班级、哪个校园,不论他在哪个家长会上作报告或回答问题,老师的形象总是他逾越不过去的障碍。老师总是会回想起其他老师,不仅会回想起现实生活中有过的老师,而且还会回想起文学中的老师形象,例如克鲁格②的温特黑伯博士,或者是奥托·恩斯特③的某个人物形象。所谓的老师的形象怎么能成为衡量的标准呢?想想看热雷米亚斯·戈特赫尔夫④。(我们总是以一个乡村教师的喜怒哀乐作为我们的衡量尺度。)老师是老师的儿子,这就是拉贝⑤在他的《雀巷春秋》中给老师形象的定

---

① 埃森巴特(1663—1723),德国著名的外科医生。
② 库尔特·克鲁格(1886—1940),德国作家。
③ 奥托·恩斯特(1862—1926),德国作家。
④ 热雷米亚斯·戈特赫尔夫(1797—1854),瑞士作家。
⑤ 拉贝(1831—1910),德国作家。

位。我告诉你们,什么武茨①老师,患肺痨病的卡尔·西伯勒弗②,教育工作者弗拉赫斯曼③,波拉克④富有教育意义的面包屑⑤,乡村小学教师卡斯滕⑥,格林兄弟的老师罗尔克,还有那些人们称之为在语文学领域占有独特地位的老师,维希特⑦和宾丁⑧笔下的教师,所有这些老师,我们把他们拖过来,就是要拿他们当衡量的标准:我的老师不同一般……我的老师令我想起……还有我的老师,您看过《菲尔德明斯特》⑨吗?——因此我说:我的老师是如何进入我的记忆的——用文学作品中的老师形象来衡量,他们差不多是虚构的,我可怜的温特教授怎么会想去超越垃圾教授⑩,更何况只有可能是他想起垃圾教授,而不可能是垃圾教授想起他——我也要这样成为我的学生的记忆,这好比什么呢?"

我的牙科医生已经觉察到,我对当代文学作品中的老师形象知之甚少:"您不用太在意。牙科医生在文学作品中也不大出现,在喜剧里出现得就更少了。(间谍片是例外:微缩胶卷藏在德固牙桥里。)我们无足轻重,或者说现在我们无足轻重,也就是配角的形象。我的工作不显眼得让人都没有疼痛感,局部麻醉阻止了我们成为特别的人物。"

但是他的改革劲头却让我感到有些古怪。对我的革命激情,他

---

① 德国作家让·保尔(1763—1825)的小说《奥恩塔尔的快乐的教师马利亚·武茨传》中的人物。
② 德国作家拉贝的小说《饥饿牧师》中的一个人物,职业是教师。
③ 德国作家恩斯特·奥托的小说《教育工作者弗拉赫斯曼》中的主人公,高中教师。
④ 波拉克(1835—1915),德国教育工作者,作家。
⑤ 指波拉克的小说《面包屑,一个老师的回忆》。
⑥ 德国作家菲利齐塔斯·罗斯(1862—1938)的小说《乡村小学教师卡斯滕》中的主人公。
⑦ 维希特(1887—1950),德国作家。
⑧ 宾丁(1867—1938),德国作家。
⑨ 德国作家弗兰茨·封·蔡特维茨(1857—1914)的小说。
⑩ 德国作家亨利希曼(1871—1950)的小说《垃圾教授》中的人物,职业是教师。

虽然不认为是天真的,但也不能认为是滑稽的吧。他的全球范围的医疗保障体系——我的全球范围的偏远地区自教制度。两个对实际操作一无所知的乌托邦,古怪的他,天真的我。(我是这样的吗?教书的人面对教材是多么的渺小,他必须把内容切分成一小块一小块。难道他还必须助长学生对他的挖苦嘲弄吗?)

每当我对教科书发出质疑,学生们都会微笑:"无稽之谈,纯粹是有组织的混乱。——塞鲍姆,您为什么笑?"

"尽管如此您仍然在讲课——这一点我认为非常了不起,尽管如此您仍然试图在历史里找出点意义来。"

(不这样,我该怎么样?跑出教室,冲到校园,或者冲到正在开会的会议室,高声大喊:不能再这样下去了! 不能再这样下去了!"虽然我不知道什么是正确的,虽然我一直不知道什么是正确的,但是我知道不能再这样下去了,不能再这样下去了……")

在我的小纸条上写着:我喜欢这个学生,他让我不得安宁。他刚才要干什么?什么事到明天谈也可以?(他是不是会改变主意,接过学生报?他想当主编吗?)

塞鲍姆对我经常很宽容:"您对历史什么的不应当这么悲观。春天不也是毫无意义吗,难道不是吗?"

也许我真的是一个特殊的人物。我真不应当去听:我喜欢的学生有了一个计划。

我打电话对我的牙科医生说:"我的一个学生有一个计划。您听听看。下课后这个男孩子走到我面前,对我说:'我有个打算。'

我:'能告诉我是什么打算吗? 移民?'

他:'我要烧死我的狗。'

我说'哦哦',意思就是'您怎么能这么说呢'。

他说得更详细了:'在库旦大街,凯宾斯基饭店门前,而且是在下午,那个时候最热闹。'

我应当表示拒绝。('这是您的事,塞鲍姆。')我应当直接转身。('胡说什么呢!')但是我没有走:'为什么选那个地方?'

'让那些嚼着蛋糕戴着小帽的女人能亲眼看见。'

'狗不是用来焚烧的。'

'人也不是。'

'我承认。但是为什么要用狗呢?'

'因为我喜欢我的马可斯。'

'那就是拿它做牺牲喽?'

'我的形容是:示威性启蒙。'

'狗不容易烧。'

'我会给它浇上汽油。'

'但是这是一个动物,一个动物呀!'

'汽油我会弄到的。我会把记者,电视台都叫去,写一个牌子:这是液体的汽油,不是凝固汽油。——一定要让他们看看。马可斯烧起来后,会奔跑。朝放蛋糕的桌子跑去。也许有什么会着火。也许那个时候他们会明白……'

'明白什么?'

'什么是燃烧。'

'街上的人会揍死您。'

'可能吧。'

'您愿意这样吗?'

'不愿意。'"

我同塞鲍姆谈了大约十分钟。我原本确信,他的那条小长毛腊肠犬不会出什么事的。我对我的牙科医生说:"您怎么看,应当当真呢,还是……"

他问我的牙龈发炎是不是消下去了一些,下嘴唇上的小烫伤是不是开始痊愈了。然后他开始训诫:"我们首先要问为什么有事要发生?因为什么都没发生,所以有事要发生。因为塞内加是怎么评论马戏表演的?'休息了?这个时候应当割断人们的脖子,这样至少就会发生事情了!'填补休息的时间还有一个类似的手段——放火:公开的放火不会引起恐慌,反而会满足快感。"(这话我要说给塞鲍姆听,一定要说给塞鲍姆听……)

去做呀。如果没人去做,一切会照常进行。我多么想能决定。我还有其他的事情,比如说,潜水艇的母舰。那个时候是战争时期。战争总是会发生的。有足够的理由反对,以前就有足够的理由反对。我们,或者说希肖船厂由莫尔凯纳领导的一个协会的徒工是不是允许上船坞,我不是很肯定,因为当时母舰要进干船坞,但是大火在甲板上蔓延开时,船上还有人住,后来大火进入船舱里面,于是下级军官还有军校学生们纷纷从舷窗往外挤。据说,由于他们大喊大叫,人们便从逃生艇上开枪,把他们都打死了。但是没人能证明。(莫尔凯纳也什么都没能证明。)我们有其他事情要做。但是我们真的做了。我们有我们的吉祥物。我们称它是耶稣,防火的耶稣……

我在校园对塞鲍姆说:"公开的放火不会引起恐慌,反而会满足快感。"

他歪着头说:"这话用在烧人可以,但是烧狗,柏林人就吃不消了。"

这次我沉默的时间比较长。(维罗·雷万德推着自行车,绕个弯经过校园。)"您主意已定了吗?"(她然后把自行车推到我们中间。)"您可以向报纸推介自己,比如晨报。"

"那又怎么样?"这是维罗说的。"人人都知道。"这是塞鲍姆说的。

"他们会说:胆小鬼。如果他想展示凝固汽油,不如展示自己。"

"您刚才说:烧人可以满足快感。"

"我一直都这么说的。回想一下。残忍的罗马马戏表演。塞内加说……"

（他们用"那又怎么样"打断我的话。）塞鲍姆轻轻地但是坚定地说："一条燃烧的狗，这能给他们带来震撼，否则什么也触动不了他们。如果他们愿意，他们可以看报，拿着放大镜看照片，或者贴着荧光屏看电视，他们至多只会说：可恶可恶。但是如果我的狗烧起来了，那才能把他们真正吓得目瞪口呆。"

维罗·雷万德开始阻碍我："当心，利普，他要啰唆了。"针对她的阻碍，我开始在历史库里搜寻："塞鲍姆，您听好了。在战争中，我指的是上一次战争，破坏分子在我的家乡放火烧了一艘潜水艇的母舰。艇员、下级军官还有军校学生们试图通过舷窗逃离舰艇。他们在里面被烧掉了，因为髋关节卡住了——这您是明白的。还有汉堡，人们把磷燃烧弹扔到马路上，沥青路面全烧起来了。结果从房子里跑出来的人全跑到燃烧的沥青路面上了。用水根本不管用，只能用沙子阻隔空气。但是一旦有空气了，路面马上就继续燃烧起来。在今天，人们根本没法想象是怎么一回事。明白我的意思吗？"

"很明白。正因为没人能想象是怎么一回事，所以我一定要把马可斯带到库旦大街，浇上汽油，点着，而且一定要在下午。"

把我们联系起来的是电话："需要我报道吗？"我的牙科医生建议我不要理会。

"我做不到。我，偏偏是我，要报道。我倒是更想……"

他给自己的牙医风格加入了些许嘲讽的色彩："我们应当向天主教徒学习，把我们的耳朵伸过去。"

塞鲍姆一下课就迅速离开教室。我俯身看点名册。从教师办公室我可以俯瞰整个校园：他混入他刚刚分开的人群中。后来他和维罗·雷万德站在不远的地方，离自行车棚很近。她在说，他在歪着头听。

我找伊姆嘉德·塞弗特攀谈起来。"您知道吗，"她说，"有的时候，我多么希望能发生一些涤荡一切的事件，但是什么都没发生。"

她退出路德教会——她把退会的日期定在十二年前重新武装的那一天,认为这是对教会同意建立联邦国防军的自发反应。这种愤怒的弃会使得她盼望拯救的愿望更加迫切了。("现在,现在一定要发生一个大事件!")她盲目地信赖自己那帮十七八岁的学生:"这是年轻的没有任何污点的一代人,相信我,埃伯哈特,他们会终结多年的噩梦。这些男孩子女孩子,他们要全新开始,不愿意像我们瞻前顾后,停步不前。"

(不论是当时还是现在:她总是对着空荡荡的房间说话。)"我们完全可以把希望寄托在新的一代身上,他们具有百折不挠同时又实事求是的冒险精神。"

我别无他法,只能把没有端上来的变酸了的菜重新端上桌:"您应当了解了解周围的情况。我们变成什么样了?战争结束了,我们变得有多清醒?有多多疑?我们应当如何保持警惕?如何不相信大人说的话和大人话?——留下来的其实很少。三十五到四十岁的这些正当年的人,他们几乎没有时间去回忆他们的失败。我们学会了观察局势。动用胳膊肘子。在不得已的情况下顺应别人。保持灵活。不要把自己固定死。既是狡猾的策略家,也是能干的专业人员,追求甚至——只要没有出人意料地在反抗前退却——实现最大可能。要的就是这些。"

这次谈话在教师办公室开始,在我的房间继续。用伊姆嘉德·塞弗特的形容就是在我的"单身窟"。所有在场的都在听着。我的写字台和开始的话题。装满凯尔特人碎片的书架,当中还有埃菲尔山南地区发现的古罗马人的残片。书。唱片。我的柏柏尔地毯①上也堆满了书和唱片。

---

① 北非部落民族用当地产的未经染色的羊毛加以传统方法织成的手工地毯。

和往常一样,我们拿着酒杯,里面是摩泽尔葡萄酒①,坐在沙发上,彼此距离正好伸手能够到,但是我们——意思既双关又不双关——没有靠得更近。伊姆嘉德·塞弗特越过酒杯说:"虽然不情愿,但我还是得承认您是对的。毫无疑问,我们这一代是没有用了。但是如果在我们身上寄予希望,期待能从我们身上得到解脱,这难道不是一个很方便的借口吗?人们牺牲了我们,我们却带不来牺牲品。我们十七岁时就已经打上了一个罪恶制度的烙印,我们无法扭转时间,无法扭转时间。"

过去是关键,现在仍然是关键:扭转时代。拯救,解脱。涤荡一切的解脱。牺牲品。但是我给她讲塞鲍姆和他的计划时,她只是心不在焉地听着,一会儿拿几本书,一会儿拿几张唱片,完后又乱七八糟地放在地毯上。她不耐烦地等我把塞鲍姆的计划和后果全部讲完,然后再一次对自己和我们这一代的堕落大唱赞歌:"我们在准备添第一块砖加第一片瓦之前,已经开始拆了。现在一切都来不及了。现在轮到人们清理我们了。"

"谁会清理我们?"

"新的,还没有想过的,正在崛起的一代……"

"如果我想到我的学生塞鲍姆……"

"人们会清理我们……"

"……他也是您的学生,对不对……"

"……留下来的是垃圾。"

"……每当我想到他的计划和他的极端打算……"

"埃伯哈特,您应当明白。我十七岁的时候,是一个,用您的话来说就是,虔诚的德意志少女团的傻女人,那个时候我就已经打上烙印了,已经戴着标志……"

"不管怎么说,我们一定要阻止塞鲍姆……"

"要把一个农民当敌人消灭的时候,我还以为自己做的是

---

① 一种产自德国摩泽河流域的葡萄酒。

对的……"

趁着伊姆嘉德·塞弗特还没有迷失在儿童农村下放营的往事中,我赶紧转换话题:我们谈与学校有关的事情,一直谈到深夜过后。先是谈提高班和发现学生的天才潜质,然后谈教材的示范作用,还略带讥讽地谈论了教育是一种对话关系,最后还谈到了第二次国家教师资格考试的新规则。我们无所不谈,甚至还谈到了见习教师那段时间的逸事。因为心情快乐,尽管这是一种努力做出来的快乐,所以我们纵容自己用挖苦的眼光审视这个或那个同事。我甚至还模仿了一次教材采购会的场景。伊姆嘉德·塞弗特笑了:"我们这帮可怜的实干家,战斗在教学第一线……"在谈到我们最热衷的话题——汉堡学校综合改革试点时,我们找到了共同点,我们都认为,要想改革过时的录取考试和升级考试,必须要有完整的方案。见我们在改革的道路上眼光如此一致,我以为这会让我的女同事鼓起勇气。但是当她离开时——在我的房门和电梯之间,她又开始寻找解脱了:"您难道没有时不时地冒出一种荒唐的想法,希望能发生点什么,发生点新的东西,无法用语言形容的东西,埃伯哈特,您不要笑,发生点会把我们全部清理掉的东西……"

(我在纸条上写道:我的往常非常冷静的女同事在谈到她的毁灭时,是如此的清醒和结巴。)

谁养观赏鱼?精心喂食,保持水温,氧气充足,投放预防寄生虫的药物,但是尽管如此还是今天一条罗袍尾翻肚皮,明天一条梅花鲈翻肚皮。孔雀鱼会吃掉自己的孩子。尽管采用间接照明,仍然有些瘆人。"您应当把这些胡闹的东西扔掉,伊姆嘉德。"

"您的 12 年级(一)班是不是有教养多了?"

我和我的牙科医生通电话。他问我的状况如何,尽管我的牙龈仍然在疼痛,每四个小时必须漱一次口,我仍然说:"很好。"我向他详述了我的计划。他称我的计划是一个典型的教学计划,但还是表示了赞同,并提出了实际的建议,简洁,实事求是,好像这是在做一次牙根治疗。他把一个怪人的地址一个字母一个字母地拼给我。我去莱尼肯多夫找了他:在他发黄的有些恶心的私人收藏里,在乌尔施泰因①的档案资料里,在国家图片档案馆里,我找到了大约二十五张黑白和彩色幻灯片。下午,我要在我们学校的生物厅把幻灯片放给塞鲍姆看。

他先是不以为然地挥挥手:"我能想象出来您要给我看什么。那些东西我都知道。"

"塞鲍姆,您已经向我介绍了您的计划,现在您也应当给我,您的老师,一个机会。"在我这么一番呼吁公平对待后,他让步了,答应下午来:"那么好吧。给您一个机会,让您能说:我什么都试过了。"

他把他的长毛腊肠犬也带来了。("马可斯也想看看。")我把我的安排告诉他们两个:先看表现中世纪焚烧巫师和犹太人的木刻,然后是在沸腾的油中杀死淫欲的肉体,然后是给胡斯②施火刑,西班牙人在中美洲和南美洲的焚烧行径,印度焚烧寡妇。完后再看一些文献纪录片:燃烧弹的效果,第二次世界大战中使用的磷燃烧弹,大规模火灾和飞机失事中遇难者的局部照片,有德累斯顿,有长崎,最后还有一个越南尼姑的自焚镜头。

我向塞鲍姆说明焚烧巫师时用的木材(从冒出的青烟能看出,是染料木),解释过去认为通过大火可以净身的传统看法(炼狱),火祭("能给我们提供事例的不仅有圣经"),宗教纷争中的焚书之举,最后还谈到了纳粹的野蛮,夏至节的篝火、恶作剧、焚化炉。(塞鲍姆,关于奥斯威辛③我就不多说了,相信您会理解。)在我旁白期间,塞鲍姆一言不发,站在放映机旁。

---

① 出版社名。
② 胡斯(1372—1415),捷克宗教改革家,1415年被处以火刑。
③ 第二次世界大战期间,纳粹德国设立的一座集中营。

幻灯片全部放完后,他抱着马可斯,说:"全是人。但是我要烧的是狗。明白吗?烧人,这大家都见过了,都能忍受。他们最多只会说:可恶可恶。或者会说:中世纪的野蛮。——但是如果我烧一条活生生的狗,而且就在这儿,柏林……"

"想想看那些鸽子。人们把它们毒死了。还称这是一次大行动,就在这儿,柏林……"

"这我清楚,那是一群烦人的东西。那次行动是有计划的,而且事先公布了。不愿意看的人有足够的时间扭头不看,于是就没有看见,事情重归正常……"

"您在说什么呀,塞鲍姆……"

"说鸽子的死啊……我还知道,以前为了赶老鼠,也有烧老鼠的。用燃烧的鸡来纵火,这种事情也不是没有发生过。但是在发了疯似的喜欢狗的柏林,一条狗被点燃后在城市里一边惨叫,一边蹿来蹿去,这种事情还从来没有过。只有看见一条狗烧起来了,他们才会明白,美国佬对人也是这么干的,而且每天都这样。"

塞鲍姆帮我收拾幻灯片,他用布套子罩住放映机,对我的专程放映表示感谢:"其实还是挺好玩的。"

在把幻灯片寄还回去时(用挂号寄还给莱尼肯多夫的那位老先生),我才意识到我的失败有多么的可笑。(这就是伊姆嘉德·塞弗特每天站在她的鱼缸前都有的那种失败感。)

我打电话给我的牙科医生,耐着性子听完了他对我的不成功的试验所表示的惋惜:"但是我们既不能放弃,也不能甘任命运荒唐。"接下来是塞内加的语录,还有一些旁白——"上门牙前凸……"(他的助手帮他填写卡片。)话题很快又回归正题:"您在您学生的身上看到了他对狗有同情的迹象吗?"

"有的,有的。塞鲍姆带着他的小腊肠犬——小家伙非常逗人喜欢——一直陪我到公共汽车站。在公共汽车来之前,他一板一眼地对我说,他和马可斯——这是那条狗的名字——不是没有感情,毕竟养了四年多。"

"这就有希望!"我的牙科医生说。

"希望的伴侣是畏惧。"

他剖析我引用的话:"塞内加这句话援引的是海克顿①,他是这么说的:'无所希望便无所畏惧。'但是我们在为您的学生担忧,而且最重要的是,我们有理由畏惧,所以我们是可以希望的。不是吗?"

"我希望那小子得一个莫名的重感冒,不得不卧床……"

"不管怎么说,您在希望,您在希望……"

我的牙科医生示意,他的写字台上还有几十本病历卡片没有填完。"您知道,我特别重视学龄前儿童的牙病治疗。龋齿现在有大举进犯的趋势。侵害乳牙,很可怕。据统计,青春期过后,百分之九十的人有这方面的问题。必须承认,这是一种文明病,但是让人类都生活到原始森林中也不是个解决办法……"

挂电话之前,他没有忘记问我亚兰丁还剩多少:"剩下的还够用吗?"

(亚兰丁供应充足。)我把小纸条和小纸条放在一起。——那孩子在毁了自己。那孩子也在毁了我。他这么做,我该怎么办?他应当顾及这一点。好像我无所谓似的。或者强力干涉,扫荡。(一万台推土机……)事情一定要明明白白。重新从零开始。刷牙后、早饭前的革命原始冲动:同伪装正人君子的改革分子一刀两断,扬起热火朝天的革命激情,让新社会……现在应当计划组织学校旅游,我看可以到波恩。我们可以坐在听众席听中期财政预算报告,然后给学生布置作文作业:联邦议会是如何工作的?或者:假如我是联邦议员。——或者来点挑战色彩:是议会还是闲聊馆?——当然可以从波恩往回打电话:"琳德,是我。对,是我,你原来的男朋友。——是的,我知道,已经很长时间了。不只是我的声音变了。不过你的声音

---

① 海克顿,古希腊哲学家(生卒年不详),斯多葛主义的主要代表。

一点没变。我们见个面?在哪儿?最好在安德纳赫的莱茵河岸边。我在堡垒上的圣母纪念碑旁边等你。那个地方你还记得吗?我过两三个小时可以走。你不愿意和我单独待在一起?什么?特劳伯旅店的经理?哦,明白了。为了表明我作风正派,我是不是可以带个学生过来?很有才,叫塞鲍姆。和他谈过一点我们的事。我是说,你和我在那个时候的事情。上午我们在联邦议会。令人沮丧。想想看,这个男孩子要给自己的狗浇上汽油焚烧,而且是在公共场合。不,不是波恩,在我们那儿,著名的凯宾斯基饭店门前的库旦大街,因为柏林人喜欢狗都喜欢疯了……"——如果塞鲍姆不肯放弃自己的计划,我可以向他提这个建议:塞鲍姆,我以前的女朋友建议您不要在柏林烧自己的狗,在那儿您最多只能吓坏几个喜欢吃蛋糕的女人,您应当在波恩,在大庭广众下烧您的狗,那儿是政治权力所在地。选好地点,在一次重要的议会大会之前:当联邦总理、部长们下车时……

我向塞鲍姆和他的女友维罗建议地点选在联邦大厦,他说他也已经考虑过了。

"为什么仍然是柏林,而不是波恩?"

"如果太嘈杂了,就会被淹没了。"

"这儿的人看见马可斯烧了起来,会哈哈大笑,然后会说:怎么回事?"

"但是国家机构在波恩。"

"但是对狗着迷的人只有柏林才有。"

我试图让塞鲍姆确定地点的做法变得可笑。我说他的想法太顽固,他过高地估计了柏林的情况。

维罗·雷万德用数字回应我:"您知道不知道,这儿在册登记的狗有多少条?您不知道。"

她几乎什么都知道。说话不仅有一种训导人的口气,而且还是透着鼻子说话。她提出要求,而且用的是复数:"我们要求在制定教学计划方面拥有共同决定权……"她是一个组织的成员,塞鲍姆却不是这个组织的成员。她穿锌绿色的连裤袜,要求学校设置性知识课,甚至还要求这门专业课不应只局限于生物学的知识。昨天她还拿了一把钢锯晃来晃去:摘星星①。今天已经不玩这个了。她非常忠诚:身穿塞鲍姆的毛衣,四处招人厌。("滚蛋!你身上有一股随大流的臭味!")他对她脾气很好,可以忍受一切。听我讲话他也是那么好脾气:"塞鲍姆,我迫切建议您,立即放弃您非理性的计划……"

伊姆嘉德·塞弗特听我讲话,从脸上的表情和头部的姿势可以看出来,她听得很专注。我捡要点向她简述了塞鲍姆的事情。她边听边点头。吃惊、理解、惊恐,我想这是我从她眼神中看出来的神情。我询问她的看法,如果可能也想听听她的建议,她说:"也许您会理解,当年的那些信件改变了我……"

我刚准备插嘴("您又重陷往事了"),试图挽救关于塞鲍姆的话题,她却微微提高嗓音:"您也许还能记起来。有一次我周末去汉诺威看望我的妈妈,在整理杂物的时候,我发现了学生的作业本,学生画的画,最后终于找到了我在战争快要结束时作为营地副主任给从城市疏散出来的儿童写的信……"

"您讲过。营地在哈尔茨山②西面,当时您的年纪和我们的塞鲍姆差不多大……"

"对。那时我才十七岁。必须承认,当时普遍存在对元首、人民和祖国的盲目信仰。当时那种拿起铁拳反坦克火箭筒的号召至今仍让我感到疑惑。我满脑子想的是要用杀人的凶器去培养那些十四岁的男孩子……"

"但是您的战斗部队,亲爱的伊姆嘉德,根本没有投入

---

① 偷奔驰车上的奔驰标记。
② 德国中部的一个山脉。

战斗……"

"这不是我的功劳,是美国人占领了我们这个地区……"

"那么您的那段故事就应当被彻底忘记掉。谁会去起诉一个当年只有十七岁的少女,如果我们刚刚上任的总理,尽管他也参与了那段历史……"

"对基辛格,我已经没有任何评判的权利。没人会为我开脱,毕竟是我向上级领导举报了一个农民,一个普普通通的农民,就因为他拒绝,而且是坚决拒绝用他的农田挖反坦克壕。"

"您不久前告诉过我,那个善良的农民过了十年后去世了,是正常死亡。如果您仍然挥不去这块阴影,那我宣告您无罪。"

这个无罪宣判让我有机会领教了伊姆嘉德·塞弗特的愤怒:"不管我们是什么样的朋友关系,我不允许您用这种浅薄的方式解决我的冲突。"

(后来,在她的怒气还没有完全消除的情况下,我对她鱼缸里的混乱状态进行了一番挖苦:"您那些生命力顽强的观赏鱼怎么样了?现在是谁在吃谁?")在教师办公室,我则保持友好的态度:"今天,您纠缠不清的负罪感应当给您力量,悉心引导那些还不知如何表达自己日益增长的不信任的年轻人。"

她默默不语。我赶紧抓住这个机会:"我们应当共同考虑考虑,我们的菲利普·塞鲍姆还不到十七岁。他为世界而痛苦。任何一种与他无关的不公都会给他带来打击。他看不到出路。或者说他眼前只有一条出路:他想在大庭广众之下烧死他的狗,以此给世界——至少是柏林的养狗爱好者——一个信号。"

她又开口说话了:"简直是瞎闹!"

"那是自然,那是自然。但是尽管如此我们仍然应当学会理解这个看不到出路的年轻人。"

她站在周围挂满了各类规章制度的教师办公室中,说"完全是不负责任的瞎闹!"

"您尽管这么说。我想了很多法子也没能打消他的念头。"

天使的天使说话了:"那您应当感到有义务报告此事。"

"您的意思是……"

"我没有任何意思,只是在急切地给您提建议。"

"向校领导打报告?"

"这样吧,先用警察吓吓他,然后再看看。如果您下不了这个决心,如果必要,我会下这个决心。"

(伊姆嘉德·塞弗特对警察有特殊的情感。我是不是应当说:现在还是这样吗?)我的牙科医生在电话里表示否认:"人们一般不会马上就让负责国家秩序的人过来。您应当和那个孩子继续对话。对话可以阻止行动。"

就这样变成了秩序的同谋。他对待一切有如龋齿:"必须预防,不能革命,采取牙医式的预防。下决心,治疗要趁早。坚决克服吮吸手指的习惯。开展杜绝用嘴巴呼吸的运动。练习呼吸,预防下颌后缩。否则的话,措施采取再多,也无法取得实质性的效果。伸手去抓月亮,但是仍然得不到药到病除的膏药。采取行动的人很多,但是反而把事情越搞越糟!"

难道这种行为是一种主动的听天由命的行为?某样东西需要发展,但是变化幅度太小。这时走来一个行动者,打破通向温房的窗户。"难道您否认让新鲜空气进来是一种善意的行为吗?"

"但是发展过程却因此中断,而发展的结果原本是可以预期的……"

行动作为托辞。总归要有事情发生。行动者①,这是一个法律概念。振作行动,付诸行动,这都是什么意思?(如果我的牙科医生想用对话阻止行动,那么他肯定认为:对话不是行动。)我记得他是

---

① 行动者在德语中还有作案人的意思。

怎么在看了一眼后立即给我的牙结石下评语的:"看上去不妙。必须坚决去除。"如果我把资本主义同需要坚决去除的牙结石相比较,那结果会怎样呢?

但是尽管如此。我的突颌的手术——我的牙科医生称我的突颌是真正的突颌,因为是天生的——算不算是一种行动?他会说:认识加手工活儿。而草率的拔牙——那种制造一个永不疼痛的缺口的欲望——则是一种没有认识的行动:愚蠢在行动。

因此,勤奋、怀疑、理智、学习、犹豫、不断从头开始、不易觉察的改进、考虑到的失败、一步步的进化、跳跃式的前进:如果行动者采用缓慢的跳跃,抛弃妨碍发展的知识,步履轻盈但是懒惰,那么:懒惰便是行动的跳板。

也许还有恐惧。再也看不出——看上去或实际上的确是这样——发展的迹象。时钟不再报时,不再报告每日的发展和进步。静止和停顿犹如墓地那种人人皆知的死寂,我的同事伊姆嘉德·塞弗特就是在冲着这种死寂呐喊:"应当发生点什么……"损失越大,死寂越是厉害。因为害怕而蜷缩的不敢作声。塞鲍姆就是要通过他的行动惊散这种死寂:恐惧驱使人们采取行动。

我的牙科医生对着话筒笑道:"小孩子在森林吹口哨。世界的诞生就是不断延续的行动的结果,它本身就是一种伪装成造物的恐惧的行动。这类不良的例子会不断繁衍,行动者称自己是造物者。其实在造物之前,就应当和上面的那位主好好谈一谈。您知道我的观点:对话可以阻止行动。"

塞内加作为一个老人曾提出忠告,闲情雅致是经验的总和。他为尼禄写发言稿,为行动提供文字。(这也是他给我的忠告。)我是不是应当布置作文,题目是:什么是行动?或者我把塞鲍姆变成卢奇利乌斯,让他在对话中无法行动?——一个行动的牙科医生,他去除了牙结石,允许自己做一次又一次手术,说起话来很轻松。行动者建议闲情雅致。

他们站成一组,塞鲍姆迅速换了一组。今年从年初开始,天气持续干冷。他们挤在一起站成一组。("施罗涛",冷的时候她便会发出唐老鸭式的哀叹,非常简洁:嘘、噢、哎呀、哇……)维罗·雷万德拿一支香烟划了一个圈子。("怎么样?")就连一组一组之间的麻雀也是在一组一组地飞。

我在校操场堵住塞鲍姆,真正地堵住,他当时正在从一组换向另外一组,我挡住他的去路,有备而来地对他说:"非常遗憾,菲利普,如果您不放弃您的计划,我就不得不报告此事了,而且是报告警察。您知道这意味着什么。"

塞鲍姆笑了,这是只有他才能笑出的声音:没有一点感到受到伤害的样子,甚至有点善意的傲慢,不过语气中有一丝担忧,好像他想要保护我似的:"您肯定不会这么做。因为您太自尊了。"

"在必要情况下,我会考虑报告的措辞的……"

"到警局的这段路,您根本走不下去……"

"我警告您,菲利普……"

"这不是您的风格。"

(她把剩下的烟给了队伍,穿着锌绿色的连裤袜走上前来。)我开始历数,想到哪儿说到哪儿:荒唐、傲慢、危险、残暴、愚昧。串联句子我用的词有:一方面、正是因为、不可思议、令人昏厥、非理性。没有一个字能提起塞鲍姆的兴致。"我知道。"他说,"您是老师,所以必须拿出老师的腔调说话。"我说到观众虚假的喝彩和愚昧的结论时,维罗·雷万德说:"那又怎么样?"

"塞弗特老师如果知道了您的计划,她也会这么说的。"

"噢,她呀。那个天使长已经知道了。"

我正准备缓和一下气氛,雷万德又发话了:"那个女人,她没什么可说的。她就知道不停地说反抗,还有反抗的义务。"

她模仿塞弗特,不过模仿的不是她的声音,而是讲话的风格:"在我们民族最黑暗的时刻,总有一些男子汉挺身而出,采取行动。这具有象征意义,表明他们敢于反抗非正义!"维罗·雷万德用手指打了个框子,示意轮到我说了。

我试图用一些过渡的词语"您的意思肯定是……"还有"您现在是想说……"来营造一种大段的空中楼阁式的对话。塞鲍姆不耐烦地破坏了我的楼阁:"您为什么不说:干吧？您为什么不说:您是对的？为什么您鼓励我拿出勇气？因为这需要勇气。为什么您不帮助我？"

(接下来的沉寂让人感到不舒服。再也没有什么话能让人退逃了。那就扑吧,勇敢地扑吧。)"塞鲍姆,这是我的最后一句话。我会到兰克维茨①动物收养所弄一只狗,等它对我有感情后,在您给我指定的地点,给它浇上汽油,然后点着。我还要戴上您的标语牌。媒体、电视台也会在场。我们共同制作传单,实事求是地介绍凝固汽油弹的效果。等到我被逮捕甚至被弄得不行了以后,您可以和您的女朋友在库旦大街散发这些传单。同意吗？"

校园走空了。麻雀来了。我的舌头在舔食两个陌生的东西:德固牙桥。维罗·雷万德用嘴呼吸。塞鲍姆朝校园中稀疏的栗树张望。(我也站在那儿,张望,在空气中虚构出几个固定的点,然后按进沙子中:施丢特贝克又开始设计了,他有一个计划,有一个计划……)最后一声铃响。上空,一架泛美的飞机在飞往腾普霍夫。

"同意吗,菲利普？"
"当心,菲利普,毛警告我们要当心那些形形色色的知识分子。"
"不要掺和进去。——要多用脑子。"
"不,就现在,菲利普,同意吗？"
"没有马可斯我决定不了。"

两人把我晾在那里,走了。我的手在口袋里寻找亚兰丁:小小的安全感。

"我懂,我懂！"我的牙科医生说,"您想赢得时间。弄条狗,让它

---

① 位于柏林东南部。

对主人产生感情。那个时候塞鲍姆的计划就熟过头了。也许当中会发生点什么事情。总是对停火抱有希望。或者教皇向全世界发布一个新的和平诏令。股票交易所作出神经质的反应。特使们在第三地会晤。您的策略不错,不错。"

"我无论如何不愿意看到这个男孩子有可能被民众处以私刑。"

他是没法说服的——"我说的吧,您的策略,不会没有希望。"——其实就连我自己都对自己拯救学生的企图疑的多信的少。(但是在刮胡子时仍然下定决心,一定要做,一定要做……)他肯定了解我。他分析过我的被敲掉的牙结石:"您应当想办法在兰克维茨找一只配过种的母狗,这样您就等于给您的学生提供了一个让您解除诺言的机会,因为他绝对不会要求您去烧一只怀孕的狗。"

"您这种冷嘲的建议说明您是学医出身的。"

"怎么这么说,我只是一直在跟着您的思路走。不管怎么说我们高度期待,看看那个男孩子还有他的小腊肠狗会共同做出什么样的决定。"

但是如果他说"行"怎么办?问题摆在了我的面前怎么办?如果他在前引号和后引号之间说的是"行",那怎么办?这替我做决定了。(包括我个人的。)我可以这样安排事情的结局:西柏林老师,四十岁,为了抗议越战,在大庭广众烧了一条狗,一条尖嘴狐狸犬……但是不是在库旦大街,我更喜欢在联邦议会。从抗议的效果来讲,在这里更显得正式和庄重。一定要好好计划。通过所有媒体机构。要有大量的人询问。可以先写信给我原来的未婚妻:"亲爱的琳德,来吧,到波恩来,到议会大厦的大门口来,请把孩子也带来,如果必须的话,也把你的丈夫带来。我要给你看一样东西,不,证明一样东西,让你明白,我不是一个可爱的、哭哭啼啼的、你无论如何要培养成一个老师的软蛋,我是一个男子汉,一个行动者。来吧,亲爱的琳德,来吧!我向世界发出信号……"

紧张的师生关系让我的课从中受益。我以史实为依据,试图让塞鲍姆了解历史的纷乱。(这个班除了他和维罗·雷万德,其他学生都不怎么行:刚好能及格,或者只能达到中等要求。)我重点放在揭露历史上理智的行为造成的荒唐的结果。我们不按教学计划,讲了法国大革命和它的作用。我从原因开讲。(启蒙的理念:孟德斯鸠①、卢梭②。重农主义对重商主义的经济制度以及等级社会的批判。)我给塞鲍姆解释自由民主和全面民主代表之间的分歧,直到口干舌燥。(话题延伸,谈到了议会民主和苏维埃制度之间的对立。)我们谈论了恐怖主义的道德辩白。我用了足足一个小时分析适用于任何时代的口号:"给草房和平,向宫殿宣战!"最后我用事实说明了革命是如何吞噬——而且是贪得无厌地——自己的孩子的。(毕希纳③的丹东④就是这种荒唐结果的最好证人。)最后一切都结束于改良主义。其实如果多一点耐心,不需花那么大的代价,也可以得到这种结果。拿破仑就做到了。革命无非是一种复制。小小的话题引申:克伦威尔⑤——斯大林。荒唐的必然性:革命创造复辟,而革命原本的目的就是要消灭复辟。类似的结果在法国以外的地区也有:美因茨的福斯特⑥。(他是如何慢慢地没有了呼吸,又是如何慢慢地一命呜呼。巴黎如何接纳了他,又抛弃了他。)我还举了一个瑞士的例子:裴斯泰洛齐⑦最后离开了革命,原因是革命一直停留在改革的小打小闹上,而他追求的是大的变革,是培育新人类。(类似的还有马尔库塞⑧,他最后遁入救世说:安宁的存在。)在引用沮丧的裴斯泰洛齐之前,我先小心翼翼地引用了塞内加的话:"更好的人会呼吁更

---

① 孟德斯鸠(1689—1755),法国启蒙思想家,法学家。
② 卢梭(1712—1778),法国启蒙思想家。
③ 毕希纳(1813—1837),德国剧作家。
④ 丹东是毕希纳的代表剧作《丹东之死》中的主角。该剧描写法国大革命。
⑤ 克伦威尔(1599—1658),英国17世纪资产阶级革命的领袖、政治家和军事家。
⑥ 福斯特(1754—1794),德国自然科学家、民族学家、游记作家、记者、随笔作家。
⑦ 裴斯泰洛齐(1746—1827),瑞士资产阶级民主主义教育家。
⑧ 马尔库塞(1898—1979),德国哲学家,1940年定居美国,法兰克福学派的主要代表人物。

好的人领导他们……"

在这之前,我记录下我的顾虑:如果我给塞鲍姆小心翼翼地解说塞内加,详细地解说裴斯泰洛齐,他可能会笑。他要笑就让他笑吧。笑也可以组织行动。

但是他听得很认真,而且和往常一样,带有怀疑的神情。但是脸上没有笑窝。

兰克韦茨动物收养所门口道路两侧是动物的墓地。墓碑(儿童墓碑的尺寸)上刻的名字有普西、罗尔夫、哈拉斯、比昂卡。不断有老妇女过来,拔几根常春藤。有些大理石墓碑上镶嵌了照片。碑文不外乎是忠诚,永生难忘的忠诚等等。

上课前,塞鲍姆在公共汽车站等车:"我们考虑过了,这样不行。"

"可以告诉我原因吗?"

"您的建议差不多击中了我们的软肋。"

"一个可以理解的软肋……"

"我承认,我们当然有些害怕……"

"塞鲍姆,让我来做这事。这虽然听上去有些过分:我不害怕。"

"正因为如此,所以不行。"

"我要追问到……"

"这事只有害怕的人才能去做。"

"以前我也害怕……"

"我现在领悟过来了:不害怕的人做这种事,是不作数的。您要做是因为不想让我做。您自己并不坚信这事。您是一个成年人,总是要避免让不好的事情发生。"

(我,一个摈除了恐惧竭力避免发生灾祸的国家正式教师埃伯哈特·施塔鲁施带着被亚兰丁掩盖的疼痛,站在那里。我当时真应当讲:我也害怕,例如我怕牙疼。如果他开始做局部麻醉:还害怕那个小小的吓人的针头……)

"您的意思是想说,我作为一个成年人已经失去了纯洁,因而也就失去了恐惧。由此推论,我作为一个不纯洁的人是不能牺牲的。"

塞鲍姆在空气中寻找支点,看来是找到了:"这和纯洁不纯洁,还有牺牲一点关系没有。有的时候您说话和天使一样,太浮。牺牲是一种具有象征意义的行动。我们所要做的,没有任何目的。但是要想成功,做的人必须感到害怕。"

开始咬文嚼字:"塞鲍姆,如果一个人害怕做一件事,但他仍然去做这件事,因为要达到某种政治目的,姑且说吧,人道的目的,那么这就是牺牲,他在牺牲自己。"

"随您说吧。这事反正必须绝对纯洁。"

维罗·雷万德在走廊拦住我:"您如果不停止用那些肮脏的伎俩来扰乱菲利普……"课余的时候,伊姆嘉德·塞弗特用同样的腔调拦住我:"埃伯哈特,您用那些建议来轻率地对待我的问题,这种方式我很不喜欢。如果对我有一个解决方案,那它必须是纯洁的。明白吗?"

我的牙科医生对纯洁提出科学的驳斥,以此来安慰我。这些论点其实我都知道。是我主动找上门的:"检查。"他会意地笑了,接下来的话中用的是复数"我们两个不纯洁的人",好像我们是同事似的,这令我不高兴,他还影射我下颌安装的德固牙桥:"就拿这个白金来说吧,有了它,您就可以正常发音,用一个形象的比喻,它也是不纯洁的,因为这种特种合金是德固公司的专利,而德固公司同南非保持可疑的商业关系。不管往哪儿看,总能在汤里找到一根头发。年轻人都有一些异想天开的古怪想法,但是您的那个学生,我一直认为他是一个头脑清醒的小伙子,没想到他也会提出那么绝对的要求,很让我吃惊。"

在他还没开始检查我的德固牙桥,给我发炎的牙龈上药水,给我下嘴唇慢慢伤愈的烫伤抹上一种透明的药膏,我们已经达成共识:"现在这代人,一方面在各方面都表现得非常实际,另一方面却在找寻新的神话。当心!当心!"

(她做得比我想得快。她扳着手指头一一历数我的愿望:今天该轮到这个愿望了。)快到午夜的时候,她站在我街角酒吧的吧台旁,说:"我早猜到了,您要么在莱曼酒吧,要么在这儿。"

她同意我给她点一个可乐和一杯粮食烧酒。(别没完没了地提问题。来了就来了。农谚说得好:想买猪,谈天气。)"以前有幸在教育领域工作之前,我在水泥厂工作过。水泥人,这是人们对水泥工人的叫法,吃早饭都会喝一两杯烧酒,当然没有可乐漱口了,但是却有好几瓶内特啤酒。内特是埃菲尔山南的一条小河,蜿蜒通过德国最大的浮石开采区。谈到浮石就容易口渴。我不知道您是不是对浮石感兴趣。不管怎么说,浮石从地质学上讲,属于粗面凝灰岩。在喷出了这些凝灰岩后,拉赫湖地区的火山活动便彻底停止了……"

"您为什么缠着利普不放?"

(她来了,她对浮石没有好感。)"雷万德小姐,据我所知,您自称是马克思主义者。这我就不明白了,您为什么对浮石矿工的劳动条件竟然不感兴趣。我也认为自己是一名马克思主义者……"

"您是一个自由主义者。毛曾经说过自由主义者:'他们赞成马克思主义,但是不准备实行之。'他们下不了决心。"

"有道理,我就是一个下不了决心的自由主义的马克思主义者。"

"您口头马克思主义,行动自由主义。因此您总是企图说服利普。但是您是不会得逞的。"

(要拿吸管吗?她穿戴帽子的风衣还是挺漂亮的……)

"服务员,来杯黄啤!"

"给我来个单份的。"

"亲爱的维罗尼卡,我向菲利普指出这种无谓牺牲的后果,这也符合您的利益啊。"

维罗·雷万德轻声地——我觉得可以用沉思来形容——对着吧台后面的一排排酒瓶说:"毛在《愚公移山》中说:'下定决心,不怕牺牲,排除万难,去争取胜利。'要的就是这个。我走了。您可以分析,解析,阐释,改变,但是这件事您变不了。我们目前正站在第三次革命的门槛上。但是少数反动派却根本理解不了。"

她走了后,我的黄啤才端上来。我很想给她讲讲我自以为是的悲哀,讲讲我不敢说反驳话的胆怯和迟疑。(甚至连牺牲品这短短的三个字都能堵塞我的耳朵:经过数月的勇于牺牲的浴血奋战,第六军……为度过冬天勇于牺牲……勇于牺牲……勇于牺牲……)啊,金色竟然也变得黯淡了。

不管怎么说,我的建议把塞鲍姆原本纯洁的但目的性明确的牺牲念头给搅浑了:他按响我的门铃,但是没进来,手上牵着马可斯,说:"在动物收养所找一条狗,这个想法很有启发,不一定非要用马可斯。我打算去兰克维茨,如果那儿有的话,买一条白色的尖嘴狐狸犬。您估计一只没有正宗血统的狐狸犬他们会要价多少?"

他要跟我借钱,而且说得非常直接——"我月底手头总是紧"。我请他进屋,这样好有点思考的时间:"进来喝杯茶,菲利普,然后我们头脑清醒地谈一下这件事。"但是他拒绝进屋。

"维罗在下面等着呢。您也可以明天把钱给我。"

"您的要求太过分了:要我借给您钱,让您买狐狸狗,浇上汽油,当着大庭广众的面焚烧,但是却不允许我了解您——我不得不承认——丰富的跳跃的想法。这不公平。"

"既然您不愿意……"

"昨天一切还是'绝对纯洁的',今天您却抛出了一个不道德的妥协方案,向一个既不相信也不害怕的大人借钱。您为什么要弄一个假的牺牲品?"

"不要问那么多。直说帮不帮吧。"

"好,您担心马可斯,这个担心可以理解。但是现在您要从兰克维茨动物收养所找一条无名无主的狐狸狗,而且最好是母狗,而且是刚刚交配过,让我为您——我不得不说是——可怜的胆怯付账,让狐狸狗为您可怜的胆怯承受代价。"

"兰克维茨是您出的主意。"

"我是从您的利益出发才这么说的。"

"但是您也有可能会买一只狐狸犬的呀。"

"如果我买,绝不是为了救您的马可斯,是为了您,塞鲍姆,完全是为了您!但是您的计划是剥削,十足的帝国主义。把自己的狗保护得好好的,拿其他动物当牺牲品。我讨厌您这种算计。"

"我也不喜欢。也许您是对的。"

塞鲍姆把我晾在门口,没乘电梯,而是抱着他的马可斯,匆匆跑下楼。我泡了一杯茶,喝了几口,便晾在一边不喝了。

(我对自己很满意。对自己真的满意?下午刚刚获得的一点胜利,傍晚便一点点剥落了。)

"您应当借钱给那个孩子。"我的牙科医生说,"这事其实又费时间又麻烦:先是乘车去兰克维茨,挑选一只狗,把它买了。再买一根绳子。在父母的房子里出现了一只白色的尖嘴狐狸犬。向妈妈解释,妈妈再向爸爸解释,或者反过来。然后,先拣好的说:长毛小腊肠犬和尖嘴狐狸犬开始建立友好关系。扭在一起,相互扑咬,互相讨好。说不定您的学生有一个小妹妹……"——"没有。"——"只是假设。小妹妹喜欢上了狐狸狗,向哥哥要,得到了爸爸妈妈的支持。结果所有这些事先没有料到的因素不断地一再地打乱了您的学生的计划。"——"猜想,医生,纯粹的猜想。"——"下面是坏的:情况不一样了,您可以相互利用小腊肠犬和狐狸犬。比如说提一个设圈套的问题:'为什么不把两只狗全烧了?'——或者:'是不是应当让两只狗用它们的嘴巴抽签?'——'独断蛮横地决定这条狗或那条狗的生死,这是不是不公平?'——算法其实很简单:两条狗和一条狗,二大于一。事情会变得越来越复杂,而且会越来越接近实际的理性……"

我们在电话中还提到了牙科医生的一些事情,顺便谈了日常政治话题(这个吕布克①实在让人受不了……),最后还交流了一些常用的语录。

他:"塞内加有过关于伦理学的言论:我们人类社会就如同一个拱顶,没有一块块石头,顶就会塌下来……"

我:"这个拱顶的概念克莱斯特②后来在给姐姐的信中也提到过……"

他:"还有。您听:人生重要的不是它的长短,而是道德的正直。而正直的关键在于不能活得太长!"

我:"如果塞鲍姆听到了,他一定会投奔斯多葛派:塞内加这个老家伙还是挺有道理的。明天我就把马可斯给烧了。十七年,够长了。"

我的牙科医生笑了。我跟着笑了。(电话里出现了两个哈哈大笑的男人。)他先笑的,也是他先恢复了常态:"您的话有道理。这个古罗马的伦理卫道士只会缩短人的寿命。——言归正传,那个男孩子,您还是应当把钱借给他的。"

(每次在莱曼酒吧端上啤酒,就会想起德固牙桥的警告:不能喝烫的!不能吃凉的!异体导热……他的告诫太理智了,不出问题不会有人去遵守。我建议您……——您什么都不要建议,医生。——您已经无可救药了。——那我该怎么办,医生?)

第二天——我没课——我把塞鲍姆从伊姆嘉德·塞弗特的音乐课叫出来,他嫩嫩的脸庞,看上去有教养。

"菲利普,我考虑过了,可以把钱借给您。我给兰克维茨打电话

---

① 吕布克(1894—1972),德国政治家,1959 年至 1969 年期间任西德总统。

② 克莱斯特(1777—1811),德国戏剧家,小说家。

问过了。不是纯种的狐狸犬价格在七十到八十马克之间。"

"那是我昨天一时犯晕,向您表示歉意。要么马可斯,要么就什么都不干……"

"我的建议并非要让您承诺……"

"那我也可以拿一条布娃娃狗,或者好几条布娃娃狗。维罗·雷万德收藏了很多。这个主意还是挺不错的。应当试试看,没有什么刺激,好让那些戴着卷边帽的女人们认为:噢哟,不就是布娃娃狗嘛。小孩子的把戏。无聊的噱头。这时候我点燃我的马可斯——她们会吓得蛋糕都从嘴上掉下来。"

我看出了他的想象。布娃娃狗的主意让他很痴迷。他在模仿玩具熊的表情,发出唐老鸭的嗓音(呱呱呱),甚至还做出了把蛋糕呕吐出来的模样:"哇,噢,哇。"我真应当把他扔在一边。但是我的一声叹息——"唉,菲利普,我真的是想帮助你的。"——却给他提供了机会,把我扔在一边:"我知道您是为我好。"

我的这个学生又去做音乐了。我在走廊上听见班级在唱好像是奥尔夫①的作品。

他有才(人人都喜欢他),理解力强(有些太强了),只做感兴趣的事(曾经写过一篇关于广告比喻的作业:《奔驰星,圣诞星》),和我一样高,但是还在长(施丢特贝克要矮一些),笑起来有酒窝,父母都健在,父亲在先灵公司②任主管,母亲我是在几次家长会上认识的:模样不错,四十多岁,总是认为自己的儿子"还很孩子气"。他有两个哥哥,都在西德上大学(一个在亚琛,念机械制造专业)。在我教的课上,还有音乐课(他弹吉他),他的成绩超过平均水平,但是升级仍然很艰难。和维罗·雷万德的关系并没能让他变得极端化。(不过他一直要求——不能说没有道理——取消宗教课,增加哲学课和

---

① 卡尔·奥尔夫(1895—1982),德国当代作曲家,音乐教育家。
② 德国一家大型制药企业。

社会学课,因为实践证明这两门课是有意义的。)他偏好讽刺杂文,但是经常会把噱头弄得太过分。有一篇作文他是这样写的:我爸爸当然不是纳粹,我爸爸只是一名防空兵。防空兵当然不是反纳粹分子。防空兵什么都不是。我是防空兵的儿子,所以我就是什么都不是的儿子。和以前当一名防空兵一样,他现在当上了一名民主人士。他从没做错过事,但是他有时也会说:"我们那代人做了不少错事。"不过他说这话的时间和地点总是很正确。我们从不吵架。有时他会说:"你还需要积累经验。"这话也是对的。因为我要积累经验,这是肯定的。根据我的证明,不论是当一名什么都不是,还是当一名防空兵,实际上都是一回事。("您现在究竟在干什么?"——"我在积累经验。")我妈妈经常说:"你爸爸度量大。"于是我的那个度量大的什么都不是的爸爸就会说:"伊丽莎白,饶了我们的孩子吧,谁知道未来会怎样。"这也是对的。我喜欢我爸爸。他总是能用忧郁的眼神望着窗外,然后说:"你们多好,生活在一个基本上和平的世界,希望能这样下去。我小时候完全不一样,完全不一样。"我真的喜欢我爸爸。(当然我也喜欢我自己。)他当防空兵的时候肯定救过人的命。这很好,而且正确。我能当一名好的防空兵吗?如果我们夏天去万湖①游泳……

很难给这篇作文打分。(我没有给分数,只是写了评语,指出作文具有强烈的文学倾向。)他在这方面的确有才。

就连伊姆嘉德·塞弗特也一直认为塞鲍姆有才。("那孩子有艺术天赋……")但是每次找到机会和她谈塞鲍姆,她总是不厌其烦地(用让人听了烦心的腔调)谈论她的那些旧信,如何如何发现,如何如何有了新的发现;如何如何分析,如何如何有了新的分析。这一次,信中有一句话"我终于准备好牺牲!"令她感到意蕴十分深刻,因为"终于"这两个字表明,之前她是没有准备牺牲的,是有疑虑的。

---

① 万湖位于柏林西部,是柏林地区最大的湖。

我劝说她这样去理解自己的疑虑:"它解除了事后以为存在的时刻准备牺牲的精神,至少对这种精神提出了质疑。"

这次谈话是在狩猎行宫和鲍尔斯伯恩森林客栈之间的路上进行的。她用她的大众车接我去围绕格鲁内瓦尔德湖散步。我们把车停在罗森埃克旅店,然后随意往前走。没有什么特别的,因为在第二次国家资格考试期间,我们总是习惯每次开学前,围着格鲁内瓦尔德湖走上一圈。我们交谈,也就是一个正式的中学女教师和一个非正式的中学男教师所能进行的那种交谈:在严肃和欢快之间保持距离,不过也不是没有滑边的时候,偶尔也会无拘无束地放纵一下,微感吃力,而且常常会走向反面,转变成冰冷的尴尬。(我觉得有义务在三十岁的年龄快要结束的时候用可以想象的相亲相爱来拓展我们的同事情,这既是顺应自然,也是为了两颗孤独的心。随后出现的难堪只能靠不勉强的玩笑来掩饰了。)开始围湖散步的时候,我们彼此之间保持距离,并不觉得有什么特别的吃力。但是伊姆嘉德·塞弗特在母亲的阁楼上有了那次发现以后——她的生活开始变得不正常,又开始抽烟了——,"围湖散步"就成了我们之间关系的负担了。我开始寻找和制造一些场景,指望以此至少可以弄出一点亲密的交往。她也在静观我们之间关系的发展。我们相互串门,但是事先并不约好。在任何一场谈话过程中,我们都可以毫无过度地进入亲吻状态,然后又可以迅速地进入若无其事的状态。我们一方面讥讽我们的"动物般的淫荡",另一方面又嘲弄我们的没有进一步举动:"一切都是虚张声势,埃伯哈特。这种忧伤现在就已经能感觉出来了,以后还是免了吧。"

为了一大清早的时光,我们开始了前一天晚上就已经决定的清晨散步,充满了讥讽、嘲弄,甚至还有些刻薄。我又一次去她那儿,没有事先约好。时间已经不早了,但是没有结束的意思。

"您回家都顺利吗?"

"我又喝了两个啤酒,还尝试了一种新的组合:可乐加普通的粮食烧酒。"

"太轻率了。这和我认识的您完全不一样。我们俩关系的特点是有激情,也有节制。"

"也许我们是害怕用实际行动破坏这种不确定的状态。"

"这话怎么说的。我们在一起不就只带了一个说话的工具和一点以前从没产生过的好感。您喜欢退缩,在费力的订婚期中寻找营养。而我呢,自从那些信落到我的手上后,我就尽一切努力,想方设法去追寻一个十七岁少女的足迹,她以我的名义做的那些事情是我从未……"

"伊姆嘉德,您忘记了,我订婚的时候,青春二十七,但是天晓得,我作为一个成年人却……"

"如果是失败,而且是既不能把您,也不能把我逆转成胜利的失败,那年龄的差异又有什么用呢。比如说最近几天,我一直试图把信中不堪入目的那几个字'我终于准备好牺牲!'做对我有利的分析。太可笑了,我的处境太可笑了:在自己的事情上既是控方又是辩方。您对此有什么看法?'终于'这两个字还是很有意味的,不是吗?"

说这话的时候,我们已经把狩猎行宫甩在了身后,开始朝鲍尔斯伯恩森林客栈方向走去。天依然是蒙蒙亮,毫无兴致,迟迟不肯放明。冻了一夜的雪发出响声,连接兰克湖和格鲁内瓦尔德湖的湿地小溪①变成了一条冰河。河口处,一个森林工人正在凿冰,好让鸭子戏水。他的呼吸在肩头形成白雾。我们拐向右边,将湖西北的环湖小道缩短了一截,这个时候我想起了星期天说的一番热心话:"您看:您的怀疑富有成果。在说'终于'那句话之前的所有事情您都保留了下来,而那些愚蠢的而且我们也知道是没有任何结果的行为则已经是您的身后之事,应当让它们永远了结。"

但是伊姆嘉德·塞弗特仍然不依不饶:走到湖的尽头时,准确地讲,走到那座木桥上时,桥下就是那条将我们的湖同宏德克勒湖连接起来的小溪,她在不断地扩大她的失败。桥下面,鸭子在冰窟窿里呱

---

① 兰克湖、格鲁内瓦尔德湖和湿地长河位于柏林的西南部。

呱乱叫,桥上面,我愤怒地吻她的嘴,想把她的嘴堵住,是的,就是为了把她的嘴堵住,但是我还没完全离开她的嘴,她便把刚才被打断的话全说了出来:"……我越来越肯定,见打报告没有任何反应,我当时肯定非常失望。我敢肯定,我当时肯定打了第二次报告,我们还是用告密这个词吧。我的罪孽加倍了。"

我们已经迟了,所以我开始朝罗森埃克赶。"但是您以为的第一次还有第二次报告,那个农民都没出事……"

"问题不在这里,这您是知道的!"

"我怎么会知道!"

"那些话都是有因果关联的。"

"好好好。您告诉过我,那个农民十年后死于第二次中风发作。您活了下来,我碰巧也活了下来,而我的学生,不,应当说我们的菲利普·塞鲍姆正处于困境……"

"少跟我谈学校的那些事情。什么东西也解脱不了我。那些信,特别是那句令人揪心的话……"

(记录:今天早晨,八点半刚过,在我吻了她,并把我下嘴唇慢慢长好的伤口拉破之后,我扇了我的女同事伊姆嘉德·塞弗特一记耳光。冒着零下四度的温度,周围是被大雪覆盖的松树和桦树,站在通往克雷林荫道冰冻的林间小路的坡上,我用一记左手抡过去的耳光扇断了她要说的话。发出了响亮的声音,但是没有鸟被惊飞。在空军地勤的那段时间,那个时候人们还管我叫施丢特贝克,我曾经扇过一个姑娘一记耳光,打那以后就再也没有过了。耳光扇完后,我多么希望旁边能有观众看到这个场景,特别是琳德在场看到这一切就好了……一记耳光虽然挺可笑的,但它毕竟是一个举动。一块石子扔进水面,划出一道道圈:快速切镜头,我又一次打中了伊姆嘉德·塞弗特的一侧脸面,但是接下来却是不断地左右开弓地打在琳德的脸上。这种可以任意重复的举动有的发生在莱茵河大道上,有的发生在浮石堆场,有的在麦恩田野的玄武岩矿井上,也有的是在旅店的房间里——有一次竟然是当着她父亲的面。"了不起!"他说,"了不起!只有这样才能让她恢复理智。")

伊姆嘉德·塞弗特迅速掏出一根烟:"你的话有道理。对不起。"

我用扇耳光的那只手给她点火:"向你道歉,但是我只能这样。"

她连吸三口,然后把香烟扔掉:"你刚才要说塞鲍姆。"一直到罗森埃克旅店,我们都用你相互称呼。上了大众车后,马达还没发动,她就换成了您:"我和您的看法一样,那孩子挺有才的,尤其在音乐上有天赋。"

"按理说施密特博士有足够的理由抱怨,但是就连他也说:在我的课上,只要他专心,成绩是可以大幅度提高的,他有潜力。"

我们终于笑了。她开得稳,但是有些快:"半年前,塞鲍姆给我看过他写的吉他伴奏的歌,在我的请求下,他还唱给我听了。大杂烩。世界忧患加激情。有点儿布莱希特的影子,也有不少比尔曼①,就是那首维庸②,不过完全是原创,还有就是很有才。"

(据说塞鲍姆的歌《摘星星》在一本诗选上——校园抒情诗——刊登过。)

"他现在已经不写了。"

"那我们就应当想办法让他重新写起来。"

"那就写反对凝固汽油弹的诗,这样他就不会烧狗了。"

"我虽然没有那么直接认为过,但是积极从事艺术活动可以使他混沌的漫无目标的愤世嫉俗变得明晰起来,具体起来,他在创作过程中得到了充实,艺术活动带来的这种副作用恰恰是我们所希望看到的。"

---

① 沃尔夫·比尔曼(1936—),德国诗人,歌手,原东德持不同政见者。
② 指的是比尔曼写的一首民谣《献给诗人弗朗索瓦·维庸的民谣》。弗朗索瓦·维庸,法国中世纪诗人,出生于1431年,逝世年份不详。

"您的意思是说,把艺术当做一种创作疗法……"

"亲爱的埃伯哈特,请允许我提醒您,您曾经请求过我,要我和您一道,为年轻的塞鲍姆寻找一条出路。还记得吗?"

"我当然非常感谢您……"

后半车程我们谁也没说话。停好车后,她仍然没说话。在去学校大门口的那一小段路上,她轻轻地,用几乎是胆怯的声音对我说:"埃伯哈特,您能想象得出来吗,我当时只是一个十七岁的少女,我怎么会在一张擦得干干净净的木桌上,用苏特尔字体写检举信,而且是一封会让人送命的检举信?"

我为什么那么顽固,非要转移她的注意力不可。(她愿意蹚那个混浊的小池塘就让她去蹚吧。)每当看见孔雀鱼肚皮翻上来了,她就会用她细长灵巧的手指把它们捞上来。(这一点我同意:我喜欢她的手。在沙发上和她交谈时,我总握她的手,因此我对这双手很熟悉……)

全班在写作业。(交头接耳声,沙沙写字声,不停的咳嗽声,间歇性的安静。)我面对窗户,对着玻璃练习:塞鲍姆,我,还有塞弗特老师,已经有很长时间没有听到您创作的抒情诗了。您会弹吉他,所以应当保持歌诗的风格。塞鲍姆,您一定要写,一定要接着写下去!和我一样,您知道抒情诗句蕴含有多么大的政治力量。想想看图霍尔斯基①,想想看布莱希特,还有策兰的《死亡赋格曲》②。毕竟从韦德金德③起,我们便继承了政治诗歌的传统。因此抗议歌曲在我们德国尤其应当拥有新的生命力。我多么希望您能发挥您的才能……

---

① 图霍尔斯基(1890—1935),德国记者,作家。
② 策兰(1920—1970),奥地利诗人。《死亡赋格曲》是他的一首名诗。
③ 韦德金德(1864—1918),德国剧作家。

在课间休息的操场上,我基本上就是这么对塞鲍姆说的。他站在距离自行车棚不远的地方,维罗·雷万德站在他身旁。她在吸烟,我装作没看见。她没有走,但是装作没有看见我。"塞鲍姆,我已经有很长时间没有听到您创作的抒情诗了……"

我开始详析抗议歌曲,说到了琼·贝兹①和《假如我有一把铁锤》②,还说到了和平与爱情③。直到这时他才打断我:"您说的东西实在让人提不起精神。您自己也不信这些东西。靠这些东西,弄好了,能挣钱。只能起到催人泪腺的作用。我拿维罗试验过,对吧。我那次把最硬的一首歌唱给你听,《乞丐之歌》,指望能给全世界弄到面包,结果你听了以后痛哭流涕,说太好了,简直是太好了!"

"那首歌的确非常好。但是别人认为好的东西,你总是无法忍受的。"

"因为你只是受情绪左右来感受它的。你只受情感摆布,只受情感摆布。"

"那又怎么样呢?如果我喜欢这样,有什么不行呢?"

"仔细听好了,我要通过这首歌表达这么一个内容:施舍只会使贫困愈演愈烈,通过施舍获得好处的只有施舍的人,就是那些拥有者和压迫者……"

"我就是这么理解的。正因为此我才觉得这首歌太好了。"

"妇人之见。"

(虽然是句瞧不起人的话,但听上去却给人一种好意的感觉。本意充满了柔情。只要她大谈特谈经济基础和上层建筑,什么"利普,我们今天来了一组人,我们要创造剩余价值。你一块儿来吧",他总是会在耐心地表示拒绝的同时,表达自己的倾慕:"你总是妇人

---

① 琼·贝兹(1941—),美国民谣歌手。
② 六十年代欧美最有名的抗议歌曲之一,由海斯(1914—1981)和西格(1919—2014)作词谱曲。
③ 20世纪60年代和70年代由嬉皮士兴起的一种文化运动,以反文化、反传统信仰和观点为主要特点。

之见,而且永远是妇人之见。"他总能随意给人起绰号——"老哈迪"就是他起的。这也证明了他的才能。除了塞鲍姆,没人会想到叫伊姆嘉德·塞弗特是天使的天使。伊姆嘉德·塞弗特——或者说天使的天使多次对塞鲍姆的《乞丐之歌》表示赞赏。)

"就连塞弗特女士也认为,您应当沿着您努力的方向继续努力下去……"

"为什么?如果连维罗都理解不了……"

我告诉他们,他们两人都有道理,并对他们的争论给予了赞扬,不过我没有用争论这个词,而是用的合法的讨论。其实这场讨论本身已经证明了他们热心的这类歌曲具有何等的质疑的力量:"塞鲍姆,您不相信言论,您要的是行动、作为。那么好吧,假设您做了您打算做的,在凯宾斯基门前焚了您的马可斯,结果您被揍了,如果没有被打死,至少也会因伤送医院。这就是您要的效果:公众反应、头版头条、动物保护协会的指控,尽管有人表示反对,学校仍然做出开除的决定,也许我也必须离开学校。当然,这并不是最糟糕的。过了两个星期,人们就把这事给忘了,没人再提起这事,因为还有其他事件发生,还有其他事件需要上头版头条,比如说长有两个脑袋的牛犊。相比之下您呢:坐在某个地方,以马可斯为主题写谣曲。民歌般的纯真,但是准确入微。您一站一站地走,马可斯变成了一条人们不再同情的小狗。马可斯慢慢长大了。菲利普给它念报纸。马可斯表达愿望:把我焚掉。菲利普说不。(说不定用的就是我的没有说服力的论据。)但是马可斯坚持要把自己焚掉。它不再跟随菲利普了,因为他不尊重它了。如此如此。如果您能写一首好歌,大获成功,那么它就能保留下来,而且生命力超过所有头版头条。"

两人都在听,没有任何反应。过了一会儿,塞鲍姆耸起肩头,又放了下来,然后给女朋友解释:"老哈迪相信不朽。听到了吧:我应当写一首不朽的歌传唱百世。"

"语文老师的老一套。他是一只纸老虎。"

"那也不错。你们的纸老虎甚至承认,诗歌多半是不会突然发生作用的,它的作用是缓慢的,而且经常太迟……"

"但是我们要立即起作用,立即!"

"就是说用你们的头版头条挤掉别人的头版头条。"

"我不知道明天会有什么……"

"太廉价了,菲利普,和您不值……"

"我甚至不知道什么叫值不值。"

"我觉得您至少应当努力去理解世界的多样性和矛盾性……"

"我不要理解,明白吗?"(突如其来的严厉。笑酒窝没有了,出现在脸上的是深深的皱褶。)"我知道,凡事都可以得到解释。是怎么说的?因为触及了美国人的攸关利益……"(我可怜的、事先就被宣告为一钱不值的安抚。)"一点不错。非常可惜。十多年前,布达佩斯起义①就触及了苏联的攸关利益,结果用强硬的手段……"(他的愤怒静悄悄地上来了。)"我知道,我知道。一切都可以得到解释,一切都可以得到理解。因为事情是这样,所以就必须是这样。糟糕是为了防止更加糟糕。和平是有代价的。我们的自由不是白白送来的。如果我们今天让步,那么明天就轮到我们了。我读过,有人认为凝固汽油弹可以阻止使用核武器。将战争控制在点的范围是理智的胜利。我父亲说过,如果没有原子弹或类似的东西,第三次世界大战早就爆发了。他这话有道理,而且是可以证明的。我们应当心存感激,为此写诗,哪怕它们到后天才发生作用,只要它们发生作用就行,只要发生作用就行。不,什么都不会被打动。人类每天都在慢慢地焚烧。我也在这么做,而且我焚烧的是一条狗,这会触动他们的。"

空气中弥漫着一种小心翼翼的寂静。维罗·雷万德打破了这个寂静:"菲利普,太好了,你说得太好了。"

"妇人之见!"

塞鲍姆的左手被我阻挡住(只有我可以这样做),缩了回去。我提醒他们俩,校园已经空了,课间休息已经结束了。他们走了。只走

---

① 即针对苏联的匈牙利十月事件。发生于1956年10月23日至11月4日。

了几步路,菲利普·塞鲍姆便将左手围搭在维罗尼卡·雷万德的肩上。我慢慢跟在他们后面,感觉到了我的牙龈,感觉到了两个异体。

我趁没课把情况向牙科医生做了汇报。他颇有耐心地听完,而且还想知道得更详细:"您学生的女朋友是不是用嘴呼吸?"

这个问题令我感到突兀,但我还是给予了肯定的答复,说是因为息肉的原因。我正想把汇报引入到基本原则——"只有在全世界范围采用教育原则并获得成功……"他断然打断了我:"那个男孩子我喜欢。"

"但是他会那么干的,他真会那么干的!"

"也许吧。"

"我该怎么办?我是班主任,我是有责任的……"

"您考虑自己太多了。要干的是那个男孩子,不是您。"

"我们必须阻止他。"

"为什么?"我的牙科医生在电话里问,"如果他不这么做,会有什么好处?"

"他会被打死的。凯宾斯基的那些女人们会用吃蛋糕用的叉子打死他的,她们会踩死他。电视台会把摄像机摆好,请大家帮帮忙:'请放理智一些,往后退。如果你们老是挡着我们,我们没法客观报道……'告诉您,医生:如果您今天在交通高峰时间,在库旦大街,准确地讲在约阿希姆塔勒街角,将基督钉上十字架,并将十字架竖起来,人们会观看。如果身边正好有照相机,他们会拍照,如果他们看不见,他们会往前挤。如果位置比较好,他们会非常满意,因为他们又可以被感动一回了。但是如果他们看见在这里,也就是在柏林有人在烧一只狗,他们就会挥拳,一直打到下面的人不再颤动,即便这样,他们还要抢下去。"

(我的各各他①场景是从伊姆嘉德·塞弗特那儿学来的。"埃伯

---

① 传说中的耶稣被钉死之地。

哈特,相信我说的话,每天在街头的某个地方都会上演基督被钉死在十字架上,人们会观看,点头表示确认。")

我的牙科医生依旧冷酷。(用宗教来影射让他感到不舒服。)"面对广大市民对动物所怀有的极端的情感,我认为,您的学生是知道会有什么结果的。"

"那我就更必须报告此事了。"

"我明白,您是担心会丢掉正式教师的饭碗。"

"不这样,那我该……"

"您中午再打电话来吧。希望您能理解,现在是门诊时间。病人很多。即便地球停止了转动,人们也照样会来,因为他们的嘴里充满了哀怨和痛苦的喊叫……"

步测我的柏柏尔地毯的长度——新添置的。引用热雷米亚斯:啊,连金子也变得暗淡……从写字台往四周窥测,写字台上、办公夹里,正在酝酿开始新的故事:来吧,来吧,编一个短小的结局美好的凶杀故事。你怎么能容忍未婚妻同那个施罗涛在一起。你可以在沙盘的信号装置上接一个爆炸装置,只要琳德在库尔斯克开始反攻,他们、他,还有柯灵斯就会连同木板房……或者对舒尔纳严格保持实事求是的态度……或者在莱曼酒吧喝几杯啤酒……或者混着喝:一个可乐,加一个白酒……

我该做什么?给市政府教育委员会写信?"尊敬的埃弗斯先生,我有一个特殊的事情,它显然超出了本人教学的能力,我不得不和您联系。因为除了您之外,我不知道谁负责此事,能对此予以说明。我想在一开始提醒您,我们的《柏林教师报》曾经采访过您,您当时说过:'我认为,个体的人和社会是存在的。彼此之间不存在上下级的关系,而是互为依存,互为影响。'现在有这么一个个体的人,我的一个学生,下决心要用一种震撼的方式表达他对社会的抗议:在闹市区给自己的狗浇上汽油,点火焚烧,好让这个城市的老百姓——他认为这里的居民都没有同情心——能够认识到,这里在发生什么:

活活烧死。我的这个学生希望能以此方式来表现现代化武器凝固汽油弹的效果。对人们很自然提出的问题,为什么要烧一条狗,而不是其他动物,比如说一只猫,他是这样回答的:柏林都喜欢狗,这是众所周知的,因此只能是这个选择。再说了,当众烧比如说鸽子吧,最多只能引发一场讨论,人们会开始分析开始研究,是不是应当用目前通常采用的方法更好些,即大规模的毒杀鸽子。此外鸽子点燃后会扑腾乱飞,这对公共场所很危险。我多次努力说服他,让他理智一些,还多次向他指出这么做的后果,但是没有任何结果。他虽然承认自己也害怕,虽然知道居民对虐待动物会产生极端反应,但是他还是做好了挨打的准备。每一次调解他都认为是安抚人心的妥协,而妥协只会延长在越南的战争罪行。他把这罪行全部记在美国武装力量的账上。我请求您相信我,我不打算通过官方途径来提交这份报告,因为我十分欣赏这个学生拥有的自发的正义感。(尤其是我们,我们是柏林人,我们一方面必须感谢美国提供的保护,但是另一方面,正是这个盟友却在其他地方日复一日地伤害我们的道德情感。不要说我的学生了,就连我自己都为这种不幸的矛盾感到痛苦。)尊敬的教育委员会委员先生,您去年七月在一次活动上呼吁:'愿我们拥有阿道夫·迪斯特威格①的勇气!'您这番坦诚的话语深深地铭记在了我的心中。我请求您,和我一道,陪同我的这个学生走完这段艰难的道路,因为有了您的参与,在公共场合焚狗便拥有了宣传教育的意义。我们大家都在不懈地寻找这个意义,我的学生也在寻找。用您的话来说,教育政策'永远都是社会政策',我们的教育政策不是一直都在努力追求这样的意义吗。谨致同事的问候,您的……"

(没有统计过有多少信没有寄出去。这些对帮助的祈求变成了没有贴邮票永远寄不出去的呼唤。牙疼了,有亚兰丁。)

因为我无能为力,所以我开始为我的无能为力辩解:我关注的是

---

① 阿道夫·迪斯特威格(1790—1866),德国教育家、民主教育的代表人物。

塞鲍姆,因为他是一个人,但是柏林人关注的却是那只狗,因为它不是人。

试试看用其他词替代"人"和那个打击一大片的称呼"柏林人",或者不找任何替代,而是直接把它们划掉:我关注的是塞鲍姆,但是公众同情心关注的却是那条狗。(我和塞鲍姆之间的关系是不是和爱狗人和他的狗差不多?我有一张塞鲍姆的照片。那是班级的合影,我单独放大了他和他的笑酒窝。我有一个活相框,好几年空着没用了。我有时会像做什么违禁的事情一样,把他的明信片大小的肖像照插进相框:我的小塞鲍姆,头略微倾斜……伊姆嘉德·塞弗特说过:"我认为您和塞鲍姆的关系太近了。您不能总是用绳子牵着他……")

情感投射。替代物情感。狗。据说狗比人忠诚。兰克维茨的坟墓。墓志铭:我亲爱的森塔……我唯一永生难忘的朋友……用忠诚换忠诚……统计越南战争中死掉的狗的数量是不是会比在战争中死去的人数能给柏林人带来更大的震惊?死亡统计。根据官方死亡统计……

塞内加对狗有这样的评论:"动物虽然不会说话,但是它有一些善,有一种美德,有一丝完美。但是它只有这些善,这种美德,这种完美,从来达不到绝对的程度。这种优点只有有理智的生物才拥有。只有这种生物才有能力认识事物的为什么、多大程度和怎样。因此善只存在于有理智的生物中……"

就那么简单。我可以(应当,将会)在塞鲍姆的父母的帮助下,把长毛狗马可斯毒死,这样一来,我的学生塞鲍姆想示威的工具就不存在了。(对极端的企图作极端的反应。)

中午我给我的牙科医生打电话。但是他没有把我的"在必要情况下实施的暴力解决方案"(我的用语)听完。只听话筒里一声粗暴的"够了!",他变得非常不客气:"拜托您把这种投降的想法从您的头脑中清除出去,而且越快越好。否则的话人们真的要认为,您的学生已经够糊涂的了,而您却热心于用您的幼稚的荒唐去超越您的学生。毒死狗,实在是可笑!"

我向他指出,我已经走投无路了,而且还向他承认,我有些不知该如何是好,同时还提到我已经放弃的给教育委员会委员埃弗斯写信的念头。他听罢发出肆无忌惮的哈哈大笑。我在电话里顺便还提到,我的牙嗞嗞地、一阵阵地疼,而且亚兰丁的剂量也日渐加大。接着我在电话中失去了控制:"医生,求求您了,我该怎么办?您要帮助我!医生,求求您了,您一定要帮助我!"

一阵呼吸后,他提出一个建议:"请您让您的学生去实地看一下计划实施的地点。说不定事情就会有转机。"

学校还没有放学,我建议塞鲍姆去看场地。

"那么好吧。但是您不用抱过多的希望。谁不想为他的老师做点什么呢。"

我问他想不想带上女朋友。

"维罗和这事没关系。此外我已经给她把一切都记录下来了。她不应当掺和进来。"

我们约好了下午去。在家里,我给自己沏了一杯茶。

备课,还是随随便便看情况再说?来回踱方步,丈量地毯,还是打开书,读一会儿书?对着镜子刮胡子,直到镜面蒙上一层哈气?

"菲利普,我实在不知该说什么好了。即便你是对的,也不值得去做。我十七岁的时候,和你一样。我们反对所有的人,所有的事物。和你一样,不愿意听人解释。根本不想变成像我现在这样。虽然我已经成了我现在这样,你也看见了我现在是什么样,就如同我看见别人变成了什么样,因为我知道他们以前是什么样,因此我知道我自己已经变成了这个样,而这个样是我不希望的,也是你不喜欢的。但是如果我希望变成你的样子,我会说:干吧!我为什么不说:让他去烧吧!?"

"因为您嫉妒,因为您自己想做,而不能去做。因为您已经无可救药。因为您已经没有恐惧。因为您做还是不做都是无所谓的。因为您已经完蛋了。因为您已经经历了太多。因为您要为将来修补您的牙齿。因为您总是要保持距离。因为您在行动前总是考虑后果,好让后果同您的计算完全相符。因为您不喜欢您自己。因为您是理智的,但同时也是蠢笨的。"

"那么好吧,菲利普。去干吧,去为我干吧。我有那么多的已经,因此我不能去做。以前十七岁的时候我会去做,那个时候我是一个行动者。但是那个时候是战争时期……"

"现在仍然是战争时期。"

"那么好吧。现在轮到你了。但是这有什么用呢。这会给你留下一段回忆,一段大大的回忆。你永远回避不了。你总是会说:我十七岁的时候,怎么怎么。我十七岁的时候是一个行动者。够了,到此为止。现在我和你一块儿去现场,让你看看在凯宾斯基门前你面临的是什么样的场面……"

我们约好不带狗去,但是塞鲍姆还是把他的狗带上了。一月的下午,虽然阳光明媚,但是寒冷,没有风,我们呼出的哈气如同小旗子跟在我们的后面。迎面走来的,超过我们的,在我们面前横穿的,所有的人都在用喘息发出信号:我们是活的!我们是活的!

凯宾斯基酒店位于库旦大街和山鸡大街交汇的街角,前面有一片很大的广场。铺石路的两侧是两条黑乎乎的雪堆,上面有狗撒尿留下的印迹,塞鲍姆的长毛小腊肠犬顿时兴奋了起来。(欢快,有秩序。)凯宾斯基的露台已经全满。露台顶棚下,电热器散发出红光,给那些正在用调羹吃糕点的因丰满而紧绷的女士们的上身送去温暖,这反倒使得她们冰凉的脚越发冰凉。蛋糕眼见着变少,上面来回交错的是糖罐、奶罐、咖啡罐,有的咖啡罐装的是普通咖啡,有的是大份摩卡滤纸咖啡,有的——估计——是不含咖啡因的咖啡。衣着讲究,衬托了丰满的体形,有量身定做的,也有工厂定做的,皮毛外套,大部分是波斯羊羔毛,也有不少驼毛。驼毛的颜色如同掺了牛奶的咖啡,色调同萨赫蛋糕①、巧克力蛋糕,还有人们喜欢吃的果仁奶油蛋糕十分吻合。(维罗创造了一个简短用语:吞噬蛋糕的皮毛动物。)我们带着马可斯找到了被塞鲍姆定为现场的地点,这时,一些牵在椅子上的狗开始拽绳子,牵狗绳缠绕在了椅子腿上。我们没有引起人们的注意,因为这些女人对她们的狗拽椅子腿已经很习惯了。从她们身边牵过的狗太多了。(西柏林一共有六万三千七百零五只狗,平均每三十二点八人一只。已经比以前少了:一九六三年的时候,西柏林有七万一千六百零七只狗,平均二十九点一人一只。我觉得这个数字并不是特别特别的多。我估计的数量比这个要多得多。各个方面都表现出了萎缩的趋势:整个柏林在消瘦下去。这个现象我其实应当讲给塞鲍姆听:菲利普,这很正常。在克劳伊茨贝格区,那里就更少了,平均每四十点六人才有一只。)我们盯着酒店的露台,可以解释为我们是在找熟人。桌上的蛋糕越来越少,新的糕点又端了上来。我说话开始有讽刺的味道,为的是不让参观现场最终拥有隆重的色彩:"如果一块柏林蛋糕有二百卡路里,那就没有必要去问一份黑森林樱桃奶油蛋糕含有多少卡路里。"

(维罗·雷万德猜得很准:"每个人的首饰至少有三磅重。知道她们开口说话都说些什么吗?体重、减肥。哼哼!")

这些女人戴着帽子,在张望、吃东西、说话,几乎所有动作都在同时进行。整个画面看上去倒人胃口,有些像漫画,但是没有什么害处。在一旁观察的人,比如说像塞鲍姆这样已经有了成见的人,面对这种同时进行的、没完没了的进食,只会得出一种结论:同时进行的、没完没了的大便。因为能够抵消令人经不住诱惑的苹果卷、果仁蛋糕、奶油蛋白酥饼和奶酪蛋糕的只有热气腾腾的大便。我的情绪也上来了:"一点不错,菲利普。地地道道的荒唐!实在是令人反

---

① 用维也纳人萨赫(1816—1907)的名字命名的一种巧克力蛋糕,以巧克力、糖、黄油和鸡蛋为主要配料。

感……但是不能忘记,这只是我们一部分人的看法。"

塞鲍姆说:"就是这些人。"

我说:"他们大口大口吃的是别人的痛苦。"

塞鲍姆:"我知道,他们要用蛋糕堵住一切。"

我:"他们只要有蛋糕吃,就心满意足了。"

塞鲍姆:"这种情况不能再延续下去了。"

我们盯着蛋糕叉上去满、下来空的机械运动,记录伴随兰花指的每一次小小的吞咽。(用她们的用语:"吃蛋糕去。")

我想减轻塞鲍姆的(其实也有我的)反感:"一切其实不过只是有点滑稽。"

但是塞鲍姆在眼前的场景中看出了关联:"他们是成年人。这就是他们曾经怀有的目标,现在实现了。他们可以挑选了,可以续订了。他们把这个理解为民主。"

(我该怎么应对他极端尖锐的比喻?以社会多元化为主题给他做一篇复杂的长篇演讲? 如果换做您,医生,如果您处在我的位置上,您会怎么做?)

我想让他高兴起来:"菲利普,您就只当这些浑身的肉要漫出来的女士没有穿衣服……"

"我要让她们吃不成蛋糕。以后她们只要一想吃蛋糕,眼前就会出现马可斯的镜头,马可斯燃烧翻滚的镜头。"

我说:"错。他们会在这里,就是您现在站的这个地方,把您痛打一顿,他们会用雨伞,鞋跟把您打死。您只需看看指甲。那些在街上闲逛的人会围成圈,向前挤,然后争执,那个蜷缩在地上的人烧死的是什么狗,有的说是雪纳瑞犬,有的说是长毛獛狗,有的说是京巴狗,还有的说猎獾狗。有些人会看您的标语牌,依稀辨认出上面的汽油和凝固汽油弹的字样,然后说'没劲'。毫无疑问,您被打死后,大部分吃蛋糕的女人会立即结账,向经理抱怨,然后离开凯宾斯基的露台。但是其他女人会补充进来,她们穿类似的皮毛外套,戴类似的帽子,然后点苹果卷,奶油蛋白酥饼和杏仁卷。她们会用手中的蛋糕叉指指戳戳，相互告诉，刚才的事情是在哪儿发生的。就在这儿，我们现在站的地方。"

塞鲍姆一言不发，一直在盯着，看蛋糕在一点点变少，又一点点变多。我仍然在向他描述事情的后果："人们会称此次行动是非人道的野蛮的行径，一边吃着蛋糕，喝着摩卡咖啡，一边有滋有味地重复事件的全过程，因为您的马可斯不会一声不吭，任由一切发生，迅速地烧死。我会看见它来回蹦跳，翻滚。我会听见它哀嚎。"

塞鲍姆仍然一声不吭。我说话的时候马可斯很安静。我想到哪儿说哪儿。说话，不停地对他说："如果人们去努力减少蛋糕的消费，这也不失为一个明智的举动。但是这样的话就必须把每一种好吃的东西的热值都写在黑板上，例如：一块葡萄干蛋糕的热值相当于四百二十四卡路里。此外还要细分碳水化合物，蛋白质和脂肪。菲利普，这件事值得一做。一场对富裕社会开展的启蒙运动……"

听见我开始列举黑森林蛋糕和樱桃蛋糕的配料和热值，塞鲍姆对着凯宾斯基露台前的路面剧烈地呕吐起来，而且一连呕吐了好几次。一些蛋糕叉停止了机械性的动作。塞鲍姆开始干呕。因为吐不出东西来了。已经有行人开始停下脚步。我趁着人群还没有围成圈，拉着菲利普和哀嚎的马可斯跑过山鸡大街，钻进下午闲逛的人群中。（在这里很容易很快消失掉。）

在公共汽车里我说："这很有效，就跟您烧了您的狗一样。"

"但是他们根本不知道我为什么呕吐。"

"但是尽管如此仍然很有意思。瞧瞧他们看您的模样，菲利普，瞧瞧他们看您的模样……"

"马可斯烧起来的时候，呕吐的不应当是我，应当是那些人。"

"好啦好啦。这是有可能的，内心一激动……"

"您就是不愿意承认：我是一个失败者。"

我建议不要立即回家，先到我那儿去喝杯茶。他点点头，但是没有说话。在电梯里，他把马可斯抱在怀里，额头上渗出了汗珠。我首先把水坐在炉子上，但是他却不要喝茶了，说只想漱漱口。我建议他:"休息一会儿吧,菲利普。"他竟然听了,在沙发上躺下。"要被子吗?"——"不用,谢谢。"他睡着了。我坐到写字台旁,但是没有打开装有已经起了头的故事的办公夹。(空相框。当镇纸用的一块石臼。)我用黄色纸板上的标题——《输掉的战役》——为圆心胡乱图画了几个伤心的小圈。(啊,蛋糕……啊,酥软的糕点……啊,打出来的泡沫……啊,可以自由销售的甜食……)

快到六点的时候塞鲍姆醒了。房间里只有我写字台上的台灯发出有限的光亮。半明半暗中,他说:"我要走了。"他给在地毯上睡着的马可斯牵上绳子,穿上大衣,对我说:"这次我一定要说一声谢谢。"

他会不会去维罗·雷万德那儿?("我是一个不中用的人。说,我是一个不中用的人。")她会不会用永不知疲倦的鼻音安慰他?("怎么啦,利普?你一定要去干。真搞不懂,你为什么不干了。事情明摆着吗。而且已经既成事实了。和理论没有关系,完全是实践。去干吧。")他们两个会不会躺在维罗的布娃娃中间?

我向我的牙科医生讲述塞鲍姆呕吐的经过时,他帮了我一个忙,没有笑。他的电话诊断是这样的:"这次失常只会更进一步加强他的念头。这就是人们常说的逆反心理。您不想带那孩子到我这儿来吗?"

这就是他:敢于接受新事物。我可以把我所有的想法讲给他听,甚至是最荒唐的建议。比如说这么一个建议:我的学生塞鲍姆想试验烧一条狗,那他就能弄明白,烧一条狗,哪怕是一条不是自己养的、不起眼的流浪狗,意味着什么。他竟然能泰然地接受这个建议,然后用一系列提问来剖析这个建议:"哪条狗?"——"谁花钱买这条狗?"——"事情打算在什么地方什么时间发生?"。我的牙科医生就这样把我的一个想法拆解成那么多小块,我甚至都没办法把它们再重新拼凑起来。他帮助我再现过程,而且理论上无懈可击,称这事的

"出发点是好的",对我在教学上的创新能力大加赞赏——"了不起,坚持不懈地寻找出路,而且一点不懊恼",但是紧接着他全盘否定了我的想法和他的现实的方案:"我觉得我们应当消除我们头脑中的荒唐想法。谁能证明您的有相对成功把握的试验不会适得其反:说不定您的学生挺过了这次试验,以一种新锻炼出来的而且是经过我们磨炼的老道对自己的狗在公共场合实施焚烧。因此,您的建议是可行的,但却具有相对的危险性。"

他对"相对"这两个字很有感情。所有东西(不仅仅是疼痛)在他眼里都是相对的。我给他描述库旦大街上的场景,并且——顺便——对过分的蛋糕消费进行抨击时,他打断我的话:"我真不知道您要达到什么目的。那些女士,她们吃蛋糕吃糕点虽然不明智,但是人还是相对可爱的,而且作为个体的人,她们完全可以说是理智的。可以和她们交谈,也许不能无所不谈,但是您又能和谁无所不谈呢?就拿我的母亲来说吧,一个拥有普鲁士人特有的清醒的女人——但是仍然不乏幽默和情调,她每月两次,采购完东西后,总会到咖啡店坐一会儿,已经养成了习惯。我陪她的次数相对少,非常可惜。在她去世后,那是两年前,我责怪我自己,因为她多么希望能和儿子一块儿去咖啡店:'亵渎和罪孽!'这是她对去咖啡店的形容。她只吃一块蛋糕,而且是没有奶油的杏仁蛋糕。相信您自己也承认:这个罪孽相对无关紧要,要说亵渎,它的程度还不及一般。"

他向我叙述,他的母亲在战争期间,在空袭的时候,以及后来在封锁时期,是如何练习亵渎的:"在她生命的最后几年,咖啡店的那一点点时间给她提供了机会,让她尖尖的舌头不放过任何东西。我记得很清楚,一次她的一个中学女同学来了,这位女士已经上了年纪,但是依然迷人,而且依然保持了一丝少女的气息。她吸烟用琥珀烟嘴。您真应当听听她们两人的对话。每一个特工人员听了之后都会得出结论:这两个女人是无政府主义的投毒者,她们正在密谋炸毁土地局和摩亚比特①法庭。不不,亲爱的,您的一概而论是不大站得住脚的。那些人,尽管他们一道拥挤在咖啡屋的露台上,但是他们来自于相对多的社会阶层。您不应当用窄边圆顶女帽、堆成宝塔形的蛋糕、因烦恼而淤积的脂肪之类的道具给自己制造妖魔鬼怪。如果您接过您学生狭隘的目光,这对他不会有任何帮助。"

我的牙科医生已有家室,年龄正当年,有三个孩子,他所从事的职业会带来什么结果是显而易见的,都是正面的:成功的牙根治疗,清除牙结石,纠正错误的发音,学龄前儿童的预防治疗,修补和挽救已经认为是无可救药的臼齿,弥合难看的牙缝——他还可以安抚疼痛……("怎么样,能感觉到什么吗?"——"什么感觉也没有,我什么也感觉不到。")

我说:"您说得轻巧,医生。在您的眼里,人是一种有缺陷的、多病的、因而需要引导、需要关怀的结构体。如果有人有更高的要求,要求人类超越自己,认识人类的剥削,如果有人要求人类时刻做好准备去改变世界,改变已经建立的关系,如果有人像我的学生,看到的只是麻木的自我满足,那么吃蛋糕的机械动作在他的心中就会变成资本主义社会的机械动作……"

医生叹了口气,看来他的心思是想回到他的卡片上去:"我承认,这个相对封闭起作用的消费社会对一个十七岁的年轻人来讲是不可思议的,因为它太不可理解了。但是您,您是一个有经验的教育工作者,您应当防止自己妖魔化以为存在的和实际存在的对手,不论他们是吃蛋糕的女人,还是党的一般干部。我不打算把您从'教师'这个一概而论的范畴中剔除出去,同样,我也不希望您把我从'牙科医生'这个名称归类下一笔勾销。除非我们从现在开始起弄得简单一些,从整体范畴上宣布:牙科医生都是虐待狂。德国的老师一代不如一代。德国的女人先是选了希特勒,然后是阿登纳,并且蛋糕吃得太多。"

---

① 摩亚比特是柏林的一个区。

我回答:"就算我作为老师,您作为牙科医生,您母亲作为偶尔去咖啡店的顾客已经构成了相对经常的例外——您知道,我很欣赏我的很多同事,您所说的一概而论仍有可能是有道理的,这就如同这么一个事实,尽管有成千上万的德国人几年开车从没有事故,但是'德国人是坏司机'的这个一概而论的说法仍然有它的道理,而比利时人——这又是一个一概而论——根据统计,开车要差得多。"

(也许这样是不行的:一个牙科医生和一个老师。牙科医生习惯于进行无痛治疗。而我则把疼痛看做是认识的手段,尽管我很怕疼,哪怕是一丁点儿的疼痛我都会吃亚兰丁。他可以没有我,我却非常依赖他。我说:"我的牙科医生",他却总是说:"我的一个病人……")不管怎么说,我肯定不会挂电话,我相信电话机的听筒:"是的,医生,就是这样,您讲得一点不错!"

我的牙科医生从来不说:您说得不对。他总是说:"您有可能是对的。毕竟统计总是对您有利。大选结果,交通事故,蛋糕消费,这些都可以逐一剖析,然后得出下面这样的结论:德国女人喜欢选举领袖型人物,蛋糕吃得太多,能烧出世界上最好的咖啡,就像好心的奇堡大叔①天天在电视广告中说的那样。但是这只能证明所谓的一概而论的相对的正确性。消费品广告和政治宣传就喜欢用这种半真半假,非常实用,而且很有效果,它们就是用一概而论来迎合人们的需求。但是您,还有您的我认为是很有才的学生不应当那么快就善罢甘休。想想看,我作为一个牙科医生为什么这么说。我天天要和牙科疾病作斗争,它们有些是吃蛋糕造成的,有些是吃甜的东西造成的。但是尽管如此,我不主张废除黑森林蛋糕和麦芽糖。我只能建议人们要适度,而且有病要及时治,同时告诫人们,这不能一概而论,否则的话只会闹出一场虚张声势的大运动,而结果却毫无进展。"

(我后来是这样记录的:在谈到困难和有限的成果时,专家的谦虚实际上是一种傲慢。那种敲人肩膀的架势:嗯嗯嗯,唔唔唔,我们

---

① 德国的一个咖啡品牌。

大家都是主人的葡萄园工人①……您一直要求在任何时候,哪怕在梦中,都要有区别……您的能力,再大的惊恐都能相对化……)

"医生,您怎么看凝固汽油弹?"

"用我们大家都知道的核武器来衡量,凝固汽油弹可以说是相对无害的。"

"您对波斯农民的生活条件有什么要说的?"

"同印度的情况相比,可以说,当然这么说要谨慎,波斯拥有相对进步的农业结构,当然喽,拿印度和苏丹相比,印度应当算得上是一个愿意改革的国家。"

"您是能看到进步的?!"

"大量的,亲爱的,大量的……"

"例如一管新的有疗效功能的牙膏……"

"那倒不至于,但是根德公司在市场上推出了一种很实用的产品。EN3。听过吗? 我昨天刚买了一个。语音记录簿,能大大减烦琐的卡片管理。这个产品是在上一届圣莫里茨②颌面矫形外科大会上有人向我推荐的:重量轻,便携,操作方便,真正的傻瓜机。一个很有意思的玩具,我还用它录下了我们的电话。您在电话里形象地描述了您的学生是如何在公众场合呕吐的。要不要听一听……"——"我们约好不带狗去,但是塞鲍姆还是把他的小腊肠犬带上了……"——"算了,不开玩笑。把那男孩子带来。我想认识认识他。"

迷信进步、自以为是的家伙。勤奋的专业迂子。随和的技术至上者。对自己一无所知的慈善家。思想开通的市井庸人。豪爽的斤斤计较者。反动的现代派。体贴民情的独裁。温柔的虐色狂。补牙

---

① 此句话出自《圣经·新约·马太福音》第20章,1—16。一个主人早晨聘用葡萄园工人,一天的工钱是一钱银子,到了下午,一天即将过去,新聘用的工人工作一小时也是一钱银子。工作了一天的工人向主人抱怨,主人不接受工人的抱怨,指出这个工钱是双方商定好的。
② 瑞士城市,著名的冬季度假区。

匠,补牙匠……

我在走廊上装作不经意地说:"塞鲍姆,我的牙科医生想认识您。您要是没有兴趣,我也可以理解。"

"怎么会没兴致呢。只要能让您高兴。"

"是他的主意。我们在谈话时,我顺便提到了您的计划,当然喽,我没有说出您的名字。您知道,我不再向您建议什么了,不过我很想知道,我的牙科医生会有什么好建议。他喜欢把预防这两个字挂在嘴边。他有的时候话太多。"

从喜鹊广场到牙科诊所没有几步路。在霍恩措伦大街上,塞鲍姆说:"但愿您没有给自己立下说服我的军令状。我去,只是出于好玩。"听语气,好像多么关心我似的。

我们在门诊快结束的时候来到诊所。必须在候诊室等几分钟。(让我们进去前,他的助手关掉了喷泉。)塞鲍姆在翻画报。他把《明镜周刊》推到我面前:"您的帝国青年领袖。"

我装作没有顺着往下看的样子:"这本书肯定会有人喜欢。"

"比如我就很喜欢。"

"噢?说说您的看法?"

"那男的拼命要诚实地捏造,和您一样。"

虽然我在家已经吃了两片亚兰丁,但还是感觉到德固牙桥下面一阵疼痛。

"我的看法绝对实事求是。如果我半路变卦,这话也同样适用我。但是这是不可能的。我肯定要干。"

"当心点,菲利普。我的牙科医生很会说服人。"

"听出来了。总是老一套:要理智。要相信理智。要保持理智。但是理智究竟在什么地方?"

我们两个都笑了,好像我们是同伙似的。(他的门诊助手应当把喷泉开着,让它哗哗地淌。)

我的牙科医生和往常一样,看上很放松,几乎可以用愉快来形容。他和塞鲍姆打招呼,但是并没有用目光审视他。他让我坐到骑士椅上,说:"现在的情况好多了,炎症开始退了。不过我们可以先休息一会儿……"他说完把助手支到实验室,然后不经意地切入正题:"我听说了您的打算。尽管我觉得这么做实在是太不可思议,我还是争取去理解您。如果您必须这么做,前提是您的的确确必须这么做,那就去做好了。"

接下来他给塞鲍姆和我,好像我是第一次到这儿来,解释骑士椅的功能:扶手可以翻转,全自动控制。空气涡轮头的转数三十五万。左撇子器械台。根挺。磨牙钳。还有可以移动的漱口池。一套还没有安装的德固牙桥:"您看,牙齿非常必要,但是不管在什么地方,总有人牙齿有毛病。"

他顺便解释了一下正对病人视线的那台电视机的作用:"一个小试验。我认为它很有效。您认为呢?"

我抖搂出我的评价:"转移注意力的效果非常神奇,人的思绪被转移到了其他地方。就连荧光屏都能让人兴奋,不知为什么,但是能让人兴奋……"

塞鲍姆对所有东西都感兴趣,这当中也包括治疗牙齿期间电视机所起到的镇静、分神和转移注意力的作用。他想知道以前是怎样的:"我指的是麻醉。"

我担心又要听到夏里特的奇闻了:四个医生对付一个病人。但是他只是简明扼要实事求是地介绍了牙医在过去五十年的发展,最后用一丝讥讽结束了讲话:"同政治完全相反,现代医学是有成果的。这表明,只要严格坚持自然科学的认识和经验研究的成果,就一定会取得进步。任何超出自然科学的——必须承认是有限的——认识能力的空想,都必然会导致意识形态的故弄玄虚,或者——用我们的行话来说就是——错误诊断。只有当政治像医学那样,在全世界范围内只限于关注关怀……"

塞鲍姆说:"您说得很对。我也是这么考虑的。因此我要在大庭广众下焚烧我的狗。"

（于是我们强迫他休息一会儿。他甚至不咳嗽一声,不"唔唔唔"几下。一个诊所,三个人,思维跳跃,玄虚空想。他现在会干什么?如果他怎么了,那我该怎么办?如果我把他怎么了,他会怎么办?如果他把我怎么了,我会怎么办?如果他们两人怎么了,我该怎么办?有嗡嗡声?只有本生灯还在发出它永恒不变的声音。)

"我差不多可以肯定,您前面的牙齿……跟我说:滨菊……是的是的,那是自然,您小时候咬嘴唇吗?我是说用上排前牙咬下嘴唇……您有下颌后移……可以吗?"

从此我就在骑士椅上看见了塞鲍姆:"要钱吗?"没想到我的牙科医生也能展现出动人的笑容:"对自然科学爱好者,我有时可以免费治疗的。"塞鲍姆和我有相似的地方:"但是别弄疼了。"

他的回答听上去宛如上帝身穿白大褂脚蹬帆布鞋正在行牙医:"弄疼?这不是我的职业。"

他向他俯身。用电筒照他的口腔。我的菲利普顺从地大声说了一句"是的"。(我真该请他同意开电视:可以看一下柏林晚间新闻和后面的广告吗?)

"长乳牙的时候您就应该到我这儿来了。"

"问题大吗?"

"怎么说呢,怎么说呢。先拍个片,然后再看吧。"

我的牙科医生按铃呼唤来他的助手。在助手的协助下,他给塞鲍姆的全套牙齿逐一拍片。他用灵巧的仪器嗡嗡地五次对准塞鲍姆的下颌,又嗡嗡地给塞鲍姆的上颌拍了六张片子。每张片子均编号记录。和对我一样,他一张片子就拍下了下颌的四颗切齿——左二右二:"怎么样,疼吗?"

旁边留出宽边用作记录,以后可以划掉。勾销记忆。还有一次,这次是冒着毛毛雨,走在通向安德纳赫的莱茵河大道上:一站一站地走。或者卷宗七:

"多恩贝格声称:被告以违法的方式鼓励他,不要按照军事刑法的规定,用枪毙执行死刑,而是用绞刑。据说被告还指出,第十八军和纳瓦的部队早已用绞刑的方式执行过死刑……"如果说的是舒尔纳,不如把他的名字说出来。"……被告要求绞刑的地点应选在前线指挥部,休养院和铁路枢纽这样的地方,被执行死刑的人还应当挂上牌子'我是逃兵'……"或者把包裹全扔掉。或者在伊姆嘉德·塞弗特那儿投宿,把旧书信重温一遍。或者把塞鲍姆的照片塞进相框,用胶带纸粘一片纸在上面:"我是逃兵,因为我坐到了牙科椅上……"句子写了一半,我起身走了。

"服务员,来杯黄啤!"我趴在吧台上,不再是孤独一人。塞鲍姆和维罗·雷万德进来时,我的杯垫上已经记账了三杯黄啤。

"我们给您打了几次电话,我们以为……"(如果我不在家,别人都知道我会在什么地方。)

"有人邀请我们参加一个聚会。我们想问您是不是有兴趣……"

(遇到这种情况,指出年龄的巨大差异是挺不错的借口:"年轻人还是和年轻人在一起吧。")

"大学也有人去,有助教,也有教授。他们也都不年轻了。"

(再忸怩一下:"没收到邀请,不大想去。")

"这次聚会是全开放的。想来就来,想走就走,想带谁就带谁。"

(说到底,一个斯多葛派还是待在酒吧比较合适:"服务员,结账!")

"您要是能来,那再好不过了。"

"我只待一会儿。"

"我们也不会待很长时间,说不定很无聊呢。"

在舍内贝格区①,有六十个人拥挤在一套几乎没有家具的旧房子里,减去七个正在离开的人,加上十一个正在来或打算来的人。没有维罗我们肯定来不了。我们没有脱大衣,因为我们估计挂衣处在房间的后面,根本走不过去。我们只能猜测后面的情况:后面肯定可以一直走下去,那儿好像也有什么,但是是什么呢?该是什么就是什么。在站着、蹲着、一边推开人一边寻找着的人之间,是站着、蹲着和推开人寻找着和期望着的人。(期望什么?就期望那个。)不仅我站在人群中觉得陌生,就连塞鲍姆也觉得陌生。(淤积的空气、熙攘的嘈杂、不流通的和气味浓重的闷热,还有外表打扮,如超级先锋的衣着和发型,超越自我是为了保存自我、总体上却非常单调的鲜艳,现在来说这些是不合适的。一眼就能看出来,这种快乐是一种努力做出来的快乐。大幅度的手势,夸张的表情,好像在期待什么地方隐藏着一台摄影机。我觉得这场聚会看上去怎么那么熟悉,压根儿就是一部反映夜生活的电影的一个镜头,或者是多个相互有关联的电影的一个镜头。)

"那部电影叫什么来着?"

菲利普不知道谁是导演,但是维罗·雷万德不仅知道导演,而且还知道摄影和演员:"他们的政治观点都偏'左',是我们的人。看见那个戴卡斯特罗帽的了吧,地下发行人,左得不能再'左'了。朝这儿走过来的那个刚从米兰来,他在米兰会见的那些人刚从玻利维亚回来,而且在那里还和切②谈过话。"

这就是要点。(总是会有每次不同样的救世主盯着我看。)

"他们在谈什么?"

"谈自己呗。"

"他们要干什么?"

---

① 柏林的一个区。
② 切·格瓦拉(1928—1967),1959年参与了卡斯特罗领导的古巴革命,推翻亲美政权。后于1965年离开古巴,在玻利维亚等国打游击,在战斗中受伤被俘,1967年10月9日被杀。

"改变呗,改变世界。"

一个广播电台的人("教会电台,但是极'左'!")被介绍给我认识。他向我透露他有急事。他无论如何要去找奥拉夫,因为他从斯德哥尔摩带来了消息。("我们的安哥拉材料,您知道……")维罗知道在站着、蹲着、推着的六十人中的什么地方能找到那个北方来的男人:"那,就在那儿,挂衣架的后面。"(他劈波斩浪地朝那儿游去)。

"维罗,请您告诉我,这套房子是谁的?我的意思是想知道,谁会同意在这里把我看过很多遍的一部电影的一个场景再拍一遍?"

她指了一下一个人。这人练就了一副海外式的笑脸,将他是幸福的信息传递给四面八方。唯独他的那一双大耳朵不断地在拥挤的人群中被挤趴,因此渴望能有一套空无一人的房子。

"他住在这儿。但是房子是大家的。"

(我寻找,在陀思妥耶夫斯基那儿找到了地方。十九世纪伴随着小马街,沐浴着你的需要是爱,迟迟不肯离去:昨日,昨日……①)

塞鲍姆非常安静,安静得我甚至都害怕,因为太显眼了。(但愿他不会再次呕吐。)为了向我证明,我的确在一群完全左派的人群中占有一席之地,许多左派人士在房子的中间开始呼喊胡志明的名字,把他的精神召唤到现场后,他们开始高唱国际歌。(准确地讲,唱的是第一节,而且像是有什么力量在强迫他们,老是重复那几句,肯定是唱片上有缺口。但是我听到的却是越来越大、越来越有力、越来越流畅的"啊,美丽的维斯特森林②",估计原因肯定在我,甚至连姑娘也不能让我感到欢喜了。)太老了,你太老了。千万不能不合时宜。你只是嫉妒。因为他们不仅能那么"左",而且

---

① 《小马街》《你的需要是爱》和《昨日》都是披头士的歌。
② 这原是一首德国民歌。第二次世界大战期间,被纳粹德国用作军歌联唱中的一首。维斯特森林是维斯特山脉的一部分,横跨德国西部的莱法州、北威州和黑森州。

还能那么欢快。你也一块欢快吧。看,那个教会电台的人,那个左派出版人,还有几个不到四十头发就掉光的人。他们跟着一块儿,手相互挽了起来:莱茵兰人趁着酒兴手臂挽着手臂随着歌曲的节拍晃动身体,沐浴在返老还童的泉眼中:"起来,饥寒交迫的奴隶……"(……寒风掠过您的山巅……①)爱发牢骚的老家伙。功成名就的改革者。典型的教书匠。(来吧,让我们一块儿来喊:胡!胡!胡!……)

此时不知怎么,我觉得我身边的菲利普在无言地变老。我们早就应当走了。但是恰恰这时,两个姑娘对他大发了一通赞叹:"就是他吗,维罗?你就是那个大家津津乐道的塞鲍姆?了不起呀!就在凯宾斯基的门前。浇上汽油。轰的一下,它就完了。维罗,他表演的时候一定要通知我们一声。了不起,我的天,实在是了不起!"

六十个人变成五十七个人的时候,塞鲍姆拉着维罗,我跟在后面,有六七个人上楼梯,迎面朝我们走来。

塞鲍姆在楼梯上扇了维罗·雷万德一记耳光。上楼梯的人觉得这个举动很意味深长:"上面肯定出什么事了。"

塞鲍姆在院子里继续殴打(他不扇耳光了,改成拳打脚踢),我把他们俩分开:"够了,该结束了!——我们一块儿静心静气地喝一杯啤酒吧。"

维罗没有哭。见维罗的鼻子流血了,我递给塞鲍姆一块手帕。他给她擦鼻子时,我听见她说:"利普,别让我回家,求你了……"

(我们慢慢溜达。我用口哨吹起了国际歌,我这么做完全是多余的,而且也很庸俗。)在主干道的一个酒馆里,我们在吧台找位子坐下。我和菲利普有意避开维罗的话题。她这会儿正抱着可乐瓶在喝。

---

① 民歌维斯特森林中的一句。

"觉得我的牙科医生怎么样?"

"不错。知道自己在干什么。"

"干他那个职业,这是最起码的。"

"在诊所放电视,想法不错。"

"是的。可以转移病人注意力。您会让他看牙齿吗?"

"有这个可能。不过要等到我把这事给了了之后。"

"您仍然坚持要干吗,菲利普?"

"那帮人别想让我改变主意。别想。您是不是以为,几个自认为是左派的妇道人家说了几句:了不起,我的天,实在是了不起,我就会打退堂鼓了!?"

准备离开,但是又各点了一杯。维罗在对着可乐瓶哭。我等着,直到塞鲍姆将胳膊围放在她的肩膀上,说"好了,别哭了,一切过去了",我才走。("希望你们重新和好,左派分裂,多不好看。")

严寒在延续。迎面而来的总是这种干燥的凛冽。一离开酒吧,立即进入逃跑状态。将身体缩成一团。癖好。(例如在领带结里藏一根火柴:备用。)我环顾了一圈:大家在湿润手指头之前,先彼此点头示意。"服务员,结账!"说这话的总是出大头的人。我现在想做的就是结账,买早班返美的机票,考虑飞行方向。

家里,已经开头的故事仍然没有任何进展。我打开办公夹,大概扫了一遍"舒尔纳在冰洋大街"那个章节,划掉几个修饰词,合上办公夹,开始起草鉴定。如果事情真的发展到那一步,被控告的学生菲利普·塞鲍姆的辩护人会要求提供这份材料的。

首先通信地址就有难度:柏林地方法院大刑庭?或者总检察官?(暂时不写地址。)

我用一系列的文学比喻为塞鲍姆的行动建起了一个保护圈,它们不仅自身环环相扣,而且在整体上和塞鲍姆的行动也构成环环相扣。我引用超现实主义和未来主义的宣言,努力用阿拉贡①和马利内蒂②来作证,引用奥古斯丁修道会修士路德③的名言,在《黑森信使》④上发现了可用的东西,我把即兴演出看作是一种艺术形式,对待燔祭,尽管我很怀疑,但还是认为它具有象征性的含义,我划掉修饰词"黑色幽默",替换上"提前到来的大学生恶作剧",把这个也划掉,从古典获得帮助,让塞鲍姆饰演塔索,让他向法官表现安东尼奥⑤的温文尔雅的理智:"安东尼奥是理性的、强有力的,而塔索则是感性的、迷惘的,法庭可以采用前者清醒的理智对待后者诗性狂妄的方式,弥合对立,本着歌德的本意,达成一个高尚的结局:'船夫终于紧紧抓住/让他翻船落水的礁石。'⑥"

尽管我无法免除对塞鲍姆的行为进行鉴定的责任,我认为他的行为是一种由献身精神酿成的误入歧途,但是我还是得出了一个具有自由化倾向的结论:"一个国家如果把一个很有才华的同时也是非常敏感的学生在内心中形成的迷惘看做是一种对公众的威胁,那么这就表明,这个国家是缺乏自信的,而且还表明,这个国家试图通过严厉的集权制来取代民主的宽容。"

(觉得自己有所为了,于是上床睡觉。)

在班级记录簿上,我发现夹了一张匿名纸片:"停止骚扰利普!"——在教师办公室我的架子上,有一张纸条,上面的签名是伊·塞:"近来很少见面,为什么?"两种手迹,写得都很急。我在课堂上装作没看见我的女学生。(一种被人用旧的、感情上故作激情

---

① 阿拉贡(1897—1982),法国诗人、小说家。早年参加达达主义和超现实主义文学运动。
② 马利内蒂(1876—1944),意大利诗人,未来主义文学流派的先驱。
③ 马丁·路德(1483—1546),欧洲宗教改革倡导者,新教创始人。
④ 1834年成立的德国秘密组织"人权协会"秘密发行的政治小册子,文中指出在黑森地区农民是革命主力,提出"给茅屋以和平,给王宫以战争"的口号。
⑤ 塔索和安东尼奥是歌德的诗剧《托夸多·塔索》中的两个人物形象。
⑥ 《托夸多·塔索》的结束句。

的方法:有什么了不起,您对我有如空气!)我的女同事则被我喋喋不休的热情吓了一跳。(以一种开心的自负描述革命前的欢庆场面。)然后我又把自己装扮成动机研究专家:"这或许是一条线索:塞鲍姆的父亲在战争期间是防空兵……"

"这多多少少证明了……"

"我的目的不是要以此说明从事这种活动的政治动机。他灭过火,甚至——塞鲍姆在作文中曾强调指出过——还被授予过二级战争十字勋章。他救过人。您肯定已经发现,我是想达到什么目的……"

"尽管如此,您将防空兵和焚烧狗联系在一起的动机分析不能令我感到信服……"

"在他的作文中,防空兵是一个关键词。举个例子:'我们在万湖或者像两年前那样在圣彼得游泳时,我的防空兵父亲总是会跟着去,但是他从不脱衣服,而是穿着衣服,坐在那里,看着我们。'怎么样,您怎么看?"

"我估计,您的猜测是,塞鲍姆的父亲在战争中被火烧伤过,他不愿意在公众场合让人看到大面积的伤疤。"

"我得出的也是这个结论,再说塞鲍姆的作文中还有一个句子,更能证明我的猜测:'小的时候,我看见过一次爸爸的裸体,一个裸体的防空兵。'"

"那您应当同他的父亲谈一谈。"

"我有这个打算,而且非常认真……"

(但是我现在不想干了。我担心他父亲的身体上真的有大面积的烧伤,我担心这个必然的结果。我不想过多地进入,我只是一名老师,我希望让这一切都结束……)

伊姆嘉德·塞弗特的提议吃点"结结实实的东西",给我们的交谈提供了一个方向,但谈不上是什么新的方向。我们鼓足勇气点了酸菜咸猪肘。我全吃完了,她还剩下许多,因为她不断地从她母亲的箱子里翻那些旧信,然后逐字逐句地复诵给我听。(我停不下来,埃伯哈特,我停不下来,这是罪过……)付款离开前(是她请的客),我向她道歉了两三分钟……

"拍片结果怎么样,医生?"

我的牙科医生对塞鲍姆说的都是好话,他说能教这么一个男孩子,把他培养成人,是一种真正的快乐。"相信我。一个真正的卢奇利乌斯,只不过还没有找到塞内加。至于拍片结果:都是小毛病。但是您也知道,小毛病会发展成什么样子。下颌后缩。这个一定要采取措施。顺便告诉您,那个男孩子已经打过电话了。"

"这就是说,塞鲍姆还是挺关心自己的牙齿的喽?"

"谁不关心呢?"

"我的意思是,他在继续思考?没有在那一点上停滞不前?您明白我的意思。"

"您的学生问,能不能让校医治疗……"

"很聪明。"

"我对他说,决定当然是由您自己做。但是我也同样可以给您安排治疗时间。"

"他答应了?"

"我没有强迫他。"

"没提他的狗?"

"没有直接提。但是他感谢我,因为我在这件事上坚定了他的念头,他是这么说的。您的学生应当得到更多的鼓励,我们应当让他鼓起勇气。明白吗?毫不松懈地鼓起勇气。"

(在给伊姆嘉德·塞弗特穿大衣,并感谢她的酸菜咸猪肘时,我在想:他在试图运用教育法,我是不是应当改换门庭,当一个牙科医生?可笑,我吃的哪门子醋。这样也好,那样也好,塞鲍姆在我的脑海中已经消失了……)

设想一下:一个牙科医生和一个正式中学教师在统治世界。一个预防的时代开始了。所有的邪恶都被预防掉。人人都在教,人人都在学。由于每个人都面对龋齿的威胁,所以大家都聚集起来,同心同德地同龋齿作斗争。关怀和预防使得人类和平相处。回答存在的问题,不再是宗教和意识形态,而是健康卫生和启蒙。没有失常,没有口臭。可以这么设想……

我们的代表大会在舍内贝格会议楼召开,会期两天。趁一次会议休息,我给牙科医生打电话,(用强烈批判的态度)向他描述了开幕式的过程:开幕致辞,向到会客人表示欢迎,到会客人向代表大会的问候,财务主任的财务报告,综合性中学的六个论点,几个黑森口音,多个报告重点,然后作出若干决议:将义务教育增加至十年、重新安排学校实践课教学、第一阶段的师资培训、见习教师的见习期(包括对众议院的呼吁)。我最后与其说是用报告的形式,不如说是用调侃的形式向他分析了实施有活力的教育政策的艰巨性,我还用讥讽的口吻引用了我的同事恩德维茨的话:"综合性中学是应对当今社会政治状况的理想手段。"不过我对此也有同感。当我的形势报告结束时,我的牙科医生终于开始还击了:他向我详尽介绍了圣莫里茨颌面矫形学术大会,引用了开幕报告中关于颌面畸形的内容,当中还穿插了对风景的描写,在落叶松林徒步旅行的细节,以及对阿尔卑斯山高山牧场的详细描述:"深蓝色的湖水让我永生难忘。地球上一块美好的土地!"

总之一句话:我们在电话里谁也不欠谁。我们在电话里各谈各的。我其实想知道的是:"塞鲍姆怎么样了?他是不是又?"但是我想知道的东西被淹没在两场同时进行的专业报告中。我们挂上电话:"再见。"

(设想一下:一个牙科医生和一个正式中学教师在统治世界。这个听从那个,那个听从这个。他们打招呼的用语"必须预防!"已经成了各种语言的脍炙人口的问候语。总是门诊时间。——他会怎么说?"不用客气,尽管来电话……")

我回到会议厅,回到伊姆嘉德·塞弗特身边,这个时候报告已经开始了。虽然反对综合性中学的报告不多,但是那些高度称赞传统学校、用诚恳的辞藻来不断唤醒人们对传统学校的回忆的报告,则洋洋洒洒:"我们完全欢迎一定程度的改革努力,但是我们无论如何不能忘记……"

我和伊姆嘉德·塞弗特都指出了"会议大厅中的轻微骚动",(后来这一点记在了会议纪要中。)我们往后靠在座位的后背上,以此表现我们的反感。脚跺地、咳嗽、打喷嚏,毫无疑问会引起哄堂大笑:学生的方法。我们开始在会议日程表上画卡通人物。我们用一种交友游戏让自己开心,这种游戏是我们在见习期间、在围着格鲁内瓦尔德湖散步时共同开发的。

她:"升级条例甲,一般性规定,第四节?"

我:"被判定为'不及格'的成绩,其不予以升级的可能性要远远大于被判定为'及格'的成绩。"

她给我画上一个加号。下面轮到我提问题:"教师第二次国家考试,第五款,第一节?"

她:"录用的同时,须进行考试。"

给伊姆嘉德·塞弗特一个加号。轮到她:"学校奖惩,学校法,第一节?"

我:"在柏林的学校和教育场所禁止体罚。换句话说就是,我不允许揍我的学生塞鲍姆。昨天晚上我认真考虑过,是不是应当制造一场恶性斗殴,在打架的过程中我打断了他的左胳膊:住院,打石膏,强制休息。最终的结果:不会有狗在公众场合被焚烧。我含笑接受惩罚。您觉得怎么样?"

但是伊姆嘉德·塞弗特是为了自己而发现塞鲍姆的。(或者她在他身上发现了自己?)反正不管是怎么回事,在宣读修正案的过程中,她竟然在会议大厅声音说大不大说小不小地唱起了塞鲍姆的歌。我们在会议日程还没有结束前准备开溜时,她还在继续根据自己的想象塑造塞鲍姆:经过她的摆弄,塞鲍姆变成了一个真正的充满痛苦的男人。他应当去完成她作为一个十七岁的少女未能完成的事业。

"这不会是真的吧!"

"绝对是真的,埃伯哈特。我相信那个男孩子。"

她谈起自己"对塞鲍姆日益增加的理解"。她逐字逐句地证实了我的牙科医生的战略方针:"我可以让他鼓起勇气。我要永不间断地让他鼓起勇气……"

她的语言就是这样,伶俐,时刻准备投入。她从不忌讳谈论自己"内心的使命"。这个使命就是同观赏鱼打交道?我知道,她除了自己的金鱼缸,上课也很投入。肯定是她的罗袍鱼和梅花鲈给她出的主意。除此之外还能有谁呢?伊姆嘉德·塞弗特是很——可以用两个字来形容——孤独的。

那么我呢,医生?我呢?——那个小雷万德又给我夹了一个纸条:"如果您不停止骚扰利普,您的反革命行为将会产生严重的后果。"这是赤裸裸的威胁,医生!谁也不来帮我。把破玩意儿扔掉,然后撤退:够了!够了!不如用那么多的爱心去做点荒唐的事情,比如说组织蜗牛赛跑……

十点钟休息的时候,她把塞鲍姆堵在自行车棚背墙的旁边,开始给他鼓勇气:"菲利普,您说得对,我们给您提供的解决方案都是成年人天天可见的妥协,对您有什么用呢?"

她拿我当举例子的对象:"我们——不是吗,我亲爱的同事——已经有很多年做不出自发的举动了。"

(我此时只想到了耳光。"我能,我能。"我真该把这话说出来。但是我什么也没说,而是用舌头去舔德固牙桥。)

"我有很多次下定决心向全班作证:这就是十七岁的我。这就是十七岁的我干事。帮帮我吧,菲利普,做我的榜样吧,请您走在我的前面,走在我们的前面,以免我们这一代人的垮掉具有普遍意义。"

塞鲍姆做出了一种捉摸不定的表情。

"您踏上艰难的旅程的时候,我会站在您的一边。"

他眯起眼睛,寻找叽叽喳喳的麻雀,以此来躲避她闪光的目光。但是铁丝网上没有洞。

"请您看着我的眼睛,菲利普。我知道,您的谦虚品德不允许您承认您行为的伟大。"

塞鲍姆的笑窝不见了,表情转入狞笑。我正想说课间休息结束了,指望这样可以结束他的痛苦,但是他发话了:"我根本搞不懂您在说什么。您十七岁时干的事情跟我有什么关系,我根本不感兴趣。那些事情您是干了还是没有干,反正就是那么回事。每人十七岁时都会干点什么。"

和塞弗特一样,他也拿我当起举例子的对象:"比如说施塔鲁施,只要我和他谈越南的事,他就会和我谈他的青年帮,而后长篇大论,给我大谈当年十七岁年轻人的无政府主义。我不喜欢青年帮,无政府主义者和我根本不沾边,我要当的是医生或是类似什么的……"

塞鲍姆把我们晾在一边,自己走了。他不愿意听的,现在轮到我每个字都必须听到肚子里:"这孩子没有意识到,他的内心中蕴藏着一个怎样的伟大,他看到的只有自己的决心和行为,却没有看到自己投下的影子:拯救者。"(声音中没有杂质。)校园非常空旷,足可以把她的这句话"拯救者"当成一个滚圆的对话气泡托浮在空中。

"说真话,埃伯哈特,自从有了这个年轻的塞鲍姆,我的希望又复活了。他有力量,也有足够的纯洁拯救我们。我们应当给他鼓劲儿。"

平淡的一月严寒封冻了她的话。(冒着严寒来回走动,张嘴,说"力量纯洁鼓劲"。)我请求伊姆嘉德·塞弗特要实事求是,不过这次没有用您,而是用你的称呼:"塞鲍姆的激情是可以理解的,但是你不能再另外给他煽风点火。把我们个人的包袱转压在这个孩子的身上,这种做法不公平。另外,如果你在今天把过去的事情像装点圣诞树一样粉饰一新,那你就是不真实的。亲爱的,这是欺骗的光彩。塞鲍姆毕竟不是救世主。什么拯救者——实在是可笑! 塞鲍姆是什么人? 一个脸皮薄的男孩子。他不仅感受到我们眼前的不公正,而且还感受到遥远的不公正。对我们来讲,越南是一个错误政策的结果,或者说是一种腐朽的社会制度的必然表现。他不去问原因,他看到的是正在燃烧的人,因此要做点什么表示反对,他无论如何是要做点什么的。"

"正是这一点,如果你不介意的话,我要说,正是这一点是他行动的拯救作用。"

"这个行动不会发生。"

"为什么? 时机已经成熟……"

"振作起来。我们是教育工作者,我们有责任也有义务向他指出这种行为的后果。"

但是伊姆嘉德·塞弗特对自己以及自己的着迷非常满意。让她的脸上有了色彩的不仅仅只是一月的寒冷。她在笑,笑得兴高采烈,感动了整个校园。这是人们事后议论早期基督教殉教者的那种兴高采烈:"埃伯哈特,如果我仍然虔诚,我会说:那孩子遭到了圣灵的打击。他的光彩消失了。"

(她瘦削的身材包裹在大衣里,神情因为羞怯而不鲜明。歇斯底里让她变得年轻。如果我再等待一次,让她再来一次,我会看见一个紧紧张张的姑娘在严寒中哭泣,变得十分的柔弱:"本来是应当……但是我们不允许……只是有一线……说的是幸福,埃伯哈特,说的是幸福……"她在谈论什么幸福。如果缺了一棵树,我会很高兴。但是看到的通常是空空的栗树林。)

我把这次医治心灵和校园行医讲给我的牙科医生听,他得出简短的结论:"您的女同事掀起激情的能力将会让您的学生预感到,在完成那个行动之后,将会有什么样的追随者追随他而去。她的激情越高,他就越难做出划着手中火柴的决定。——以后的发展请您务必时刻让我掌握。英雄最不喜欢的就是行动前的掌声,英雄,他们都是这样。"

不,他不是这样。他不是英雄。他不是喜欢领导别人,寻找追随者的人。他甚至不能狂热地目视一切。他甚至不能对别人不礼貌。他不粗野,不狂躁,不狠声恶气。他从来没有出过头。(不算他的作文。)他甚至没有往前挤过。(别人给他申请学生报主编的职位,他多次表示拒绝:"不行,我不适合。")但是这并不表明他胆怯,撒不开,或者懒惰。班级达标他从没有完不成过。他从没有表现得特别勇敢,招人显眼地胆大,或者令人头晕目眩。他的挖苦话从不会伤害人。他的喜好从不咄咄逼人。(我从来没有觉得他讨厌过。)他从不骗人。(除了写作文,不过那不作数。)他不是那种不可能讨人喜欢的人。他做事很少是为了取悦别人。他长相没有特别之处。他的耳朵不招风。他从不用鼻腔说话,不像他的女朋友。他的声音从不隆重。他不是救世主。他不会带来福音。他是完全不一样的。

人们喊我施丢特贝克。我能徒手捉老鼠。我十七岁的时候,被征集参加德国劳动团。那个时候已经开始调查我和撒灰者闹事帮。我作了陈述。劳动团团长在早晨列队时宣读了对我的判决:遣送前线,代替拘禁。我扫过雷,而且是在敌人的眼皮底下扫雷。(施丢特贝克大难不死,莫尔凯纳没能逃过此劫。)施丢特贝克现在已经成了一名正式中学教师,有满肚子的陈年往事。

由于我只知道陈年往事,所以我总是用这些故事来打发塞鲍姆,因为他善于倾听。姑且算我相信这些故事吧。我在塞鲍姆和他的行为之间,一块砖一块砖地构筑准确标明日期的、通过科学证明的,也就是获得历史承认的历史故事。我请他和我一块儿跑几步。我们决定从艾希肯普住宅区出发,第一个目标是魔鬼沼泽地,然后是废墟山①。我们在这座人工堆起来的小丘上看人们滑雪,然后绕过美军雷达站,一一历数远处都能看见什么(西门子城,顶上有奔驰汽车广告的欧洲中心,还在不断增高的东柏林发射塔)。我们两人都说:"柏林真大呀。"但是我仍旧不依不饶:"菲利普,来来去去总是这个问题:经验可以传授吗? 一段时间以来,我们一直在研究法国大革命和它的影响,我们过去讨论过裴斯泰洛齐的心灰意懒,还讨论过美因茨的福斯特的悲剧结局,甚至在我悠闲舒适的家乡,革命也掀起了波浪,因为但泽人向来看重独立,不能依附于任何人,不管他是波兰,还是瑞典,还是俄罗斯,但是他们当时处于附属俄罗斯的境地。不仅普通民众,就连具有相当自我意识的市民也怀着极大的同情,追随法国大革命。但是颠覆、暴力、巷战、福利委员会、断头台,所有伴随革命的痛苦过程,他们是绝对不能容忍的。当十七岁的高中生巴尔托迪②在几个同学和一些以波兰裔为主的码头工人的帮助下,想要在但泽成立共和国时,他失败了,他没来得及用自己的行动推动革命。一七九七年四月十三日,他们在博依特勒巷——巴尔托迪的父母,家境殷实的商人,他们的家就在那儿——密谋时,邻居发现他们在密谋结党,这是他们当时的用词。法庭的人被喊来了。发布逮捕令。巴尔托迪被判处死刑。唯有女王路易斯的特赦诏书才将死刑改成堡垒监禁。正是这个女王在第二年和腓特烈·威廉三世③一道访问了这座城市,受到了民众的欢呼。据说巴尔托迪在托尔高要塞④被囚禁

---

① 德国一些大城市为警示第二次世界大战而用战争中的房屋废墟堆建起来的小山。此处废墟山在柏林。
② 巴尔托迪(1778—1819),但泽持不同政见者,主张但泽独立。
③ 腓特烈·威廉三世(1770—1840),普鲁士国王,1797—1840年在位。
④ 位于德国东部和波兰接壤的萨克森州。

了二十年。就连普鲁士战败,以及由此造成的但泽变成一个共和国都没能改变他的命运。小的时候我曾经参观过他父母在博依特勒巷的房子。没有纪念碑,没有任何线索。他的事迹在市志中虽然被提到过,但是更多的是一种传奇,而不是史实。因此我们对巴尔托迪一无所知。"

我们朝山下跑去。塞鲍姆没有说话。废墟山传来阵阵的乌鸦叫声,人们不禁会感慨地想起这座如今已经长满树丛的小山,当年人们堆积它的原因。(我提出在森林之家喝点"热乎的"。)

"菲利普,您肯定会在心中问,他讲这个故事是什么目的?也许您会认为,我又在试图打消您的念头,我又在试图——正如您的女朋友最近在纸条上警告我的那样——扰乱您。不,不是这样,那是过去的事了。您想干就干吧。但是请允许我用史实来衡量您的行为。我刚才讲的史实您感兴趣吗?"

"当然。我会提问题的,过后会的。"

"我的定论是:巴尔托迪的革命企图,以及通过革命成立共和制的企图从根本上讲是一种轻率的愚蠢的行为,它不仅把他自己拖入不幸的深渊,而且让那些波兰码头工人也跟着受难。(只有他的同学被释放了。)巴尔托迪缺乏革命者应当具有的清醒的头脑。马克思直到相对晚的时候才认识到,只有靠一无所有却可以赢得一切的阶级才能赢得一场革命,而这么一个年轻人怎么可能知道这一点呢?但是您,菲利普,事先有人提醒过您,您知道一切,因此您应当认识到,您计划的行为——大庭广众之下焚烧一只狗,要想产生影响,发生作用,必须要有广泛的社会阶层——我有意识地避免使用阶级这个字眼——愿意把您的行为理解成是导火索。这点是不会有问题的。维罗的女友们认为您的行动具有相当的轰动价值,这您是看到的。甚至连我的女同事塞弗特女士也下定决心要从歪处去理解您,这您也是知道的。"

"那个巴尔托迪他的名是什么?"

"历史竟然没有记下他的名。"

(我们坐在森林之家,用潘趣酒暖身子。)塞鲍姆提了一些关于城市经济的问题。我告诉他木材贸易在萎缩,提到了负债(二百万普鲁士塔勒),不过在国家的补助和补贴下,情况在一七九四年有了缓解。他想准确了解但泽守备部队的实力。长期驻扎的总兵力高达六千人,有炮兵,有要塞工兵,还有轻骑兵,这给他的印象很深。因为这支守备部队面对的普通平民仅有三万六千人,而且手工业行会的市民自卫队还必须裁减。我打开办公夹,抽出巴尔托迪的材料给他看,还在一个不知名的游记中摘引了一段话念给他听:"法国体制在这里有很多追随者,但是只要普鲁士政府认识到对他们应当采用怀柔统治,我不认为他们会萌生背弃政府的想法。"塞鲍姆认为我的历史故事有道理:"从那时到现在,并没有很大变化。"

"正因为如此,菲利普,我要说,巴尔托迪的事件不能重演。"

(但是经验是不能传授的,即便是喝了潘趣酒,也是不行的。)
"首先我的目的不是革命。其次,我做过了逻辑的计算。我不知道您对理论数学知道多少……"

"但是我知道,您在这门课上的分数很差。"

"我要说的是应用。我的公式肯定没有问题。刚开始成功不了,是因为我把星期六当做了基本参考值,星期天的报纸是不会做出反应的,星期一就更没戏了。我现在决定放在星期三的下午,轰动性一下子就出来了,星期四议会就要开会了。我在星期五可以重新接受询问,因此我会在医院举行一场新闻发布会,同时发布一项声明。于是出现了首场声援集会,不仅仅是在这儿,而是在整个西德。大城市纷纷举行焚狗活动,再往后,外国也跟着动起来了。维罗称这是仪式化的挑衅,总之要有个叫法。我会给您看我的公式的,但是要到以后,到事情干起来以后。"

"如果不成功呢,菲利普?如果你被打死了呢?"

"那就说明公式是错误的。"我的牙科医生说。"您和您的历史故事,巴尔托迪事件要求重演。"

"您的意思是说,他会干……"

"如果这种干冷的天气一直持续到下个星期三,我就不可能有机会给他治疗——或者说修补——下颌后缩。"

"我喜欢您的担忧。"

"亲爱的,我知道,您作为一个正式教师,必须给学生起到表率作用,但是撇开您的表率影响不谈,我要问,您的学生他们有榜样吗?——您知道,我们总是以榜样为准绳。我差不多要认为,高中生巴尔托迪很长一段时间一直是您超越自我的支撑,我说得对吗?"

我们在疏通对往事的回忆。(在寻找丢失的榜样。)我重又穿上短裤,站在了博依特勒巷的尖顶房前。他坚持把神奇跑步运动员鲁米①看做是自己的榜样。(我们一致认为,必须用预防性的提供榜样去应对对榜样的需求:"预防是必需的!")我兜着圈子——父亲在航务局工作,人们称他的儿子叫施丢特贝克——陈述我的假想:父亲作为防空兵灭火,儿子却愿意祭火,但是我的牙科医生却说:"虽然您所说的动机链看上去非常明显,但是我还是不愿意排除父亲身上可能有的烧伤是一条线索。您应当到那个孩子的家里去登门拜访一次……"

她生活在布娃娃狗的中间,在读毛主席的语录。她的房间看上去应当比他的要小。在她房间许多自制的玩意儿中,最吸引人目光的要数革命者格瓦拉的大幅粗颗粒照片。这我是从他那儿知道的。他称她的房间是幼儿园,称她收集的全部布娃娃动物是动物园。他的评价听上去善解人意,也有些居高临下:"呐,这个,个人喜好。"至于她收藏的奔驰车的徽标,尽管他每次都会说:"这种事我们现在已经不做了",但是她还是难以割舍:"采摘星星,多么美好的时光!"他说:"有的时候我实在吃不消:她念毛的语录,就像我母亲念里尔

---

① 帕沃·鲁米(1897—1973),芬兰长跑运动员,参加过三届夏季奥运会,共获得九枚金牌,三枚银牌。

克。"他称目光阴沉的格瓦拉是"维罗的墙贴"。有一段回忆总是好像从史前时代冒出来似的:"那儿以前挂的是鲍勃·迪伦①,我送她的。我还在上面写了一句话'他实在是太真实了……'。算了,不谈了,那都是以前的事了。"

菲利普·塞鲍姆在他房间的窗户之间也贴了一张照片:是一张小版面的报纸,有三个栏目那么宽,中间那一栏被一张有两张证件照那么大的照片分成两部分。照片上的年轻人大约十七岁:圆脸,沾了水梳得整整齐齐的左分大背头。我看得出来,这张微笑的脸是希特勒青年团,是我这一代人:"是谁?"

(我问塞鲍姆的时候:"可以到您家去看看吗?"他的回答和往常一样,很客气:"当然可以。我不是也去过您的家吗。不过我不会烧茶。"在他家——给他妈妈的花我是在挂衣服的地方就转交了,我的问题得到了回答,我没有必要问第二次。)

("他?海尔穆特·徐本纳②。一个邪教组织的成员。好像是叫摩门教,全称就是耶稣基督后期圣徒教会③。组织来自汉堡,但是印刷是在基尔④。是一个四人小组,都是学徒工和职员。他们坚持了很长时间,一九四二年十月二十七日,照片上的这个人在普罗岑湖被处决,之前当然受到酷刑折磨。")

塞鲍姆同意我把这张报纸从墙上揭下来,看背面的文章和官方公布的处决照片。(文章之间的一篇文章。在背面的右面,"简短新闻"栏目后面跟着的是一条关于"年轻人搞科研"的竞赛消息。)在页码旁边,我看见了"德国邮政"的字样。"您什么时候开始看工会报

---

① 鲍勃·迪伦(1941—   ),摇滚乐时代美国最有影响的歌手和歌曲创作者之一。2016年获诺贝尔文学奖。
② 海尔穆特·徐本纳(1925—1942),纳粹德国时期因反战而被纳粹法庭判处死刑,被处决时年仅十七岁。
③ 成立于1830年,自认为是原始基督信仰的复兴,在北美有较大影响。
④ 德国北部城市,石荷州首府。

纸了?"

"邮递员散发的。相当没有内容,但是不要钱。但是不管怎么说,我对那个徐本纳以前从没听说过。"我模模糊糊记得以前看过一篇文章《见证抵抗》,是伊姆嘉德·塞弗特借给我的,讲的是一个十七岁的见习公务员和他的抵抗小组。(我为什么没有在课堂上讲?为什么总是那个迟到的军官的故事?为什么总是讲我那个撒灰者闹事帮的稀里糊涂的荒唐的行为?)

塞鲍姆没有让我的脑袋瓜儿继续思考下去。见我一声不吭,他说:"事情已经发生了。你们青年帮什么也没干。他们印传单,散发传单,有整整一年,而且给不同的人,首先是码头工人,然后是法国战俘,当然是翻译成法语的,还有前线士兵。他开始干的时候才十六岁。什么拆教堂之类的事,他是从来不干的。早期无政府主义和他根本不沾边。他不像您的巴尔托迪是个新手。他会速记,甚至还会用摩尔斯电码发电报。"

(我实在是一个大傻瓜,竟然担心什么他会拿我的闹事帮头头的往事当榜样,或者拿他防空兵父亲的未经证实的烧伤当榜样。)但是我还是在房间里找寻动机原因,废墟照片,或者能反映他父亲在战斗的照片。我还告诉他,我十七岁的时候,曾经被遣送过前线。"知道没有火力掩护的扫雷意味着什么吗?"但是塞鲍姆坚定不移地要向见习公务员徐本纳学习:"他速记下来了伦敦电台播发的消息。我已经完成了一次速记培训。等马可斯的事情过去后,我想学习发电报。"

(我不会发电报。一九四三年秋天的时候,在靠近西普鲁士的诺伊施塔特的训练营,他们要教我学习摩尔斯电报。也许我十七岁的时候就已经会摩尔斯电报了。很多人——就像伊姆嘉德·塞弗特——在四十岁的时候,都想不起来自己十七岁时都有哪些能耐。塞鲍姆有音乐天赋:用摩尔斯电码发报对他来讲轻而易举。)

我把那张工会报重新贴回墙上。完后我们都没说话。塞鲍姆在逗他的狗玩。房间挺舒适,看得出来有灵巧的手收拾过。("青年人之声",这是那个专栏的名称,我记下了记者的名字,桑德,我要给他写信。)菲利普左手在逗狗,我记录。据说徐本纳在宣判后给人民法庭的法官们留下了一句话:"等着吧,总有一天会轮到你们的!"

女用人给我们端来茶水和点心。咽了一口后,塞鲍姆开始用手指头掐算:"海尔穆特·徐本纳被处决的时候,银舌头①多大了?"

"他是一九三三年入党的,那个时候他二十九岁。"

"现在他是我们的总理。"

"都说他认识到了,现在……"

"他可以重新……"

"人们那个时候已经没有顾虑了……"

"怎么偏偏是他……"

塞鲍姆的火气微微上来了。他先是坐着,然后跳起来,但是说话的音量并没有增加:"这人我不要。这人不干净。我要是看见他,在电视或其他什么地方,我会呕吐的,就像上次在凯宾斯基门口。他,就是他杀害了徐本纳,虽然真正的刽子手叫其他什么名字。这事我做定了。汽油我也有了。还有防风打火机。马可斯,听好,我们必须……"

菲利普的手指伸进长长的狗毛里。看上去好像他们又玩起来了。

虽然他还什么都没做,但是把我们的乱七八糟的事情全搅起来了。教师的工作我肯定是要辞掉的。还有一些其他类似的打算。仿佛一个在小数点后面待了很长时间的人现在在准备重新从零开始了。换地毯,这个想法虽然能带来改变,但是这叫什么改变呢。您的观赏鱼总是在同一个狭窄的空间里动来动去。一种充满了来来往往的静止状态。

---

① 指的是库尔特·格奥尔格·基辛格(1904—1988),曾于1933年加入纳粹党。1966—1969年任西德总理。因善于演讲而有"银舌头"之称。

这次不是我打电话给他,而是他主动拨的号码:"我现在处境困难……"

(是不是他的气动涡轮头失灵了?是不是有病人咬他的手指了?是不是他的门诊助手要辞职了?)

"您的学生向我要求一个医生无法承担责任的……"

(现在终于可以哈哈大笑了:"什么,医生?这个孩子真磨人,是吧?")

"我简直无法想象,您的学生怎么会自己产生这样的念头。是不是您给他出的主意?"

(天使般一无所知:"塞鲍姆已经有很长时间不信任我了,这您是知道的。")

"或者您不注意的时候说了什么,让他觉得可能性——当然纯粹是理论上说——还是存在的?"

("什么,医生,究竟是怎么回事?"是什么让他那么放不下心来?是什么让这个开业医生失去了快乐的自信?"医生,究竟发生了什么?如果我能帮上忙……")

我的学生——也许该说差不多已经成了我的牙科医生的病人?——请求他给一针麻醉剂,或者部分麻醉剂量的麻醉剂,给他的长毛狗马可斯用。据医生讲,他说:"您有止疼的针剂,肯定也会有能在狗身上起作用的针剂。我的意思是说,让它感觉不到。您肯定认识兽医。也说不定您能得到这样的药,比如说在药房。"

"我猜想,尽管您心存顾虑,但您还是没能拒绝提供这个小小的帮助,因为您要给他鼓勇气,不断地给他鼓勇气。"

"您太会想象了!"

"这本身是不值得一提的。不就是一个小小的局部麻醉嘛。"

"您错了。"

"有什么错的!您帮还是不帮他?"

"我当然对他说的是不行……"

"当然……"

"那孩子给人的印象是很绝望。说话都有些咬舌头了。"

"那么多令人失望的信任……"

"正因为如此我们必须高度评价他的善解人意。他说：'我能理解您。您是医生，不管发生什么，您都必须是医生。'太令人赞叹了，这孩子。出类拔萃，找不到第二个。"

我的小塞鲍姆紧紧咬住一块棉花。（这里的抵抗是多么的不屈不挠。）我是不是应当给他弄针剂来？但是我不想再管了。我放下窗帘，倒着爬，直到碰到凝灰岩浮石水泥。在那儿！她在那儿！在密密麻麻摞着的空心砖之间……

或者买一只乌龟，观赏。缩起来生活，它是怎么做到的？有多少痛苦必须转化到肉体，外壳才能长起来，不受侵害？防空水泥工事就是这样做出来的。顶板是实心的，非常保险。还有那种水泥蛋，一种微型的供一个人用的碉堡，一九四一年根据一个法国战俘的设计草图做了新的改动，然后大规模制作出来的……

或者重新写开头：他于一九五五年一月二十八日被从苏占区遣返到联邦德国。两年后慕尼黑地方法院刑事陪审庭对他进行了审理。（未经军事法庭审判枪毙和绞死士兵。）检察官要求判处他八年监禁。最后的判决是：入狱四年半。上诉被驳回后，舒尔纳在莱希河畔的兰特贝戈①监狱蹲完了规定的刑期。他现在七十岁，生活在慕尼黑。这就是事实。（或者这就是人们称之为的事实。）

塞鲍姆径直走到我面前："我只是想警告您。维罗有个打算。

---

① 兰特贝戈位于德国巴伐利亚州的西南部。

而且她肯定会去做。"

"谢谢,菲利普。还有什么吗?"

"一些麻烦事。——不过我要告诉您,她只要打算了,就一定会去做。"

"您应当好好休息休息。放一个星期的病假,哪儿也不去……"

"反正您是知道了。她做这事我是反对的。"

(他看上去有些疲惫。脸上的笑窝不见了。那么我呢?有谁过问我,过问我的相貌?我的舌头告诉我,下嘴唇上的烫伤已经长好了。)

在我的第二卷《致卢奇利乌斯的信》中,我发现了第三次威胁被当做书签插在书里。她的语言越来越简洁:"我们要求:停止和稀泥!"第八十二封信,就是针对死亡恐惧的那一封,她认为值得一读:"我不再为你担忧……"多么希望严寒能稍微减轻一点刺骨的疼痛,雪花能再次飘落在城市的各个街区,有裁剪得适合所有人的虚假外衣,雪花,无声的平息者,终于能给每一个威胁铺上一层雪。

她没有约就来了,不,应当说占领了我的房间:"我要和您谈一谈,一定要谈。"

"什么时候?"

"就现在。"

"可惜不行……"

"我一直待在这儿,直到您……"

于是我停下写开头,不,准确地讲,我是急匆匆地合上了我的手稿。因为如果我的学生的女朋友要和我谈,而且是"一定要谈",那我一定要把自己变成一个大大的教师的耳朵:"出什么事了,维罗尼卡。顺便说一句,谢谢您言简意赅的留言。"

"您为什么要阻拦利普?您难道没有发现,这事他非做不可,一定要做吗?难道您一定要用您没完没了的一方面另一方面来破坏这一切吗!"

"我看过一个词很贴切:我是一个和稀泥者。"

"恶心,反动的虚张声势!"

她坐下。我再一次准备我的论点——尽管经过极大的忍耐,但是还是吃不准——,这些论点——我没有别的选择——一方面反对塞鲍姆的计划,另一方面又在一定程度上认为他是对的。我们的对话你一句我一句地展开了:如果她说一定要,我就用词不一定;如果她的看法很清楚,我会排列出一系列相互矛盾的观点,而且在列举时无一遗漏。

"资本主义的剥削制度必须取消,这点像阳光一样清楚。"

"这要看是什么观点,什么样的团体,什么样的组织,以及他们或多或少有一定道理的利益。我们毕竟生活在一个民主的……"

"少来您的什么多元化社会。"

"就连学生也可以清楚地表达他们的利益,例如通过学生报……"

"那都是小孩子的把戏!"

"您不是建议塞鲍姆当主编了吗?"

"以前我以为您是左派……"

"而且还发表了言论?"

"……但是自打您企图扰乱利普后,我就知道,您是一个不折不扣的反革命,而且还是一个自己都意识不到的反革命。"

她坐在那里,身穿带头套的短大衣。("您不想把外套脱下来吗?")她不是像一个姑娘家那样,并着腿坐,而是像个男孩子,敞着腿,腿上穿的是锌绿色的连裤袜。她透着鼻子说话,所以带着哭腔,尽管她是来打算和我算总账的。(请朝左看:如果我站在医生的左面——"对吧,医生,这点您必须承认",塞鲍姆就站在我的左面,但是最近,如果他不坚持去行动,而是站在伊姆嘉德·塞弗特的右面,而塞弗特又没有站在维罗的左面,那她究竟站在什么地方呢?)维罗即使一个人坐,也有全组的人在背后给她撑腰:"我们要求您立即停止骚扰利普。"

看着她朝上的,不,是冲着我的橡胶鞋底,我说:"请您放理智一些。他会被打死的。柏林人会打死他的。"

"在特定的情况下,牺牲是不可避免的。"

"但是菲利普不是烈士。"

"我们要求您立即停止扰乱人心。"

"您把他看成是烈士,这会有什么好的呢?"

"有一点也可以让您知道:我爱利普。"

(我痛恨表白,痛恨牺牲,痛恨信念和永恒的真理,痛恨直白。)

"亲爱的维罗尼卡,但是如果您——非常感谢您的坦白——真的爱菲利普,那您就应当阻止他做这件事。"

"利普不是属于我一个人。"

"请您想想伽利略的情节,布莱希特①讲述了一帮可悲的民众,他们一切都指望英雄和英雄事迹。"

"我当然知道,我再清楚不过了。我熟悉里面的每一个情节。利普已经开始琢磨您的话了。今天一过,星期三就过去了,又是什么都没发生。现在他要给狗打麻药,这样岂不是只能起到一半的作用。您彻底改变了他。这孩子完了。已经开始怀疑了。说不定他已经开始鬼哭狼嚎了呢。"

我给菲利普的女朋友一根烟。她说什么也不肯脱带头套的短大衣。于是我开始来回踱步,开始讲历史故事,开始讲从前有一次。当然我也讲到了我自己。"就连我也曾经说过:轰轰烈烈的拒绝最终会导致威信的产生。"我谈到了失败、地狱、遣送前线、没有火力掩护的扫雷。"即便我能活下来,时间也会把我拖垮。我顺应变化,寻找永恒的平衡。我紧紧抓住理智。于是一个极端的头领变成了一个尽管温和却依然认为自己是走在别人前头的正式教师。"

我讲得认真,因为她听得认真。(也有可能是因为她用嘴巴呼吸造成并加深了全神贯注和仔细倾听的印象。)在我工作、起居和睡觉三合一的房间里形成了一种气氛,它郁郁地掺杂着谨慎定量的自

---

① 布莱希特(1898—1956),德国剧作家,诗人。《伽利略传》是他的主要剧作之一。

怜和男人的忧伤。(疲惫的英雄浇汁。)我忽然很想引用丹东的话①，忽然很想让对话气泡填满我对温柔的理解的需求，忽然愿意将我的孤独当做废弃的下脚料出售，但是当维罗·雷万德穿着她带头套的外套从椅子上落到我的柏柏尔地毯上时，我僵僵地一动没动。(这三米半的距离看来是太多了。)

她在地毯上滚翻，动作滑稽，而且不熟练，嘴里说着滑稽的内容："老哈迪，您不想试试？您不敢？这个地毯实在太好了……"

我想到的都是常听到的："瞎闹什么？规矩一点，维罗！"

(地毯上在玩体操的过程中，我摘下眼镜，一直在擦。这种尴尬的摆弄眼镜，在眼镜上哈气，我以前在其他同事身上经常看到。也许学校老师们都没有支撑，因此都会去抓他们的眼镜架。)

维罗尼卡·雷万德在笑。(她鼻子里长有息肉，因此笑声听上去有些破碎金属的味道。)她在地上打滚："来吧，老哈迪！难道您不行？"

在她离开之前，我在她的带头套的外套上摘下几根我的柏柏尔地毯的毛絮。

放弃，离弃，辞弃。过内心化的生活，退出凡尘。过纯粹观照的生活。进入静观的状态。没有向上的激情。甚至没有值得逆流而上的激流，有的只有许多条水流静止不动的在我看来里面有很多鱼的河流在发臭，此外还有河运交通有序的运河。我不会再视而不见，我会总览仔细。现在我已经知道，为什么那个地方的水涨起来，这里的水就会落下去。炸掉水闸。(于是人们会发表声明，原本就已经打算改水路交通为铁路交通。运输线是可以改变的。"我们衷心希望您，在实施您计划的暴动——也称为革命——的过程中，优先选择破

---

① 丹东(1759—1794)，18世纪法国政治活动家。1792年9月2日丹东在立法议会上发表著名演说："要想战胜敌人，我们必须勇敢、勇敢、再勇敢！这样，法国才能得救。"1794年4月5日丹东被法国救国委员会以"阴谋恢复君主制颠覆共和国"的罪名送上断头台。

坏那些在我们的长期规划中已经计划要停止运行的机构和工业设施。祝您工作愉快。会很辛苦的。")或者在塞鲍姆开始破坏前先瓦解他。伟大的预防措施:立即让塞鲍姆停下来!

"听着,菲利普,此事已经无法挽回了:我和您的女朋友在我的柏柏尔地毯上睡过觉了。我是一个畜生。我拿了送上门的东西。因为是她主动送上门来的。以名誉担保。您应当多多关心那姑娘。如果您老是对她谈您的长毛狗,说什么总有一天要给它浇上汽油烧了,她是得不到满足的。您现在必须做出抉择:要么狗,要么姑娘!"

(但是塞鲍姆挥了挥手:"您的地毯故事和我有什么关系。我对速记更感兴趣。")

我在校园和塞鲍姆谈起日益增长的反越战示威:"明天又有了。在维腾贝格广场。"

"那又怎么样呢。完后大家还不是各奔东西。"

"估计会有五千人参加游行。"

"大家也就是出出气,见惯了。"

"我们可以一块儿去。我反正已经打算……"

"我去不了。明天有速记课。"

"那我就只能一个人……"

"我要是你就一个人去,反正没坏处。"

就连塞鲍姆也变成了一条静止不动的河流。因为世界让他感到痛苦,所以我们想方设法给他局部麻醉。(家长委员会和全体教师到最后会允许给学生开辟吸烟区,而且精确地划定在自行车停车棚的后面。)还是那一套:放弃、离弃、辞弃,或者通过卢奇利乌斯研究塞内加,和我的牙科医生通电话:两人都是斯多葛派的。

"医生,您听着,那个白胡子老头说:'即便智者隐居,他仍然不是超然于国家之外。'我很有兴趣自身实践这种状态。"

我的牙科医生对我萌生的退意不以为然,认为这是"强词夺理式的钻牛角尖"。他指出自己候诊室挤满了人,以此来联想塞内加对时光易逝的感慨。候诊病人的数量证明了他的所作所为是有益的。他把我的忧伤(表现给人的感觉是,好像是闷闷不乐的性交造成的结果)称做是不合时尚的愚昧。("您应当继续去格鲁内瓦尔德湖散步,或者至少打打乒乓球什么的……")他的电话教训还在继续:"您知道,斯多葛的学说把世界理解为是一个更大的国家。终止国家职权自古以来一直意味着:为了这个世界而自由,本身就是一个更大的责任。"

"其实一切都无所谓啦。我们能干什么:改课程表!"针对我不知疲倦的牢骚,他引用了第七十一封信中的一句格言:"坚持我们的计划,坚持不懈地实现它!"

我提醒他说,坚守将军舒尔纳在摩尔曼斯克①战线就曾经用塞内加的语录填喂过他的那些冻得半死的士兵:"北极是不存在的!"

他把病人晾在一边:"没有哲学家能保护自己免遭虚假的喝彩。智者从来不操这个心。在大选失利的那天,作为落选的罗马大法官,加图②竟然在练兵场上打球。塞内加说……"

"行了,行了,别再引用来引用去的了!您的塞内加为暴君尼禄打理了相当长时间的朝政,而且还给他写过歌功颂德的文章。直到后来变成了老头,没有能力纵欲了,他才变得哲理了。那个时候带着干瘪的阴茎选择自我了断,让道德流尽最后一滴血应当是很容易的事。享受悠闲,看着世界的悲惨眼睛都不眨一下。不,医生,我决不让我的学生被打倒。不,医生,我要用斯多葛的镇定和泰然处理这一切!"

我的牙科医生在电话里哈哈笑起来:"我就喜欢您这样。顺便告诉您,那个孩子不到两个小时前来过,对给狗打针一个字都没提。

---

① 位于俄罗斯西北部,和挪威接壤,靠近北极圈。
② 加图(前234—前149),罗马政治家、将军。

他听了我的建议,看了给卢奇利乌斯的信。知道这个皮猴子从里面看出了些什么吗?想想看。知道是什么吗?您的学生确认,塞内加对古罗马后期的消费社会的评价和马尔库塞对晚期资本主义消费社会的评价完全一样。还记得吗?第四十五封信中有这么一段话:'人们把那些大部分是多余的东西认定为是必不可少的。'我建议那孩子,继续在古斯多葛派的文献中找寻马尔库塞的影子……"

挂上电话后,还剩一个问题:他放弃了吗?感觉到一丝沮丧:不过是一场闹剧。就为了这个,激动、请求、费口舌、吃辛苦。我失望了吗?如果他真的变卦了(不过我不大相信),如果他真的退缩了(虽然可能,但可能性很小),如果他逃避了(虽然我并不希望,但是可以理解),我会努力不让自己感到失望:"佩服,佩服!菲利普,出于理智的考虑而放弃一个勇敢的行为,我认为这需要了不起的勇气,这是了不起的牺牲。"

下课后,塞鲍姆拦住我:"维罗到您那儿去过了。我警告过您。"
"不值得一提,菲利普。她说一定要和我谈谈。"
"您在我身上已经浪费了不少时间,因为我迟迟下不了决定。"
"我们大家都在为做出正确的决定费神。因此您的女朋友,也应当让她听听我的意见。"
"怎么样?有好感吗?"
"她很粗鲁,但是我已经习惯了。"
塞鲍姆在我面前动来动去,步子很不稳定。在树丛中,我一边走,一边猜想:她都说了些什么?纯真少女的故事?我的两腿之间……一定要我看有多大……他先给我喝掺了白酒的可乐,然后把我的连裤袜……我设想学校方面做出的决定:对未成年人和依赖者实施强迫行为。我还想象出了图片报的通栏标题:《柏柏尔地毯上的课堂!》——《中学教师喜好锌绿色连裤袜!》——《每当她带着鼻腔说话!》——我已经开始斟酌怎么向让我搞得下不了台的校长解释。塞鲍姆停住了脚步。(他看上去有些疲惫。神情有些心不在焉。他从不怕冷,但是这次却冻得发抖。还有我的牙科医生曾经提到过的咝咝的说话声。)

"维罗想把您整垮。她和您上床,目的是为了让您停止说服我。这种事她干得出来。"

(我说了什么吗?我很有可能又去扶我的眼镜。这种反射很可笑,好像直来直去的话语会弄脏眼镜片似的。)

"我当然劝过她,要她不要胡闹。因为第一,维罗和您肯定不是一类人;第二,您肯定害怕和一个未成年的女孩子交往,我说得对吧?"

(他脸上浮现出狞笑。我的小塞鲍姆,以往充其量只会嘲笑人,这次却不怀好意地狞笑了。)我用一种居高临下的开心来掩饰自己,不过我没有说,在某些特定场合下,我还是有可能会喜欢维罗·雷万德的,而是诙谐地谈到了作为一名教师所经常面临的危险——"菲利普,在道德的照耀下,坐在玻璃屋里不是一件轻松的事",接着我直接问塞鲍姆,当然是带着教师的严肃:"既然我们已经那么无话不谈了,请您告诉我:您和您的女朋友有性关系?"

塞鲍姆说:"我们不是每次都奔那个去的。马可斯的事很牵扯精力,再说这对我们来说并不是主要的事情。"

说完他停住脚步,望着校园中空空的栗树林:"这种事情我弄不大清楚。可能女人经常需要这个,否则她们就会胡思乱想。"

"我说菲利普,哪怕您的女朋友再次'一定'要和我谈谈,您仍然大可不必为她担心。我的意志如铁。"

但是塞鲍姆担心的却是其他的事情:"问题不在这儿。如果您一定要和她什么的,那请便。不是我的事情。和我没关系。我只是不希望这种胡闹和马可斯扯上关系。这是两种不同性质的事情,不能扯在一起。"

我承认:我在等待。稿纸上过分的勤奋掩盖的是我的静候。(在实施水牛行动,即收回突出的进攻基地勒热夫上,用施罗涛在机电方面善于钻牛角尖的精神押宝。)在等的过程中,我不断练习一些简短的句子:维罗,您要脱外套吗?——您来了,太好了,这样我就不孤独了。——我必须向您承认,尽管我的欲望很强烈,我仍然执意要反对您令人无所适从的直截了当,虽然我对此并不反感。但是这事不可能、不应当,也不允许发生。——我们两人都必须努力去放弃。——我可以给您朗诵点什么吗?——这儿有以悲剧了结一生的福斯特写的几封著名的信,是写给他夫人的,而她在那个时候,就是他在巴黎生病那段时间,早把他勾销了,和另外一个人睡在了一张床上。——不要朗读?讲点什么?因为我的嗓音很好听?讲讲战争?讲点我订婚那段时间的故事?——顺便说一下,您越来越让我想起我的那一位。她虽然不用嘴巴呼吸,但是是有可能变成用嘴巴呼吸的。目标执着目光狭隘直截了当。举个例子,她和企业电工搞上了,而且是在浮石堆场站着让他上了,就因为她知道了她爸爸,就是那个在摩尔曼斯克战线,在乌克兰南部之后在库尔兰……唉,说好不说战争的。——抽支烟?那个企业电工在一个大沙盘上连接了一个机电一体的开关装置。——维罗,您不要坐在地毯上,它会起毛。——安装得非常巧妙。知道什么是联锁电路、指令调节机构、指令手柄和定位灯?——不能讲给别人听,听见了吗,维罗?我真的可以放心吗?

傍晚,伊姆嘉德·塞弗特来了。她也"一定"要和我谈谈。她也不愿意脱外套。她穿着大衣说:"一个女学生——我没必要说她的名字了——向我暗示,我禁止这种暗示。但是我要请您,埃伯哈特,向我解释,这种说不清楚的事情是怎么……"

我怎么才能安静下来?"亲爱的伊姆嘉德,我估计这个张嘴暗示的女学生是雷万德小姐。有什么可暗示的?您为什么不坐下来?"

伊姆嘉德·塞弗特打量着我的柏柏尔地毯:"放学后,那个傻丫头在半路上拦住了我。说话用的是这种强调:'施塔鲁施先生写字台前的地毯您喜欢吗?'我对她说,您的地毯是一块柏柏尔地毯,而且还是一块很好的地毯。她对我说:'但是它会起毛。'为了让我相信,她从外套上拽下几根羊毛,肯定是从您的地毯上掉下来的。您怎么解释?"

(她把你放倒了。她就像挑逗一个好色的叔叔一样,把你的欲望挑上去——又让它掉下来。"唔……上去了!"——"扑通……掉下来!")

我开始哈哈大笑,因为一想到摘下眼镜给眼镜哈气擦拭眼镜,就觉得够滑稽的了:"那姑娘坚定得令人吃惊。很有可能是她的家庭环境、她的由环境因素决定的自立的方式容易促使她做出极端的决定。大概是这个原因吧,她才会在地毯上打滚!"——摇头——"她到我这儿来。那是前天的事情。事先没有约好。一定要和我谈谈。怎么说都不肯走。那,就坐在那儿,和您一样,没有脱大衣。——伊姆嘉德,您要不要脱下外套,坐下来?——她径直朝我发话,简直可以说是在训斥我。要我不要打扰她的利普。我是一个反动的和稀泥者。想想看,伊姆嘉德,她用的词是和稀泥者……"笑声,不断重复的行话切口。——"等等等等。最后她趴在地毯上。我很镇定地观察着一切,给她递过去一根烟。我也一块儿抽了。因为根据行为学的研究,共同吸烟可以抑制伤害冲动。已经没什么可谈的了。她走的时候,我想都没想就提醒她,在她的盛怒之下,我的柏柏尔地毯在她身上留下了几根毛,在她的带头套的大衣上可以看出来。——就这些。"

伊姆嘉德·塞弗特决定相信我的话。她脱下大衣,但是始终不肯坐下来。"想想看,埃伯哈特,那个傻丫头竟然问我是不是也在您的会掉毛的柏柏尔地毯上躺过。"

我们两个很快一块儿坐在沙发上,抽烟。伴随着唱片的背景音乐(泰勒曼,塔蒂尼①,巴赫),晚间时光变成了对长长的往昔时光的召唤,但是尽管如此,我们并没能变回到十七岁的时光。我们越是相

---

① 塔蒂尼(1692—1770),意大利作曲家、小提琴家、音乐理论家。

互手抓手越是手心搓手心,我们之间的距离就越是大。她对沙发的大小提出了质疑。

我在罗列小时候闹事帮的一个个情节,她不断重写当年在哈尔茨山写的告发农民的检举信,而且誊写得工工整整。当年拆毁一座天主教教堂侧楼祭坛的细节让我如痴如醉,我费了好大的劲想给她介绍,新歌特风格的圣母像里面是用铁做加强筋的。她坚持说,第二封检举信——由于见第一封没有反应——是用挂号寄到克劳斯塔尔-蔡勒菲尔德的。我回想当年当闹市帮头头时遇到的各种困难,指出,是团员的身份促成了一个少女的背叛。她向我介绍反坦克发射筒的使用方法,但是却不能也不愿意相信,是她自己教会了一帮十四岁的男孩子使用这种近战武器。我试图放下记忆青春永驻的花环,壮着胆子把话题引到维罗·雷万德和我的会起毛的柏柏尔地毯上,但是伊姆嘉德·塞弗特在把维罗的地毯经历轻蔑地称作是胡思乱想后,又重新捡起了记忆的花环:"相信我,埃伯哈特,我会走到讲台上,把这事告诉全班。因为我脑子里装着这个人生的弥天大谎怎么可能去教书育人呢。但是这么做需要有人促动。我承认自己很软弱。但是只要我们的年轻人塞鲍姆敢于出头,我立即紧跟而上,我肯定会立即紧跟他而上。这事一定要有一个了结。"

我斟满摩泽尔葡萄酒,换上一张唱片,来回踱了几步,但是刻意不去踩我的柏柏尔地毯。接着我试图直接地一言不发地消除我们之间因谈话而产生的距离——径直坐在塞弗特身边,伸手,并试图用右膝分开她紧闭的双腿,但是她干脆利落地从根上剪断了我刚刚进行到一半的企图:"埃伯哈特,别这样。我相信您也会紧跟而上的。"

过了一小会儿,一阵小声的笑声过后,不,准确地讲,是一阵少女的咯咯笑声过后,我听到:"如果我还年轻,如果我身为教师但对这种禁忌一无所知,如果我自由,而且非常年轻,相信我,埃伯哈特,我会和菲利普好的,我会在拥抱中给他鼓足勇气,我会爱他,热烈地爱他!——啊,如果我拥有他那样从未扭曲过的信仰,我多么想让真理赤裸地、堂堂正正地对外亮相。"

(它们吸得很牢。它们寄居在她的金鱼缸的壁上。它们靠其他生命存活并繁衍。还有四季常绿长有混白色浆果的槲寄生,也是寄生,一挤就会冒出混白色的浆液,挂在门上,用做虔诚的家庭福音。)

她一直待到午夜过后。最后我不得不吃亚兰丁。关于我已经进行过的和即将进行的牙科治疗,伊姆嘉德·塞弗特不愿意和我谈。她在门口吻了我一下:"不要为刚才生气。"

("不值得一提。我还要工作一会儿。")……开庭的时候,六十六项指控仅剩下两个:一个是奈斯要塞事件,即煽动杀害施巴雷上校和荣凌少校未遂,另一个是枪杀一等兵昂特,舒尔纳发现他在轿车里睡觉。被告引用那个灾难性命令,即一九四三年二月二十四日第七号元首令:"勇敢地采取果断措施,即便超出规定的程度,也不受惩罚……"在从苏联战俘营返回的途中,舒尔纳听从警察的建议,在弗莱辛①就下了霍夫——慕尼黑的快车,他的女儿阿奈丽丝在那儿接他。在慕尼黑火车站,原国防军的成员们正在那里聚集……

我不想要了。前面的味道和后面的味道重叠在一起,所有味道同时起作用,又相互矛盾。我熟悉我的包。句子相互搭扣,然后打开小盒子,里面又有句子,它们在里面也是相互搭扣,等候打开小盒子。我都明白。在陈述的句子登场亮相,越发肿胀地登上舞台之前,我点点头:是的是的。——现在我要睡觉了。这张床,恶心。

醒了,找到一根铅笔:尽管对疼痛和消除疼痛有细致入微的理解,但是仍然毫无感觉。伊壁鸠鲁②指责希腊的斯多葛派麻木,特别

---

① 位于德国南部,慕尼黑北部。
② 伊壁鸠鲁(前314—前270),古希腊哲学家。

是斯蒂庞①,而塞内加却非常欣赏伊壁鸠鲁(很有可能背地里也是一个伊壁鸠鲁派),他一直承认,智慧,还有犬儒派对痛苦的无动于衷使得他有能力克服任何不幸,但是他仍然能感受到不幸。而我,哪怕牙齿有最轻的疼痛,我都会吃亚兰丁:牙疼等于不幸!——有没有这种可能:尼禄,塞内加最坚定的学生,是牙疼驱使他将整个罗马城付之一炬?

那么好吧,不睡在床上,睡在动物皮毛质地的地毯上。找觉睡,就如同找一样可以随手用的东西:维罗,您说吧。您不能就这么随随便便地睡在我的柏柏尔地毯上。——为什么不能?——因为有股羊膻味。——不是理由,我有息肉。——如果我也躺在羊毛地毯上呢?——那膻味就加倍了。——我警告您。——警告什么?——小心躺在地毯上的我。——但是您不许这么做。——谁说的?——我还没有成年,还是一个依赖者。我的父母离异。我必须两边跑。再说我会大声喊叫,把一切都告诉天使的天使。您不许这么做!您不许这么做!

(在我的地毯上,我干什么都可以。甚至可以独自躺在上面,可以找人睡觉,找到一个脱光衣服的情人,她迅速地缩成一个油腻腻的肥球,缠裹在羊皮之中。来吧,干吧!)

我怎么能允许您穿着大衣,因为我的柏柏尔地毯还很新,不可能起毛。现在大家都知道了,塞弗特女士说:施塔鲁施同事,请您发表意见。我不想再打报告了,因为当年就在战争临近结束的时候,那时我还是一个十七岁的姑娘,我打报告检举了一个对我图谋不轨的农民,报告交给了有关当局……——说说看,维罗,您为什么时时刻刻总是穿锌绿色的连裤袜?——这样听您听得更清楚。还有在开阔地带探雷,游荡在麦恩田野上的玄武岩石之间。还有玫瑰色的模型石膏和荧光屏上的我,嘴巴被撑住,填满了玫瑰色的模型石膏。还有蔡

---

① 斯蒂庞(前380—前300),古希腊哲学家。

伦多夫区森林墓地的一次葬礼。我和塞鲍姆的父亲挽着塞鲍姆的母亲跟在棺材后面。背后有人在窃语:前面的那个是他的老师,以前是他的老师……最后我在我的柏柏尔地毯上睡着了,总算睡着了。

　　早晨。刮胡子:他要干就干吧。我一言不发地看着,保持淡然。
　　早晨。我刮掉了一夜之间长出来的胡子,同时也刮掉了一夜之间产生的各种美好的意图。这时我的牙科医生来电话了:"事情成了。您的学生放弃了。"
　　(一个臭牡蛎:吐掉。高高兴兴地对着话筒欢呼:"太好了,谢天谢地! 说实话,说实话我等的就是这个结果,到时候自动放弃。")
　　"他是以您为代价放弃的。您不要介意。那孩子说,他不想像您那样,以后到了四十岁的年龄,还到处拿一个十七岁年轻人的行为说事,因为您会干的。这是他的话。"
　　(我遵照塞内加所说的,收回了他的语录,最后做出判断:"他现在长大成人了,突变了。")
　　"还有呢! 他满脑子打算。这些打算——我非常愿意承认——在我小心翼翼的忠告下,可以大有作为。他想接手学生报,写启蒙文章! 恶毒的杂文! 如果可能还有宣言!"
　　("一个值得表扬的决定。我们的报纸越办越差,只能和啤酒报相提并论了。")
　　"多么艰巨的任务,不,多么艰巨的使命!"
　　("几个月来唯一的一次表现出来的积极性势必会挑出这个问题:是否允许学生在课间休息抽烟,如果允许,在什么地方?")
　　"您的学生要谨慎利用时间,形成自己的意识。"
　　("小个子尼禄的老师是怎么说的?'卢奇利乌斯,这样很对!专注自己,集中时间,一定要吝啬时间!'")
　　"我要给那孩子装一个下颌前突矫正器,明天就开始治疗。这个年纪治疗下颌后缩晚了,谁也不敢说有把握。一定要病人配合。我对他说过:要想成功,您必须和您口腔里的异体交朋友。他向我保证,一定坚持下去。他向我保证过好几次,一定坚持下去。"

("他坚持不下去,医生,他不是有长性的人。他自己已经证实了这一点。还有学生报,他也坚持不下去。出了三期后,报纸的主题就只有吸烟角了,我们打赌怎么样,医生?")

我的牙科医生说:"我们走着瞧吧!"他接着提醒我别忘了上咬合位:"我们也该再做一次了。停了一段时间对您是有好处的。我觉得这事挺有意思,学生是下颌后缩,老师是天生的因而也是真正的下颌前突,两人的情况正好相反。"

他是对的。尺度掌握在他的手里。他的预后不必非要完全准确。他如果出了错误,这叫做阶段性结果。他对自己的事情有相对的把握。他滑雪,下象棋,喜欢吃牛脯肉。他在施特格利茨、腾普霍夫和诺伊库恩业余大学讲课,备课仔细,听课人数一般。他是一个不会被失败打倒的人。他和善,病人数量保持稳定。他说:"下一个。"

会议结束后——内容是添置教学器材,很累人——我告诉伊姆嘉德·塞弗特:"告诉您,塞鲍姆不干了。他要当学生报主编。"

"所谓的理智又一次占了上风。万岁!"

"您愿意看到谁是胜利者?"

"我说的是万岁。学生报万岁!"

"您是不是一直在期待塞鲍姆能够表现出我和您,对,也包括您,都缺乏的勇气?"

"我已经决定,重新开始。"

"从零吗?"

"我原本打算当着全班朗读那些可怕的信,逐字逐句。——但是这已经不值得了。我也放弃。"

"为什么那么绝望?您可以把信捐献给塞鲍姆主编。他会在学生报上全文刊登。会轰动的。"

"您一直想让我伤心,不是吗?——您已经让我伤心了。"

她太好伤害了,太容易受到伤害了,而且受到伤害后声音太大了。我不得不道歉:"言者无心,忘了吧……"最近我们在她那儿听到了格里高利赞美歌①。唱完哈雷路亚诗句后她说:"如同圣杯突然闪亮。埋藏最深的复活节秘密突然变得人人皆知。是吧,埃伯哈特,从羊羔②的鲜血中将绽放我们的解脱……"看见我从唱机上取下密纹唱片,用啤酒瓶扳子在上面划了几下,她很惊讶,并且受到了伤害。"在您的观赏鱼临死前,讲给它们听。"——"好的,"她说,"我会换水的。"

塞鲍姆开始着手准备第一次编辑部会议。为了能保持独立身,一致决定不登广告。学生报应当改名。

"说说看,菲利普,小报会叫什么名字?"

"我建议'摩尔斯电码'。"

"明白了。"

"我的第一篇文章要写海尔穆特·徐本纳的反战团体。我要将徐本纳和基辛格在一九四二年的行为进行对比。"

"马可斯现在怎么样?"

"恢复得好多了。它肯定吃了什么,不对胃口,不过现在又能吃了。"

"您的下颌后缩呢?"

"里面安放了一个矫正器,相当复杂,但是我能挺下去,肯定。"

"我相信的,菲利普。——明天轮到我了。他要磨掉我六颗大牙。这是第二轮了。"

"那祝您愉快了!"

(我们试着一块儿笑,结果成功了。)

---

① 罗马教皇格里高利一世(约540—604)在位期间收集三千多首赞美歌,组成"格里高利赞美歌"又译"格里高利圣咏"。赞美歌采用中世纪教堂调式,是一种单声部无伴奏合唱,没有和声与对位,全部由男声演唱。

② 指耶稣。

看看这儿的混凝土建筑!用纵深梯队的形式排列的书建造一个坚实的要塞系统。复制沃邦①的要塞。将已经开始的进行下去或者重新拣起对福斯特的研究。(在纳森胡本②和美因茨之间……)书和类似的捕鼠器。

我为什么不在弗里登奥③买那两卷?我为什么要在阴冷的天气进城,在库旦大街找那几本书?(只有一本有现货,其他的要预订。)要是在沃尔夫书店,我两本都可以买到。

买完东西后,我非常不情愿地朝凯宾斯基方向走去。经过长时间的干冷,天下起了毛毛细雨。酒店前的空地上没有什么人。穿过空地的人都脚步匆匆。一阵压抑袭上心头,我感觉到这是一种感伤的压抑,但是却无法摆脱,在菲利普精心策划作案的地方,我摆出一副等人的样子。(一个穿粗花呢大衣的人。)竖着领子,眼睛盯着手表,我装出等约会的样子——装给谁看?融雪天气,加上雨夹雪,空地前街道两旁的雪堆变小了,融出了许多洞,变得脏兮兮的。石块路上什么也没有。潮湿渗进了鞋底。一九六七年的一月,菲利普·塞鲍姆,一个十七岁的中学生,在这里当着一群吃蛋糕的女士的面呕吐。难道说我是期待着在这儿找到这个痕迹吗?

酒店露台上客人不多。一切都不对头:只有几个老女人,两三个男人,后面有一小群护士,前面吸引人目光的是一个印度人和他的身穿异域风情丝绸的太太。两人在喝茶,但是没吃蛋糕。不过维罗·雷万德在吃蛋糕。

她在吃蛋糕,身穿带头套的大衣,叉开锌绿色的腿,吃着果仁奶油蛋糕,一勺一勺,速度快,而且均匀。我们都看见了对方。我在看她吃。她在看我看。她不停地用勺子舀,因为我在不停地看她用勺

---

① 沃邦(1633—1707),法国军事工程师,要塞建筑设计大师。
② 纳森胡本是波兰但泽北面小村庄摩克利—迪沃的德语称法。是德国自然科学家福斯特的出生地。
③ 柏林的一个城区。

子舀。但是速度并没有因此而加快,节奏并没有因此而不均匀。我没有摘下我的眼镜、哈气、擦拭。她是出于抗议在吃。我看出来她是出于抗议在吃果仁奶油蛋糕。旁边桌子上的那几个老女人在喝咖啡,但是没有吃蛋糕。没有女人带狗。"好吃吗,维罗尼卡?"

"贵的东西都好吃。"

"但是这个东西不可能好吃。"

"您也来一块?"

"不到万不得已不来。"

"我请客。"

我选了黑森林樱桃蛋糕。维罗·雷万德又要了一份:"奶油酥。"然后我们各自看着各自的方向,一言不语。蛋糕和奶油酥上来后,我们各自用勺子舀,仍然一言不语。不可否认:蛋糕好吃。那两个印度人付了钱,走了。在我们身后,那群护士不时发出笑声,间隔不定,但是总是齐声发笑。西德的旅游团身穿透明的薄雨披,在露台前停下数秒,接着又往下走。于是钱便省下来了。露台顶棚上的取暖器还调在加热上。一个身穿驼绒大衣的黑人顶着自上而下的热气坐在我们左面的第三张桌子。他的德语够用了:"黑森林樱桃蛋糕。"

"怎么样,维罗,我再给您要一块?"

"够了。"

"来块奶油不多的? 脆酥?"

又是一次除了给维罗一根红手①,其他什么也没给成。她的烟从我身边飘过,我的烟从她的身边飘过。沉默引出了大大的对话气泡,为在通向安德纳赫的莱茵河河滨大道上交谈创造了条件。(我原来的未婚妻什么都想得到,那是她的权利。我要是能知道我有多少次不请自来和她坐在同一张桌子上就好了。)

"维罗,您去过莱茵河畔的安德纳赫吗?"

---

① 一种德国产的无过滤嘴香烟。

"您去过哈帕兰达①吗,高级中学教师施塔鲁施先生?"

(她的声音和天气没有关系。不是那种流鼻涕的声音。)

"维罗,您为什么不让开刀去掉息肉呢?"

"您为什么不让人长大?"

(她开始摆弄手上的银勺。这把勺子很快就会下落不明。)

"顺便说一下,塞弗特老师提醒过我,我的地毯会起毛。"

"您以前不知道?"

(过了一会儿,过了好一会儿,她把勺子送给了我。)

"我来结账,同意吗?"

桌子上有一张传单:"十万火急!"

我们走了。带着冰冷的双脚和甜甜的回味。

---

① 瑞典北部小城。

三

后来鱼就剩下了骨头。间距通透,方便栖居。后来变卖了纪念品。应当发生些什么事情,后来发生了,不过只是其中的一部分,而且是在别的地方。后来账单送到家了。没人承认是自己干的。后来预防措施继续了下去。在开始之中就已经开始了后来。

我的上咬位的手术和我的下咬位的手术的过程差不多。由于今天一切都已经过去了,而且账也结清了,所以他今天给我答复了。昨天我问他,我是不是不应当承认,他虽然很客气,但态度还是相当生硬,而且话也很少,他滔滔不绝地回答开了:"我们是不是应当逐字逐句地说话,这个相对来讲并不重要。只要没有顾虑就行。我不说您想听的东西,而是请您让我说我认为是正确的,并且畅所欲言的东西。您事后纠正的——您很喜欢纠正人——其实都是我被误解的想法。您想笑就笑吧!"

我请他考虑,那么多病人在他面前说来问去,这不仅会引起混乱,而且还会让他的记忆产生错觉。

"您忘记了我的卡片。您的卡片在这儿:经过较长一段时间的暂停后——那个时候您和您学生之间的问题好像已经解决得差不多了,我们——准确地讲是在二月七日到十三日——对您的上颌骨的咬位进行了改变,虽然没有把您的下颌前突弄到上下完全一致,但是情况有了改善,也就是在那个时候,我开始晚期治疗您的学生塞鲍姆的下颌后缩。在磨第一个磨牙时,我说过:我亲爱的施塔鲁施老师。您的学生那个谢天谢地被挫败的计划给您带来一定程度的震动后——那孩子很善于让人进入沉思的状态,您就应当放弃您的那些荒唐的虚构:您的那个柯灵斯——或者叫其他什么的,根据他的类型来看,是一个没捞到好处的上校,他和其他当兵的一样,没有经过正规的职业培训,但却想在工业界站稳脚跟。类似的例子我们见得多了。到处都有柯灵斯。但是您的柯灵斯不满足于经济上的成功,他喜欢在家庭范围内,在餐桌上去打赢他的上司输掉的战役。(我的理发师原来是一个上尉,他经常对着镜子做类似的凯旋幻想。)正是为了吹这种牛皮,上校和他的女儿之间才会偶尔有一些对话。而就是这个女儿,您一直想把她重新塑造成一个怪物。我一直努力想把您的未婚妻设想成一个思维清楚,同时又不乏可爱之处的女人,她越来越对自己的未婚夫急吼吼的不正当的男女关系感到气愤……"

(他把我的六颗牙锉成桥墩般的上小下大。电视机里——恰巧这时我的牙科医生的介绍占据了电视画面——正在放自由柏林电视台的一档娱乐节目:"幽会鲁道夫·肖克①"。我虽然能看见这位宫廷歌唱家在唱,但是能听到的声音却如同耳语。)

"如果您想回忆:您当时开一辆一九三二年出厂的敞篷奔驰车,在埃菲尔山南地区很是引起轰动。绝对的绅士,喜欢给自己装饰一新的老爷车晒晒太阳,展示它前突的外形。如果施罗涛太太将这辆敞篷车连同它戴真皮手套的司机一块儿迷恋上了,谁又会怪罪她呢?(那个时候您就有些那个了。)

有一次,一个晴朗的四月的早晨,您开车穿过克雷茨,将您的阳光座驾停在施罗涛家外墙还没有粉刷的小房前。急刹车溅起了水坑的积水,鸡群嘎嘎四散逃走。(天空中没有一丝云彩令汽车上的油漆暗淡。)丈夫施罗涛是一个忠厚的卡车司机,整天为一家建筑公司往尼德门迪西的一个大型工地运送混凝土砂浆,他工作的公司同附近的水泥厂有业务联系。那天您在洛特·施罗涛那儿留宿的时候,

---

① 鲁道夫·肖克(1915—1986),德国抒情男高音歌手,歌剧和轻歌剧演员。

他正在路上跑运输。如果这位卡车司机在四月的那天早晨没有把驾驶执照忘在家里,您会成功地,而且是再次成功地证明自我。施罗涛刚刚开过克鲁夫特就发现证件没带,于是掉头,返回克雷茨,看见了那辆阳光座驾,它停放在自己没有粉刷的小房前和鸡群中,他刹住车(不过不是很急),没有仔仔细细地用行家的眼光惊诧地打量眼前的奔驰,而是迅速冲进房门,发现自己的婚床已经被占领。接下来没有发生殴打致死,没有砸碎东西,呼吸没有变粗,没有发出公牛般的吼叫,没有失去控制,而是一言不发原地转身,把给弄得乱糟糟的床让给了眼前这对男女,跳上自己重载的卡车,把鸡群吓得四处乱飞,发动强劲的马达,方向打右,稍微往前开了一点,然后挂倒挡,边倒边寻找合适的位置,最终他找到了一个位置,将一吨半水泥砂浆倾泻进敞篷的奔驰车中,倾泻进银黑色的阳光座驾中,倾泻进高速的、在麦恩和安德纳赫之间人人皆知的自豪之中,倾泻进企业工程师埃伯哈特·施塔鲁施的座驾之中。

液压倾卸装置将货斗提升到必要的倾斜角度。施罗涛从驾驶室爬出来,看着缓缓滑泻的水泥砂浆如何填满敞篷车,漫出来,将散热器、奔驰星、线条流畅的挡泥板、折叠顶棚、后备厢和固定在上面的备胎服帖地打包成灰色。四个高速的轮子也被包上一层混凝土外套。就连油箱和施罗涛的土地之间的空间也填满了砂浆。所有的鸡都在引颈歪头。施罗涛唯一的反应就是下巴后缩,上排牙齿咬着下嘴唇。

一个前所未有的水泥疙瘩!报纸上的讽刺杂评甚至要求把这个奇形怪状的石状物陈列在麦恩的民俗博物馆,而且是摆放在游客络绎不绝的格诺维娃城堡①的前院,和罗马以及早期基督教的用玄武岩制作的老古董一块儿供游人观赏。学校的孩子们前来瞻仰这块纪念您的失败的纪念碑,直到有一天人们用电镐把它弄碎,然后拖走(由您承担费用)。(就连您的真皮手套也被施罗涛的水泥封存

---

① 格诺维娃城堡位于麦恩城的西南部。建成年代不详。最早的文字记载是1281年。

住了。)

据说——当然,没人敢肯定——当时您床上的事情还没干完。埃菲尔山南一带都是这么说的。一个未经考证的谣言,肯定是一个谣传。但是这件事是真的:您被开除了。您的婚约也就此破裂了。但是您的脸皮太厚,竟然无耻地用劳动法庭来威胁,您的水泥厂虽然打赢了这场官司,但是因为要顾及声誉,只好答应给您补偿。您未婚妻的父亲也参与了补偿。这表明人们想摆脱您,而且是越快越好,只要可能,越不露声色越好。花钱那就花吧。于是某个人就当上了中学的正式教师。请您漱一下口……"

一个人如果张着大嘴,身上挂着吸口水器,牙组织在不断减少,那么哪怕是再滑稽的东西映入他的眼帘,他也是笑不出来的。(他要胡说就随他去吧。)

对我的牙科医生,我任他去想象,但是还是会时不时地纠正几个细节:"不错,您的故事编得很好。但是开敞篷奔驰车的不是我,而是柯灵斯。(他们给我开的是波格瓦德。)变成大水泥疙瘩的不是我的车,而是老柯灵斯的。这位二战老兵把一车混凝土用于其他用途纯粹是出于报复,而不是因为那个什么(老家伙真有可能弄成的)越轨行为。而且施罗涛是无辜的,我一直都这么以为。(他对老家伙从来都毕恭毕敬。)这事发生在科布伦茨的一个大工地上。(五十年代中期的一个玻璃雪茄盒。)而且是上梁仪式。我们这些水泥和建材供应商都是被邀请的客人。就连玛提尔德婶婶也穿上了她那一身的黑丝绸。琳德和她女友们穿的是条纹连衣裙,这是一种夏天穿的裙子,不过此时的季节已是九月深秋了。给老家伙开奔驰的施罗涛也应邀身穿藏青色单排扣西装出现在嘉宾人群中。十二层楼上的平顶上,风还是有一点的。上梁用的花环必须紧紧地拴住。一瓶一瓶的啤酒端上来了。姑娘们穿着夏天的裙子,冻得瑟瑟发抖和我及施罗涛站在一边。粉刷工没完没了的讲话被风吹得零零落落。那个犟人对我说:'您找了这么一个未婚妻,佩服!我很喜欢。我这是真心话,企业工程师先生。有教养。我不和您争了。'有一次我终于紧挨着站在了琳德的身边,她身体俯在栏杆上。(下面是用我们的浮石混凝土做成的楼板、钢筋天花板和天花格子板。)但是我只是在想,什么都没做。不过没有证人,因为所有人都在聆听柯灵斯,对新建筑的远见卓识正令他滔滔不绝。在朝艾伦布赖特施泰因要塞①的方向,我听见他战胜了风。他说到了自己在库尔斯克的被出卖,说到了不存在的北极,说到了据说是在赤色浪潮中诞生的斯多葛堡垒,最后提到的是斯大林格勒。通篇结尾用的是塞内加的名言,听上去不仅给人文质彬彬的感觉,而且还预示了胜利的到来:'这场战斗还没有决出胜负!'由于没有人鼓掌,所以我听见琳德说:'我要把他变成保卢斯,一定要变成保卢斯!'

下面,在一块块标准的空心砖旁,我们在迅速凝固的水泥下面找到了那辆奔驰车。(医生,您看:柯灵斯在笑。)他是打不败的:'不可思议!不可思议!是不是,施罗涛?是您一手制造的吧'不是吗?早晨的一次小小的报复。现在我们扯平了,难道不是吗?'(医生,您看,您看!)不仅那个很有可能是水泥事件制造者的施罗涛,而且那些身穿泥瓦匠工作服的参战士兵也都一块儿张大了嘴,异口同声地说:'遵命,陆军元帅先生!'

水泥奔驰车事件就说那么多了。不过也许在我漱口的时候,您会想出第三种可能性。您觉得这种可能性怎么样:琳德坐在驾驶员的位置上,不得不跟在一辆满载混凝土的卡车后面等着,因为她和卡车前面的铁路道口栏杆已经放了下来……"

第一天的治疗没有任何结果。从一颗牙齿到另外一颗牙齿,在牙齿之间,医生和病人排列着相互矛盾的故事和理论。有时他们稍事休息,对教育和学龄前牙病预防进行普遍性观察。鲍塞姆的事情也谈到了。"您设想一下,医生,他最近开始用复数了:'我们一致决定……'他的第一篇文章《银舌国王都干了些什么?》的草稿是这样

---

① 位于德国西部城市科布伦茨附近,始建于16世纪。

开头的:'我们是学生。我们在学校表现很好。可以寄予我们希望。有时我们会追求自己的目标。这可以理解。学生是允许这样做的。有的时候我们什么都不想干,因为事情不对头。这也是可以理解的,因为事情真的不对头,而且我们的确是学生:学生可以这样,即可以放手不干,就因为事情不对头。从前有一个国王,学生们都叫他是银舌国王……'"

但是我的牙科医生只想谈论塞鲍姆的下颌后缩。我想用女学生维罗·雷万德的事来引起他的兴趣,他挥了挥手:"那是耳鼻喉科医生的事情……"宫廷歌手鲁道夫·肖克唱道:"寻觅爱情,爱情迫使我……"

塞鲍姆的第一篇文章(没有发表)是这样写的:"我们生长在好年代,人们都说我们会有出息,但是我们有时不想有出息,这是可以理解的:不想有出息的学生将来一定会有出息。银舌国王以前也不想有出息,结果后来有了出息……"

今天要我直来直去地讲述防空掩体教堂①的资助建造,我会感到很困难。当中有太多的东西。(不仅有宫廷歌手和牙科医生。)塞鲍姆拿我当做他失败的垫背。伊姆嘉德·塞弗特在我这儿进进出出。一个女学生在我的柏柏尔地毯上翻来滚去,还强迫我摘眼镜,哈气,擦拭。

如果我现在说:"玛提尔德·柯灵斯夫人,陆军元帅的妹妹,我以前的未婚妻希格琳德·柯灵斯的婶婶,资助了科布伦茨的防空掩体教堂的扩建……"那么我同时还会说:"我的学生菲利普·塞鲍姆接过学生报《摩尔斯电码》的主编时,没能将自己的处女文章未经删节地发表,这篇文章拿一九四二年期间纳粹党员库尔特·格奥尔格·基辛格的行为同抵抗战士海尔穆特·徐本纳的行为作了对比,

---

① 位于德国西部城市杜塞尔多夫市。由纳粹于1942年在教堂地产上建造的一个防空工事。1949年由科隆主教宣布改为教堂。

尽管出于慎重起见,他给基辛格用了化名……"

如果我现在说:"那座大型水泥建筑的窗户被打碎(宫廷歌手在唱轻歌剧《蝙蝠》)时,玛提尔德·柯灵斯在高级神职人员的簇拥下,和我们一块儿参观建筑工地,她说:'费迪南德,你觉得音响怎么样?'"与此同时,我还听到维罗·雷万德在说:"松开,老哈迪,你怎么能……"还听到我的女同事伊姆嘉德·塞弗特的表白:"我爱您,埃伯哈特……"我甚至还能听到她后面的那句话:"但是您千万不要说,您也爱我……"

资助和自我审查,诱惑和示爱,它们相互之间并不矛盾。不论维罗·雷万德怎么大声地称她的前男友是一个"被人操纵的妥协分子",不论塞鲍姆怎么急切地向我解释,面对其他编辑的反对,他为什么不得不让步,不论在围格鲁内瓦尔德湖散步时伊姆嘉德·塞弗特怎么忘我地表达她的爱情,甚至都找到了"甘愿卑躬屈膝地痛苦地放弃"的用词,既然柯灵斯已经让宫廷歌手试过防空掩体教堂的音响效果了,那我也要让柯灵斯试一试。

柯灵斯引用塞内加:"我们要教育自己形成一种心灵的观念:自发地按照形势的要求去做!"

然后他朝用五万立方钢筋水泥浇筑而成的、曾经在帝国领空拥有者面前提供保护的大厅喊道"北极不存在!"。

柯灵斯用中等声音表达的内容,经过这个大厅的强化,演变成了在柯灵斯替换保卢斯,接替指挥权,并说出"行动的法则重又回到了我们的手中"后,对斯大林格勒局势的凯旋报告。

今天要我把我的学生塞鲍姆放进宗教性质的钢筋水泥建筑中,当众表现他的忏悔,我会感到很轻松:"银舌的绰号我一定要删掉。他们说:对头号人物来讲,这太具有挑衅性了。要攻击基辛格,就必须连勃兰特[①]一块儿攻击,他当时据说还穿过挪威的军装。我说过:

[①] 勃兰特(1913—1992),德国政治家,1969—1974年任西德总理。

去他的基辛格,但是关于徐本纳的部分要保留,要不然我就撒手不管……"

(参观建筑工地时我对琳德说:"如果我们结婚,那一定在这儿……")

从所有六颗打磨的牙齿上取下铜环模的过程中,在所有六颗牙齿涂上一种不会损伤牙组织的液体,并戴上锌套保护不受外界影响的过程中,我一直只在看那个让人没完没了开心的节目——"幽会肖克"。我后来算出来,这是一部花费十五万八千马克的制作。肖克本人得到整整一万马克,乐队指挥,大名鼎鼎的艾斯布雷那共入账三千马克,面具的头发部分,假发,化妆材料共用去四千三百马克。两盏顶灯,十盏普通照明灯在六天的拍摄中共花费五千六百八十九马克。我把费用都列出来了。道具,包括扇叶棕榈,新买的、以前借的、新借的、定做的服装,背景,一个消防员,一个 SFB 移动摄影机座,这些都是免费的。在给我戴上六个锌套的过程中,以上这些都不能说明我的状况。只要电视还在继续播放节目,只要制作越来越贵,我就会一直只想到两个字:"溜掉。"

溜掉。再也没有目的。把自己变小,小得让人看不见。就像有些人,他们时不时地会消失在拐角处(抽出几根烟),然后就再也找不着了,因为他们亲自溜掉了(溜到哪儿去呢?)。溜掉比离开在程度上厉害。大约就像一块橡皮,乐呵呵地在错误上磨耗自己。我就是这样,将在学校这条阵线上迅速地把自己磨耗掉,直至不堪入目,只有通过小块的组织才能辨认出来:这个,不,不是这个,这个牙根才是施塔鲁施特有的。他在他的那个学生身上磨耗了自己。(塞鲍姆现在声称我应当为他的退缩负责。)一个正式的中学教师,全身心都融入这件事情中,而且也同时想把事情都做了。但是这已经不值得了。("菲利普,我很失望,我很失望,而且还很惊讶……")

在接下去的治疗中,当我的牙科医生三天后再一次取下锌套,给我试牙桥的毛坯,当玫瑰色的模型专用石膏被刮下来时,我开始要恨我的牙科医生了。

(不断播放的电视开始播放一部故事片:《政治谋杀——马尔科姆X①》。)

石膏在我的口腔里开始收缩时,他说:"您在您的女同事面前表现出的那种障碍是可以解释的:施罗涛把您变成了一个失败者。"

我开始一层一层地揭露他:他,口口声声要用一套全球范围的综合社会医疗保障体系造福全世界,自认为在同龋齿的进犯进行坚持不懈地斗争,声嘶力竭地呼吁在学龄前就开始对牙齿进行系统的检查,而他,对,就是他,经常在门诊时间溜走,溜到厕所解手。我检举他,他躲在那里狼吞虎咽进大量的黏糊糊的甜食,急吼、贪婪、幼稚、肆无忌惮。在这个小得不能再小的空间里,他站着偷吃,急吼吼地发出很大声响,目光迷离。有的时候,在病人和病人之间,他竟然能蹲下身,往嘴里猛塞一通。"我要说:您!企图让我相信我有障碍,也就是性功能障碍,您,躲在厕所,两眼放光地偷吃奶油糖果,狼吞虎咽地猛塞奶油夹心糕点,对着糖稀浇汁猛流口水,食品袋空了后会失去控制,就是您,在猛吃之后,取出随身携带的爱克贝喷水牙刷,用脉冲式的水射流冲刷干净满嘴的乱七八糟的甜点心。就是这样的人,竟然声称自己是医生?"

我的牙科医生试图解释,说自己躲在厕所猛吃一通是为了科学验证爱克贝喷水牙刷的效果。就连他的助手听了后,都忍不住哧哧发笑。接着他又说有一种妄想症,给病人做了长时间治疗后,会转移到医生的身上:"这是一种心灵传染。想想看,大约一个星期前,当您和您的学生之间的关系正在面临痛苦的破裂时,您是怎么应付这个痛苦的?"

我承认,我当时非常不幸,觉得自己被独孤地抛弃在不幸之中,非常绝望,五分钟之内连吃了两块牛奶巧克力。

---

① 马尔科姆X(1925—1965),美国民权领袖,1965年被暗杀。

"您看,"他说,"您的不幸会传染。"说完,在助手的帮助下,敲碎了我嘴巴里的玫瑰色的特种石膏。

我今天同我的牙科医生打电话,好像什么都没发生:"塞鲍姆怎么样了?"

他实事求是地向我叙述了治疗下颌后缩的艰难程度,并且表扬了塞鲍姆的耐力:"嘴里放一块下颌前移牵引导板,对一个马上就要十八岁的人来讲,嘴里有这么一个异物,长时间下来,心理上会有负担,不是每个人都能忍受下来的。"

我向他介绍了塞鲍姆担任主编的工作:"经过各种各样的妥协之后,他终于有一个成就了。他,偏偏是他,通过努力让开辟吸烟角得到了批准:'现在允许他们抽烟了!'就连伊姆嘉德·塞弗特也表示赞成了。而塞鲍姆本人是不抽烟的,而且态度非常坚决。"

有时会收到一封装有报纸剪贴的信。上面有红颜色做的标记。一个星期两到三个电话。有一次我们一块儿去参观了在汉莎区举办的一个展览会。有一次我们在库旦大街偶然相遇,在咖啡店喝了一杯咖啡。他到我这儿来过两次,看我的凯尔特玻璃残片和古罗马玄武岩残片。但是他从不邀请我上他那儿去。

我们交往谨慎。在谈论本市政治纷争、现任市长下台、警察动用武力时,我们总是保持一定的距离:"势在必然。"不过也能听出他说话略带影射:"据说最近街上的压抑气氛有了一定的缓和。"在我们相互敞开心扉,彼此已经很了解时,我们用间接的嘲讽来谈论这段治疗的时间。

"医生,我承认,第一次想和伊姆嘉德·塞弗特也来一次性交的企图,在努力了两个小时后失败了。但是尽管如此,在我们又抽起烟时,她说:'这不会阻碍我爱你。我们必须相互有耐心。'耐心我们自然是有的,是有的。原因是步骤太多。她总是会插进来,凭借着她对军事学细节的兴趣,强迫我大谈特谈凝灰岩水泥适合建造水下建筑的特点。我们之间的关系敌不过埃菲尔山南只对拍电影有吸引力的荒芜得可恨的景色,百孔千疮的浮石矿区和柯灵斯工厂两个浓烟滚滚的烟囱。此外一段时间以来,在废弃的玄武岩矿井里,我不仅遇到了我以前的未婚妻,而且还会遇到我的女学生维罗尼卡·雷万德。琳德和维罗在共同谋划:针对我的行动……喂,医生,您在看吗?"

我的牙科医生在三心二意地谈论那部关于马尔科姆 X 的故事片。"看来暴力很有前途。"他接着又说:"把您的完全属于正常的性障碍先搁在一边,我们来谈谈水泥。我了解过。根本没有什么柯灵斯工厂。在克鲁夫特的那家公司叫图巴格浮石凝灰岩—水泥—石材工厂股份公司,是迪克霍夫的全资子公司。一九二二年成立的时候是一个石材加工厂,现在在迪克霍夫大家族里,产品最多样化。但是同位于诺伊维德的兄弟工厂相比,图巴格的水泥销售相对少一些。这都是题外话,只是为了说明一下权属关系。此外,在安德纳赫劳动局查询的结果是,一九五四年和一九五五年假期您在图巴格工厂登记的身份是半工半读大学生,根本不是什么企业工程师。"

我的牙科医生一边在器械台上准备锌套,一边等我会不会提出异议。我此时想到的只有一句无可奈何的嘲讽:"您应当去当警察,真的,您真的应当去干警察。"

他微笑。(也许他真的是为警察工作。)"弄到这些资料并不困难。您看,我还让人把它们复印下来了。干牙科医生的,大家配合都挺不错的。安德纳赫有一位同行,叫林特拉特医生,他向我透露说,他的一个女儿,已经结婚,现在在科布伦茨当儿科医生,能够回忆起当年有一个和您同名的大学生,不过已经很模糊了。也可能是巧合。顺便说一下,她名叫莫妮卡,全名莫妮卡·林特拉特。能想起什么吗?和女友们在安德纳赫的莱茵河边散步?还想不起来?一个挺漂亮的女人。"

见我没有任何反应,他停止了审问,用镊子夹住第一个锌套,说:

"没什么大了不起的。我相信您,很有可能不是在安德纳赫,而是在麦恩,真的有一个女人叫希格琳德什么的。订婚,那是我们大家都有过的事情。我没有意图要限制您的杜撰能力。在我给您放锌套时,您不想给我讲述女儿柯灵斯和父亲柯灵斯进行的那场伟大的斯大林格勒战役游戏吗?"

啊,就连金子也会暗淡。我应当让我的12年级(一)班以热雷米亚斯的这句名言为标题,或者就以简短的一个字啊为标题,写一篇作文。啊,可以是啊——好的,啊——不行,啊——是这样的,也可以是啊——上帝,也可以是痛苦时的喊叫,也可以写惊异时吐出的愤怒的啊,克莱斯特的啊,男人的讥讽的啊,孩子们的啊,年老体弱的老人的啊。面对奇特的日落发出的啊和面对大海发出的啊有什么区别?歌曲中的啊:"啊,我失去了她……"政客用的啊:"啊,亲爱的同行巴策尔……"当然不能忘记广告中用的啊:"啊,您漱口用的是……"女人的啊,还有一连串的塞鲍姆都知道的啊。(喊名字用的啊:"啊,伊姆嘉德,我们该……"——"啊,维罗,我想……"——"啊,琳德琳德琳德琳德……")

他给我放锌套时,我给他看了斯大林格勒战役的彩排和我在凯宾斯基饭店门前的行动。在水泥房D,柯灵斯在沙盘上赢了。库旦大街和山鸡大街的街角,一派下午的景象。琳德的反应很漠然。我用短绳子牵着白狐狸犬。她听任"冬季风暴"①在身边发生——咖啡店的露台坐满了人,尽管汽油桶里的汽油储存量不允许一丝一毫的激烈的动作。我把小瓶子里的汽油全倒在狐狸犬的身上,但是它很安静。施罗涛的机电开关系统工作正常。我给狐狸犬服用了安宁,所以它很安静。在同时进行的反击中仍然如此。(有一个看见的人问:"是给它清除虱子用的吗?")在打赢了彩排后,柯灵斯宣读

---

① 第二次世界大战期间,纳粹德国于1942年12月12—23日组织的一次战役。

了邀请。我将第一批客人出现和我点燃防风打火机的镜头切入进宣读邀请名单和写有"着火啦"的传单的镜头。来的人有美因茨的高级政府官员,国防军的军官,还有一个退休的校长,记者,还有其他的一些经理级的人物。火焰突然蹿起来,烧到了我的左掌心,烧焦了我的呢子大衣,牵狗的绳子上腾起了一个火球。水泥房里正在举行一场无拘无束的酒会。(朝手掌心吹气。)通过只言片语的谈话很难了解到即将进行的沙盘游戏的内容,凯宾斯基酒店露台前的行人一时也不明白是怎么一回事。(我真应当预先准备好烧伤膏。)客人们都在聊他们的职业场:经济发展预测,个人问题,关于布朗克办公室①的笑话,度假奇闻等等。刚开始的时候甚至还有咻咻的笑声:"肯定是有人在玩噱头。"平民的快乐在水泥房的气氛中占据了主导地位。我必须松手,因为我的手掌心。(有人在模仿联邦总统。)狐狸犬打了几个滚,跳到了一张桌子的蛋糕上。有桌子被掀翻了。琳德身穿一件米色的宴会礼服,玛提尔德婶婶身穿黑色真丝裙,她们俩是在场的唯一女性。奇怪的声音:"他,就是他,我看见的,那个戴眼镜的……"一个租来的服务员负责端送饮料。有人将一块台布蒙在了狐狸犬的身上,狗身上在闪着火光,身体在抽动。琳德的酒杯倒得太满了。我被撞倒了,(在开始散发传单时)有人开始揍我。施罗涛在检查灯光系统。我的眼镜掉了。和彩排一样,柯灵斯组织的进攻表演也在按计划顺利进行。他们用雨伞拳头公文包打我。他和霍特②会合,为突进阿斯特拉罕③建立了基地。(手掌心的水泡越来越大。)午夜前,最后一批客人告辞了。我写道:"请你们先读一下我的传单……"玛提尔德婶婶也走了。我在库旦大街上流血。(我右眼的

---

① 布朗克(1905—1972),德国政治家,1950—1956年任西德国防部部长。1950—1955年期间由他担任主任的西德联邦总理负责盟军事务全权办公室,即后来的国防部,被简称为布朗克办公室。
② 霍特(1885—1971),纳粹德国将军,参与斯大林格勒会战和库尔斯克会战。战后被纽伦堡法庭判处15年监禁,6年后获释。
③ 俄罗斯西部伏尔加河边小城。

眉毛被打翻开来了。)在水泥房 D,我和施罗涛是目击琳德在沙盘上打败她父亲的证人。我喊叫:"这是汽油,不是燃烧弹!"琳德向柯灵斯指出,他企图将早在霹雳行动①中就已经被歼灭的部队当做进攻的尖头部队:"你还不投降?"我想往山鸡大街跑,但是被打倒在地上。"绝不!"(我害怕了。)柯灵斯不断重复:"绝不!"在石子路上(我一直在喊叫。)我找到了我的眼镜。它没有碎。希格琳德给她父亲在沙盘的边上放了一把德国零八军用手枪:"那你就顽抗下去吧!"在凯宾斯基酒店咖啡露台前的空地上,我听到了警察的警笛声,心里一阵高兴。(因为他们可以带我走了。)在水泥房 D,我和施罗涛站在那里:两根柱子。警察也动起手来。(我没有还手。)机电沙盘的变压器发出嗡嗡的声音。有人在喊:"打死那个……"柯灵斯拿起零八手枪,说:"让我一个人待一会儿。"我紧紧抓住我的眼镜。琳德立即离开了。在他们拖我走之前,我又喊了几声。施罗涛想表示反对。他们在笑:"就知道会这样。"柯灵斯挥挥手。在警用厢式车里,我还在喊叫:"燃烧弹!"他甚至连一句完整的塞内加格言都想不全。接下来一下子变得黑黢黢的。(窘迫。)我很开心。在水泥房前,我和施罗涛抽了两根烟。一直到了警察局我才缓过劲儿来。(我有火柴。)我的手心。没有枪响。当我针对职业的提问,回答说是"教师"时,一个警察一巴掌打掉了我的眼镜。我们走了。(这次眼镜是真正的碎了。)施罗涛对我说晚安。

"这个,"我对我的牙科医生说,"这还不是故事的结局。"

(电视上在放广告。我们没有看成故事片马尔科姆 X。)但是六个锌套都套上去了。

"还缺几个细节:塞鲍姆到医院看我,给我带了一些东西,有巧克力,还有报纸。至于那个柯灵斯,他越是失败,越是要猛用奶油夹心糖果压制他刚刚开始发作的忧郁症。"

---

① 第二次世界大战期间,德军在斯大林格勒计划组织的突围行动,后未实施。

我的牙科医生明白了："啊，疼了！——我们还是坚持用亚兰丁。走的时候就吃两片……"

还有这个还有那个。（还有我还有我。）还有事后的轻松和事后的大口吸气。还有谈论天气和谈论狐狸犬怎么样了。还有一个人在喊叫："他应当烧他自己！"美因茨的一位官员问："伏尔加河上的桥都完好无损吗？"场景交错地点交换。施罗涛在挥拳。我在坦克先头部队之间找到了我的眼镜。（还有这儿和这儿。）变压器突突地冒出火焰。沙盘中的凯宾斯基露台。喝彩声和赞成声。事情就该这样。终于有一个有勇气的人。在五月和一月。天空布满了星星，阳光明媚，寒冷清澈……

"塞鲍姆，告诉我，事情没有发展到这一步，您不觉得高兴吗？"——"我不知道。"——"但是如果您今天一定要自问：我应当干吗？"——"我不知道。"——"如果换一件事，而且也换一个地方。"——"不清楚。"——"如果我假如说不做这件事，而是另一件事？"——"您从来就没做过什么事。"

治疗过后三个星期，在改变了咬合位置，并且还打算在我身上再做点其他改变过后整整三个星期，我第一次做到了同伊姆嘉德·塞弗特以看上去两人都相对满意的方式进行了交往。手术过了三个星期后，而且是在停用亚兰丁后仅仅几天——一时还很难适应，因此对上课也有影响，那是三月初，准确地讲是四号，我向伊姆嘉德·塞弗特求婚了。

由于我拿围绕格鲁内瓦尔德湖的散步当起跑，所以关键的话是在连接宏德克勒湖的小木桥上说出口的："亲爱的伊姆嘉德，我还是挺想到珠宝店买两个不同尺寸的戒指……"

伊姆嘉德·塞弗特要了一根烟："您几个星期前就在这个地方打了我一个耳光，因此我只能认定，您这次是认真的。"

我对她话语中的讥讽腔调表示感谢："亲爱的伊姆嘉德，那个耳光是我们婚约的前言。如果您现在拒绝的话,那我会左右开弓打耳光,并且不再订婚,而是直接结婚,以作惩罚。"

她在几乎没有点着的烟上吸了一口,然后扔掉:"为了避免更糟糕的事情发生,我只能轻声地没有任何喜庆地说好吧。"

我们决定不举办仪式,虽然我有好几天一直心里都痒痒地想举办一个庆祝仪式,我甚至想邀请我的牙科医生。我们发出了帖子,他表示祝贺,给我们送的礼物是施梅尔克关于中期斯多葛哲学的首次发行版。

我对我的 12 年级(一)班是这样宣布的:"顺便说一下……"第二天,维罗·雷万德递过来一把银制的蛋糕小勺(一声不吭),上面雕刻有原先主人的姓名。(人就是这样被缅怀的。)

四月号的学生报《摩尔斯电码》登录了塞鲍姆的一篇杂文:《订婚时订婚双方发什么誓?》。他用简洁的句子将订婚两个字置入了荒谬的境地:"举行订婚了。一个订婚以另一个已经举行过的但是已经解除的订婚为基础。如果想要让一个已经解除的订婚再举行一次,就必须对解除婚约本身先进行解除。已经解除的订婚带来的代价远远高于正在举行的……"

伊姆嘉德·塞弗特认为这篇杂文"相当没有品位"。她请我申请举办一次大会,会议的议题是考虑没收《学生报》的四月号。我请塞鲍姆向她道歉:"菲利普,您应当知道,塞弗特女士对您时常含沙射影的文字所做的反应不可能和一个少女一样。"塞鲍姆保留了他作为主编爱护我的特别方式:"啊,明白,我会的。我无意让她生您的气。"

我们一直没有解除婚约。在《学生报》的五月号上,《莫尔斯快讯》栏目首先列出了"合法"吸烟角的香烟平均消费量,接着宣布了一个国事访问:"波斯沙阿前往柏林。我们没有邀请他。"在安东尼舞蹈学校的广告前有一个"告示",告示的内容不能说不正确:"塞弗特女士和施塔鲁施先生的婚约还在延续。"

就连塞弗特也忍不住要笑了:"我敢肯定,散布这些挖苦人的话的不是塞鲍姆,肯定是那个小雷万德。你说呢,埃伯哈特?"

(她就是挖苦的人,而且还一直在挖苦。她在崛起。她在学生共同负责委员会得到了多数。她提交了一份针对塞鲍姆的不信任提案。她要炒掉他。在沙阿访问之后,她开始在报纸上提出反对意见:"我们决定不再接受任何妥协……"她冲在前面。我已经经常在报纸上看见她,手挽着手,迈着快速的步伐,冲在最前面……)

和伊姆嘉德·塞弗特订婚,这个想法我是在治疗的最后一天产生的。他再一次发出他的信号——"现在该用上那个小小的可恶的针头。"——"现在漱口。"——再一次出现了内心的对话,对话在荧光屏上形成对话气泡。我和我的牙科医生,我们把地球丈量了一遍。我们包罗万象的秩序模式——他的医疗体系,我的教育体系——竞相上升,相互抵消。我们无比的极端,绝对的真实。我们给撒哈拉灌溉,我们弄干千年的沼泽。他麻痹侵略的本性:"在全球范围的综合社会医疗保障体系内,人们会停止使用暴力,也就是关闭他们的受体,或者用通俗的话来说,就是局部麻醉……"我则用教育学的方式进行安抚:"人们可以通过大众媒介在全球范围开展学习,将人的学生状态一直延续到老年……"但是不管我们怎么努力通过撑杆跳高来提升我们的高度,地球的残余重力总是会诱使我们扳手指比试力量。

第一套节目在播放一部给滑雪者或想成为滑雪者看的片子:"从特勒马克旋转到摆动。"

他对待我就如同一个洋葱,一片片地往下剥,越来越小,越来越透明,于是我切换掉了雪花和滑道,换上了一部装神弄鬼的会议的纪录片:移动桌子。我的牙科医生和他的助手(当做一种介质)也参加了这次会议。

他四针还没打完,室内景象就已经不仅仅局限于我们配合熟练的三人游戏了:诊所充斥着拥挤。时而流动时而固态的景象:脆弱的灵魂体在进行心灵感应的幽会。令人失望的是,灵魂体在形象上同当地人对身穿睡袍的幽灵的想象非常吻合。

我的老妈竟然也在场。我问她,再进行一次订婚是否明智,结果她的忠告是:首先明确确定关系。

经过牙科医生助手的介质的传递,我通过多次对话得知,我的老妈实际上对伊姆嘉德·塞弗特的一切了解得清清楚楚:"千万别做傻事。那些该死的信一定要处理掉。如果她老是谈那段时间的事情,那是不会快乐的……"

三个星期后,我遵从母亲的忠告,刚刚和伊姆嘉德·塞弗特决定订婚,便向她要那一捆子信。

她说:"你想销毁掉这些信,是不是?"

其实我只是想把信锁起来,但是尽管如此,我还是对她说:"是的,我想让你从这些信中解脱出来。"

在下一次到格鲁内瓦尔德湖散步的路上,她就把那捆子信交给了我。在湖东岸的一个沙质坑洼地,我把信一封封叠放好。信很快就烧完了。

在回去的路上,伊姆嘉德·塞弗特指着一块禁止标志对我说:"我们很走运,没有让林业管理员逮着……"

在通过心灵遥控不断扩展的牙科诊所,在我的锌套被摘下之前,我的老妈继续给我提供忠告。与此同时,荧光屏上的图像,可能是因为背景图像中的滑雪片的缘故吧,朦朦胧胧,如同幽灵般在闪动。(灵魂体在做滑雪摆动。)

我的老妈建议我少喝啤酒,换一个洗衣房,她无法忍受我的内衣的状态。她让我逐字逐句地转达:"看看街角那些店,他们连领子都不会烫!"

然后她请我特别留意我的一个学生,因为他很有可能会在初夏因为一个即将到来的"高层访问",而置身于危险之中。"知道吧,孩子,他和你一样,轻率,拼了命的要出头。当时真让我担心呐……"

我请求老妈原谅,并保证,一定要留意塞鲍姆。(他在歌剧演出前没有出任何事,但是维罗·雷万德却能提供伤口和血流如注的证明。)

我的牙科医生取下了我牙齿上的锌套。我试图和已经死去的人继续对话:"医生,但是他们都还活着。理由是,虽然柯灵斯拿起了他女儿放在沙盘边上的那把军用左轮手枪,但是他和保卢斯一样,不喜欢用枪自杀。第二天早晨,他把全家,还有我和施罗涛,叫进他的工作间,承认自己打了败仗,在谈完了塞内加的自杀和毫无意义的死亡之后,向我们宣布了他的决定:'我决定,在另外一个领域实施我的胜利大转折:我决定从政。'

从这一刻起,我下定决心,一定要解除同他女儿的婚约。他接受了我的决定,并且暗示,我的这个决定符合他的意愿。施罗涛自作主张地说:'很明智。'

这场家庭战略大演习就这样结束了。医生如果您不反对的话……"

我的牙科医生反对任何其他的结局,因此不能容忍我和琳德摊牌:"我亲爱的,您彻底完了。演出结束。落幕。没有喝彩声。我是牙科医生,天天都能听到类似的三角故事,它们或乔装打扮成历史故事,或装扮成现实情节。单薄的三角故事必须要靠经济理论的、宗教的、违法犯罪的,有时甚至是税法的外衣来保持体温。如果您想让我们变成琳德——施罗涛婚礼的见证人,那么我们更愿意看滑雪的电影:它有生命,身体左右摆动,雪花四溅,留下一道道痕迹,笑呵呵,而且最后还喝阿华田。最后问一句:您是不是终于忘记了您原来的未婚妻?"

"我的家乡当年有一个画家安东·穆勒①,他把许配给他的市长的千金……"

"说来说去还是一个故事?"

维罗·雷万德称这个过程是"换一个身份"。趁着医生在捣鼓特种水泥和打磨牙齿用的暖风机,趁着他在安置两个牙桥,我用安东·穆勒的比喻让荧光屏充满了生机。

然而我抖搂出来的不仅仅只是一个(由我的牙科医生奉献给科学进步的)经典的三角故事,我同时还冒昧地对他的三角关系做了影射。又有谁不知道,我的牙科医生在他的夫人——也就是他孩子的母亲——和他的诊所助手之间扮演了一个老套的三角关系的角色呢?

"我的那个老乡,天才画家安东·穆勒的情况是这样的,一六〇二年,他接受但泽市政厅委托,画一幅反映世界末日的油画。能得到这个委托,这个在当时一向沉湎于以矫饰寓意风格作画的艺术家要感谢他未来的岳父,那座城市的市长。条件是,一旦作品符合汉莎同盟水平的报酬该支付了,而且已经支付了,他就必须迎娶市长大人的女儿。

穆勒按照当时的时尚,很快就画完了油画无聊的天堂部分——也是为了应付。他最想要表现的是炼狱和打下地狱的过程。因为他是一个港口城市的儿子,所以他想用乘船的形式来表现这个过程。罪孽之徒们乘坐小船、帆船、小划艇在一条估计是以维斯瓦河②的一条支流莫特罗瓦河为原型创作的河上顺流而下。在一艘小划艇上,一个裸体的女人——罪孽的化身——正在向峡谷划去。他完全沉浸在寓意之中。

---

① 安东·穆勒(1563—1611),德国画家。
② 位于波兰东北部,全长1090公里,是波兰最长的河流,南北流向,注入波罗的海。

但是即便是罪孽的化身如果没有模特儿也是无法表现的。一个筏工的女儿——一个身材丰硕的女孩子——静静地用重力腿和虚立腿支撑自己的身体,把自己的身体出借给他。当画家的未婚妻目睹到地狱之行在前进时,筏工的女儿已经在您或许认为是过时的三角关系中占据了不体面的位置。但是正是这个关系促成了艺术作品的诞生。

未婚妻当然要大吵大闹。这位美丽的但是对表现罪孽的化身来讲太不够丰硕的姑娘鼓动父亲和市政厅,据说逼迫穆勒销毁自己的艺术。给他的选择是:要么把这个全城无人不知的筏工的女儿处理得认不出来,要么放弃报酬和市长的女儿。

于是就出现了我每次试图谈到费迪南德·柯灵斯时,就会说起的那个第一次的艺术家的妥协。穆勒给筏工的女儿重画了一张脸,一张和他未婚妻相像的脸。但是人们禁止他在这张脸上画出城郊妓女——筏工们都住城市南面的圣巴巴拉一带——整日笑嘻嘻的表情,那么他该怎么样才能让人在这张脸上看到罪孽呢?

公开地、以罪孽的方式表现市长的女儿,为此产生的争论甚至在市志上也有了记载:行业协会和同业公会都站在穆勒一边,发出了大大的嬉笑声,并且还唱起了嘲讽的歌曲。空气中弥漫着政治纷争的气氛。(纷争的焦点是啤酒酿造权和捕鱼的租约。)市政厅的先生们在纷争的过程中忘记了威胁,在市长的领导下一齐采用起乞求的手段。

于是就出现了那个第二次的艺术家的妥协。这一次妥协在我将父亲柯灵斯和女儿柯灵斯放置到水泥、浮石、玄武岩和凝灰岩中间时,甚至也影响了我。穆勒没有在筏工孩子的身体周围,而是在未婚妻美丽得有些发傻的面庞周围画上了一个可以反射图像的玻璃罩,这个罩子直到今天仍然是一个谜:为什么要把一个秀气的、傻乎乎的、在玻璃罩后面朦朦胧胧给人一种神秘感的长长的小脸画在一堆胖乎乎的肉上?(您看看这个玻璃罩都有哪些反射功能:所有东西都能反射出来,包括这个世界和它全部的矛盾……)

穆勒还一口气把市政厅的所有先生们,包括市长都画进了那艘应当把罪孽带入地狱的小划艇:没有玻璃罩,而且拥有相似的痛苦。

于是就出现了那个第三次的连我也不得不屈服的艺术家的妥协。和我害怕直呼您和您的助手的名字——要不然您的夫人会怎么说?——一样,画家穆勒也非常不情愿让市政厅的先生们,也包括市长和他的女儿驶往地狱:他把自己也画进了那条通往阴曹地府的莫特罗瓦河。他正顽强地抵住那艘小划艇,眼神同时在注视着我们:要不是我的话,小船立刻就会顺流漂下去。

艺术家变成了大救星。他保留住了我们的罪孽。他没有放弃三角关系。和您一样,您不是也在维系那个三角关系吗?对吧,医生?说老实话,对吧?"

牙桥已经安装好。我的牙科医生关上电视。他的助手把镜子举在我面前。"怎么样?"

(有了这个我可以见人了。嘴合上了。咬位能合上了,新的生活开始了。笑起来更有趣了。也有胃口了,想咬苹果了。也想订婚了。说"啊",说一声"啊",说一声"啊"。看见了没有,那么多牙齿——颗颗为我增彩。我可以上街了⋯⋯)

这次不是牙科医生的助手,而是他本人亲自帮我穿上大衣:"麻醉过去后,您的舌头会寻找以前的空当。不过情况很快会好的。"

我走到门口时,他递给我一张纸条:"保险起见,我给您开了双份。这样肯定就够用了。——您是一个好病人⋯⋯"

外面果真是霍恩措伦大街。在去喜鹊广场的路上,我迎面遇见了塞鲍姆:"你怎么样,菲利普?我终于解脱了。吃东西可以用牙齿咬了。"

我一边解释一边把已经不大前突的下颌指给他看。塞鲍姆则把他晚期治疗的后缩的下颌指给我看:"这就是下颌前移牵引导板。

很难受。"

我说话的声音依旧像是嘴里塞了棉花:"祝治疗愉快!"

塞鲍姆说:"我会坚持下来的。"

我们两人都笑了,无缘无故。他走了,我也走了,我伸嘴咬了一下嘴前的空气……

琳德琳德琳德琳德……(预谋杀人。)我赶上了她。一九六五年的一月:施罗涛太太和她的丈夫还有她的孩子到济耳特岛①休冬假,这是医生的建议。天天在风吹形成的沙丘上漫步。闭嘴迎风穿过寂寞的李斯特移动沙丘,在艾伦伯根②或者霍恩乌姆角③呼吸含碘的空气,海浪在那里拍打着浅滩。父亲每天摊开漫步用的地图。看看这一家子:男孩子们穿着胶靴跑在前面,母亲穿着风衣走在中间,父亲押后,装备有望远镜。可以看见这家人在沙滩上来来回回,找寻贝壳和健康。

我在守候:舌头抵住后来长出来的牙结石,趴在飒飒作响的喜沙草中,哧哧笑,因为男孩子们只找到了大海慷慨地抛扔出来的白炽灯泡。灯泡完整,仿佛还能照亮,风带着一团一团的沫子把它们赶到了退潮的海滩上。"我要!"——"爸爸,我要!"

(昨天又来了,并且送来了电费单。)

在科隆体育大学当老师的时候,放假期间一直在游泳场做兼职。我给那个著名的海浪游泳池操作制造人工海浪的机器。我穿着帆布鞋踢踢踏踏地走在瓷砖地面上。我用犹犹豫豫的目光朝淋浴房和更衣室上面的浴场餐厅望去,上面有一些上了年纪的疗养客人和本地的一些不是来游泳的人坐在玻璃墙后面用餐。也有一两个家庭,但是没有施罗涛一家。

---

① 位于欧洲的北海,德国北部,属于德国。
② 济耳特岛最北部的一个半岛,也是德国领土的最北端。
③ 济耳特岛最南部。

她什么时候会跟着家庭一块儿来？臀部越发地宽了，但仍然是一头倔强的山羊，待在羊圈附近时给人的感觉是体积硕大，不依不饶，只有待在崖坡上才显得优雅。她什么时候会带着心中那些小小的命令来："乌里，如果我现在说我们去游泳，那你就得给我去游泳。"——"别老盯着别人看，爸爸！"——"宝贝沃尔夫，说不准潜水，就不准潜水，听到了吗？"

这一家子还在穿着胶靴漫步，造访坎普，凯图姆和墨索姆①。他们要先适应一下当地的气候，这是医生的建议。他们还在欣赏芦苇顶的小房。他们还在远眺地平线上出现的船影。"看，灯塔！看，喷气式飞机！看，破碉堡上的海鸥……"

他们吃大海的馈赠：庸鲽鱼、比目鱼、鲽鱼、鳎鱼。爸爸要吃鳗鱼，妈妈改吃鳕鱼，他最想吃的是淡菜。她作出决定：今天没有汤。孩子们吃的是半份，而且主要是鲈鲉鱼，因为这种鱼没有刺，而且经常换地方，有时是在饭店，味道鲜美，价钱昂贵，有时是在住的旅馆：勾芡很重的炖牛肉汤。饭后甜点：黑莓汁布丁。

一家人很快就适应了陌生环境的生活。没有电影院，但是他们休息得很好。（爸爸和妈妈给爷爷和玛提尔德婶婶写印有海鸥和海豹的明信片。）婚姻正常。晚上两人躺下来之前，她看书——看什么书？（读烂的画报上的长篇连载，不再是克劳塞维茨，施拉姆和利德尔·哈特②。）

在控制室，在人工造浪机控制面板旁边，这位泳场工作管理员兜里揣着马克思恩格斯，一页又一页地把尼采的遗产吮吸到自己的肺里。

小家伙们开始烦人了："妈妈，什么时候去人工造浪馆游泳？"——"爸爸，你答应过我们的，我们什么时候去人工造浪游泳馆？我们什么时候……"泳场工作人员的舌头刚才还有些迟钝，现

---

① 济耳特岛上的三个小镇，坎普位于岛的北部，凯图姆和墨索姆位于岛的东部。
② 利德尔·哈特（1895—1970），英国军事理论家、战略家。

在开始在刚刚形成的牙结石上蹭来蹭去。(来吧,来吧!)舌头在不安地游动,向他证明牙釉的存在,还向他证明既怕热又怕冷的牙颈之间存在着透风的缝隙。如果主人要舌头懒洋洋地躺下,它反而会站起来,四处游动,用一阵阵讨好卖乖的撞击和轻轻的碰撞给由于牙龈萎缩而容易出毛病的犬齿多多少少带来一些震动。

现在,泳客通过男更衣室门和女更衣室门,身上用肥皂洗了一遍,给注意事项弄得有些糊涂。他们落在了他的手中。

人工造浪机原理再简单不过了:两个活塞给预热到二十二度的海水交替施加压力。(先是二十分钟的风平浪静,接下来是十分钟的风浪。)纯真的被转换成技术的惊涛骇浪。(如果水流吸力过大,可以通过调节活塞上升和下降的速度来减缓。)造浪机的发明人很有可能观察过孩子戏水,看见他们是如何朝小池塘里扔石头造成水波的。机器现在开始起作用了,操作也很简单。只需按一下按钮:人工浪花!人工浪花!

欢呼声在贴满瓷砖的墙壁之间爆发开来。注重形体的有些年纪的男人,体形漫溢的女人,十几个霍恩乌姆来的国防军新兵,还有维斯特兰①来的年轻人,他们在一月份没有疗养卡,但是凭证件可以以优惠价游泳。在人群中:他、她、他们。带雏儿的母鸡在泳池边,姑娘们在上面。她带着自己的雏儿,它们迟早也会传承下去。

现在,母鸡带头,大家走下水池。让身体稍微沾点水。发出欢呼。

"啊,太好了!妈妈,人工海浪!"

舌头离开牙结石,留出起跑的距离。

"不要潜水,宝贝沃尔夫!乌里,和爸爸待在一起!"

一挡浪涛徐徐从格栅冲出来,保持有序的距离。

"待在妈妈身边。否则就叫你们上去,再也别想下来……"

这个时候,科隆体育大学的老师用他的小指头把造浪机从一挡

---

① 济耳特岛中部城市。

调到二挡。他的造浪机一共有三挡。

（在书里查找，找到了：所有预谋的事件都可以归结于对扩大权力的预谋。）

因此，在冲浪的情绪还没有转变成恐惧和逃跑之前，迅速地调到第三挡，并且将两个活塞调成同样的速度，好让吸力能充分发挥。沉重的海浪。翻滚的海浪。这些已经冲洗过的手腕上带着金属号牌的人们，这些肥肥的女人，这些夹杂着白头发的男人，这些联邦国防军的新兵，这些维斯特兰的年轻人，还有她和她的一家：考验来了。

二挡造成的第一批海浪就已经把他们抛上了泳池的铺有瓷砖的台阶。痛苦的呼号。浪涛把他们卷回。三挡又把他们稳稳地抓住，将他们托过泳池的台阶，然后迎面撞向一年前刚刚开张的人工造浪游泳馆的正面墙上。不，破碎的不是上了釉的瓷砖，而是肋骨。

刚才他还在八十年代的遗留文献中寻找并且找到了有关内容。现在，泳池管理员的目光离开书籍，看见了泳池餐厅的玻璃墙：正是在那里，他们的鼻子给撞扁了。

水流本来是想卷回去，安抚巨浪造成的结果。但是它有一个大嘴巴的兄弟：不准卷回去！解除婚约就是解除婚约！（牙结石：结成石头的仇恨。）

在第四次冲击正墙的巨浪打过之后，孩子们漂浮在水面，没有了骨头。最终又听到了一次她尖厉的声音："宝贝沃尔夫！乌里！啊，上帝！"——没有问父亲怎么样。之后，再也没有声音和痛苦的呼喊去阻挡惊涛巨浪，去呼唤上苍抚平巨浪的大慈大悲。

在泳池餐厅的玻璃墙后面，人们显得很肃穆：泳池的景象很糟糕，非常糟糕。服务员听任手中的潘趣酒变凉。有些客人在拍照。那位泳池工作人员在书中放了一个书签，然后观看眼前的景象。他将舌头抵住一颗已经松动的犬齿：它晃动了，松动了。他要把他们全部清理出去。瓷砖墙已经开始颤抖了。因为在这个建筑项目被批准的时候，不论是建筑设计师，还是疗养委员会，都没有考虑到这么大的巨浪。于是房子的建筑方法开始报应了：墙灰变软，剥落。宽大的巨浪再次从已经扭曲的格栅中涌出,越过下部涌动的激流,在冲刷而过时携带上已无声无息的泳客,冲破墙体,冲到室外,把他们抛进一月的下午。他们在咸咸的海水的裹挟下,被噼里啪啦地扔到疗养院大道后面的铺满地砖的场地上。巨浪把身体比较轻的孩子们一直冲到水族馆前。可爱的海豹正在里面梦想着新鲜的永远都是新鲜的鲱鱼。("妈妈,我们什么时候去喂海豹,什么时候去喂海豹……")海鸥已经随风而来了。接下来是摄影记者。已经裂开的正墙又被冲击了三四次。然后泳池便空了。泳池的女管理员们壮着胆子好奇地从男宾部和女宾部走进已经四面通风的大厅。餐厅被呼吸蒙得什么也看不见的玻璃墙后面,人们开始付钱。造浪机的活塞仍然在空转。那位泳场管理员关上机器。他合上书,感到疲倦,但有些满足。他找到自己的房间,努力想让自己悲伤起来。

　　一切都发生得太快了。我感到有些失望,在政府开始介入、封锁场地前,我迅速离开了这个冬夏疗养地;通往汉堡-阿尔多纳①的直达列车带着我驶过了兴登堡大街……

　　在我的写字台上,我看见了已经开了头的文章:坚持的表情——或者舒尔纳事件。两年后,维罗·雷万德离开了学校,和一个加拿大的语言学者(在高中毕业前)结了婚。塞鲍姆上了大学,学医。伊姆嘉德·塞弗特仍然处于订婚状态。我的左下方形成了一个病灶。牙桥被锯掉。左六牙必须被拔掉。病灶被挖掉。我的牙科医生给我看了牙根尖上附着的一个小包:化脓的液体组织。什么都不管用。总是不断地疼。

---

① 阿尔多纳是汉堡的一个区,位于汉堡西部。

ÖRTLICH BETÄUBT